BORIS AKKERMANN

SLAP STICK

Roman

Bibliografische Information der Deutschen
Nationalbibliothek:
Die Deutsche Nationalbibliothek verzeichnet diese
Publikation in der Deutschen Nationalbibliografie;
detaillierte bibliografische Daten sind im Internet über
http://dnb.dnb.de abrufbar.

Umschlaggestaltung: B. Akkermann, Jörg Steffens
Herstellung und Verlag: BoD – Books on Demand,
Norderstedt

ISBN: 978-3-7534-7599-8

Der Reisebus ruckelt um die Ecke. Das einstmalige Weiß des Gefährts ist rußigem Schmuddelgrau gewichen; am viel zu großen Steuerrad sitzt ein Männeken mit wuchtigen Koteletten – wirklich, solch einen in die Breite wuchernden Backenbart habe ich nicht einmal in einer Karikatur gesehen.

Damit nicht genug; kaum besteht erster Blickkontakt zwischen Busfahrer und Empfangskomitee, springen Grinsemundwinkel tief in die buschigen Koteletten hinein und papierweiße Zähne beginnen uns zu blenden.

Der Bus kracht mit seinen abgefahrenen Reifen unsere Bordsteinkante hoch, gleich wieder herunter und ein weiteres Mal mit Schwung hinauf. Die runtergeschliffenen Bremsscheiben geben ihr Letztes und endlich schüttelt sich das marode Gefährt ein vorerst letztes Mal, als der Motor erfolgreich abgewürgt wird.

Die Hydraulik allein vermag die einzige Ausstiegstür kaum zu öffnen; vielmehr ist es der Buslenker selbst, der sich wuchtig mit gereckter Schulter gegen jenes einzige Bus-Teil wirft, das von noch durchgehärteter Stabilität zu sein scheint. Gleichwohl – im Zeitlupentempo quält sich die Tür auf und ein Pulk russischer Austauschschüler, alle knapp unter der hiesigen Volljährigkeit, drängelt sich durch den Ausstieg.

Ein hageres Männchen kämpft sich, immer wieder in seinen fortwährenden Sprüngen bis zu einem knappen halben Meter über den jugendlichen Köpfen hinweg herausschießend, mit rudernden Armen durch die Menge, um sich frühzeitig einen vorderen Platz zu erstreiten und platzt endlich aus der gestopften Menge im Ausstieg heraus.

Er wirbelt herum und versucht mit glockenheller Stimme die notwendigen Anweisungen zu geben, damit weder jemand beim Aussteigen zerdrückt werden, noch in der großen deutschen Stadt abrupt verlustig gehen würde.

Das Russisch klingt aus seinem gespitzten Mund kurioserweise eher nach Französisch.

Unser Oberstufendirektor fängt eines der beiden fuchtelnden Händchen des russischen Kollegen ein und schüttelt es zur Begrüßung.

Obwohl verbürgt ist, dass diese beiden Lehrkörper sich das erste Mal in ihrem Leben begegnen, nimmt der Hagere unseren vergleichsweise fülligen Pädagogen beherzt in die Arme und übersät dessen Wangen mit Bruderküssen.

Dann, als ginge es darum, Seekisten abzufertigen, zückt unser Herr Meier-Wohlauf ein Klemmbrett mit einer schreibmaschinengeschriebenen Liste hervor; flugs wird beim Ostblockkollegen ein ledernes Notizbüchlein hervorgezaubert – und jeder Lehrerblick überkreuzt fortan den des anderen, was denn jener dort auf seiner Liste stehen habe.

Der russische Kollege, der hin und wieder Gruschenko gerufen wird, kontrolliert sicherheitshalber, dass sich auch kein Schützling zwischen den Sitzen verkrümelt habe, in der Absicht, wieder sofort nach Mütterchen Russland zurückgekarrt zu werden.

Dann überzeugt sich Gruschenko ein weiteres Mal, ob Kollege Meier-Wohlauf auch all seine Schüler auf dessen Liste und jedem eine Gastfamilie zugewiesen habe. So ist Iwan an diesem sonnigen vorletzten Tag vor den großen Ferien zu uns nach Hause gekommen...

Ich darf mich an dieser Stelle vorstellen, mein Name ist Sophia Benecke, ich bin siebzehn Jahre alt und werde im Laufe der anstehenden Sommerferien meine umfassende

Geschäftsfähigkeit erlangen. Ich wohne mit meinen Eltern in einem nicht übertrieben großen, jedoch wenigstens freistehenden Einfamilienhaus in einer beschaulichen Siedlung mit gepflegten Vorgärten und bunten Dächern und besuche zurzeit das Albert-Einstein-Gymnasium in jenem beschaulichen deutschen Städtchen, das diesen gelegentlich auch überregional bekannten Dom aufzuweisen hat.

Noch bevor Meier-Wohlauf uns gefragt hat, ob wir Gastgeber einer Schulklasse aus der Sowjetunion sein wollen, hatte er uns einen kleinen Jugendliteratur-wettbewerb ins Schulzimmer geholt.

Erst habe ich gar nicht daran gedacht, dabei mitzumachen, abgesehen von seitenlangen Briefen, die ich gerne schreibe, ist dieser Text hier mein erster prosaischer Versuch.

Weil die aktuellen Ereignisse jedoch immer turbulenter werden, habe ich mich eines anderen besonnen – einerseits, um zumindest die Chance wahrzunehmen, eintausend D-Mark als Taschengeldaufbesserung einzustreichen, andererseits, um dem Gefühlschaos in meinem Herzen und der beginnenden Auflösung meines Verstandes etwas entgegenzusetzen.

Um die Situation, in der ich mich gerade befinde, für den einfühlsamen Leser nachvollziehbarer zu machen, seien mir zuvor ein paar Worte über mich und mein bisheriges Leben vergönnt:

Ich sehe zurzeit aus wie eine Bäckereifachverkäuferin im ersten Lehrjahr, finde ich. Skandinavisch blond, die Haarspitzen berühren nicht einmal meine Schultern; meine Wänglein haben eine possierliche Auswölbung, so als würde die Bäckereifachverkäuferin besonders gern zwischen jedem Kundenkontakt eine Rumkugel vernaschen – und zwar diese schneeballgroßen. Objektiv gesehen bin ich gar nicht pummelig, mein Freund Jakob sagt immer wieder zu mir:

„Du bist kein bisschen zu dick, du hast zwischen deinen Knochen und deiner Haut wenigstens eine hauchdünne Schicht Fleisch."

Mein Leben ist bis vor kurzem nett und überschaubar gewesen. Ich habe über ausreichenden Ehrgeiz verfügt, überdurchschnittliche schulische Leistungen zu erbringen, um im Spätsommer des übernächsten Jahres mir größere Wahlmöglichkeiten der Fakultäten zu ermöglichen, von denen ich nicht einmal im Ansatz weiß, in welche Richtung es gehen könnte.

Mit Jakob bin ich kurz nach meinem sechzehnten Geburtstag zusammengekommen – und ohne Unterbrechung zusammengeblieben. Jakob ist der perfekte Freund für mich, ungeheuer lieb und nachsichtig, treuherzig und fürsorglich, so gut wie nicht mackermäßig verstellt und trotzdem kein farbloses Weichei. Er kann sich sprachlich gut ausdrücken, tritt der Welt und mir gegenüber tendenziell eher selbstbewusst auf, ist ein sehr guter Küsser und gefällt mir auch sehr gut in allem, was den besonders guten Küssen so manches Mal folgt.

Jakob schreibt Liebesbriefe, an denen neben liebevollen Worten mich besonders berührt, dass eben diese Worte anfangs in sauberster Schreibschrift dahingemalt worden sind, ebenmäßige Schnörkel, jedes „o" kreisrund, jedes „e" mit kühnem Schwung hingezirkelt... und nach der vielleicht zehnten, elften Zeile wird das Schriftbild luschiger, die Bögen flacher, so manches „o" ist von einem kleinen „a" nur noch im Zusammenhang zu identifizieren. Einige Zeilen lang schleicht sich dieser Schlendrian ein, um quasi vor sich selbst zu erschrecken und mitten im Satz, wie zur Ordnung und Sauberkeit gerufen, sind für die nächsten fünf, sechs Zeilen die Lettern wieder wie hingetuscht.

Ich lasse mich gern von ihm massieren, seine Arme und Hände verfügen über ein gerüttelt Maß an Kraft und Wendigkeit, instinktiv scheint er Verspannungen aufzuspüren und walkt mir verfestigte Muskelpartien so kräftig durch, dass mir so manche Verspannung wie ein Frosch vom Leibe hüpft und ich mich danach zehn Zentimeter größer fühle.

Wie er im Schreiben die Worte erst malt, im Übergang skizziert und sie gedankenverloren dann hinkritzelt, genauso verhält es sich mit seiner Massagekunst... mitunter werden die Griffe langsam müder und gleichen mehr dicken Kniffen in Haut und Fettgewebe, als so manch törichte Muskelfaser wieder einzufangen. Die Bewegungen verlangsamen bis nahe an den völligen Stillstand, um plötzlich, wie aufgeschreckt, wieder in so kraftvolle und behende Zugriffe zu wechseln, dass ich unvermittelt laut aufstöhnen muss – einerseits im Genuss, andererseits aber auch im Erschrecken... und ich bin sicher, Jakob wird bei jedem Aufstöhnen ein kleines dankbares Lächeln auf sein sonst so konzentriertes Gesicht gezaubert. Solches Stöhnen ist in seinen Ohren Lob und Lohn für all die Plackerei...

Mein treuer Liebeskamerad hat ein immer braungebranntes Gesicht, auch in den Wintermonaten.

Seine Gesichtszüge haben immer noch eher die weichen Rundungen eines Kindergesichts, denn männlich-markante Kanten; dazu passt auch, dass er sich mit seinen siebzehn Jahren noch nicht einmal effektiv rasieren kann.

Wenn ich seine Gesichtszüge beschreiben müsste, würde ich sagen, er sieht aus wie Lassie, wie ein Collie, und zwar solch einer mit runder Schnauze. Da passt sich auch sein sehr volles, kräftiges Haar ein, das etwas zu üppig wächst, um je in eine smarte Frisur verwandelt werden zu können.

Sein Körperbau hat sich im Vergleich zu seinem Gesicht schneller entwickelt; auch ohne regelmäßigen Sport ist seine Figur sportlich gewachsen, mit gesundem Kreuz und flachem Bauch; wenn er mit nassen Haaren neben mir steht, bin ich nur noch einen halben Kopf kleiner.

Er lebt bei seinen Eltern, hat an ihnen nichts Nennenswertes auszusetzen, tritt seinen schulischen Anforderungen konzentriert entgegen, ohne dabei verbissen zu sein und ist im Übrigen einen Jahrgang über mir, weil er damals bereits mit fünf Jahren eingeschult worden ist.

Wenn er nicht gerade an meinen Lippen hängt (sowohl zuhörender- als auch küssenderweise) oder mit gepflegten Freizeitbeschäftigungen eben solche Zeit mit mir totschlägt, dann trifft er sich mit seiner Clique, bestehend aus Tobi (seinem besten Freund... nach mir versteht sich), einem Dickerchen namens Dietmar und Karla, der Schönsten der ganzen Schule.

In den Anfangsmonaten kokettierte ich noch damit, auf sie eifersüchtig zu sein... aber ehrlich gesagt nur, weil Eifersucht ein Gefühl ist, das man so aufregend in seinem Herzen und in seiner Magengrube fühlen kann. Wirklich bot mir Jakob bisher noch nie einen Grund... und unter dem oberflächlich kultivierten Gefühl lag ein tiefes

Vertrauen, dass mein Freund mir treu und offenherzig ergeben ist.

Es hilft auch, dass Karla seit mittlerweile über drei Jahren fest mit Tobi liiert ist. Und seinem besten Freund die Freundin auszuspannen – wirft mitunter die eine oder andere Betrübnis auf. Gleichwohl!

Die Zukunft ist bei uns auch schon fertiggezimmert: Wenn ich das Abitur endlich abgeschlossen habe, werden wir uns gegenseitig dazu verpflichten, uns nur in jene Studiengänge einzuschreiben, die man in derselben Stadt studieren kann, um endlich eine gemeinsame Wohnung zu beziehen, eine richtige Studentenbude mit Wohngemeinschaftsflair.

Dann nach erfolgreichem Studium wollen wir beide erst einmal zwei, drei Jahre stramm durcharbeiten, ein freistehendes Einfamilienhaus bauen, hiernach zwei Kinder bekommen und davor, mittendrin oder kurz danach heiraten.

Und schließlich, das ist kein Witz... wir haben das tatsächlich bereits in unseren blühenden Jugendjahren so geplant: Im Pensionsalter, wenn die Kinder dann aus dem Haus sind, haben wir durch gekonnte Wirtschaftlichkeit so viel Geld gespart, dass wir den Rest der Welt reisenderweise kennenlernen können, all jene spannenden Orte, in die uns unsere vielen Familienurlaube noch nicht hingeführt haben werden.

Gestern noch schenkte mir Jakob einen Strauß rote Rosen, einfach so, von Mensch zu Mensch... rote Rosen, weil sie leidenschaftliche Liebe symbolisieren... Ein Narr, der glaubt, hier rufe sich nur jemand nochmals in Erinnerung, weil am darauffolgenden Tag die geliebte Freundin einen männlichen Gastschüler in den Familienhaushalt aufnimmt.

Und nun laufe ich neben Iwan, trage eine seiner insgesamt drei zerschlissenen Reisetaschen sowie eine in braunes Packpapier gewickelte Glasflasche, ein Dankeschön an meine Eltern für die Gastfreundschaft. Und ich behaupte mit geradezu hellseherischer Gabe schon zu wissen, welches Getränk ich da für ihn herumschleppe...

Eben noch wurde mir Iwan von Meier-Wohlauf kurz vorgestellt, ein brav gescheitelter Junge in meinem Alter, meiner Körpergröße und überraschenderweise flüssig sprechend in meiner Muttersprache, wie er da brav auswendig gelernt seinen Hofknicks macht und nur mit dem Hauch eines russischen Akzents aufsagt:

„Guten Morgen Sophia, mein Name ist Iwan Schütz, ich komme aus der wunderschönen Stadt Wolgograd und freue mich, Sie kennenlernen zu dürfen. Vielen Dank für Ihre Gastfreundschaft und bedanken möchte ich mich auch für die zwei freundlichen Briefe, die es mir erlaubt haben, Sie und Ihr wunderschönes Land ein bisschen kennenzulernen. Ich habe mich bereits bei Herrn Gruschenko abgemeldet. Wenn es Ihnen recht ist, können wir uns auf den Weg zu Ihrem Zuhause machen."

Formvollendet ausgedrückt und flüssig vorgetragen, begleitet durch viele kleine, unscheinbare Verneigungen und etwa tausend eingestreute Lächler.

„Woher kannst du so gut Deutsch sprechen?"

Diese Frage hat mich wirklich interessiert, gleichzeitig habe ich sofort den Impuls gehabt, klarzustellen, dass ich von einem Gleichaltrigen nicht zwingend gesiezt werden müsse.

„Meine Vorfahren haben deutsche Wurzeln und in unserer Familie kultivieren wir zwei Sprachen. Ich bin Russe, fühle mich ein bisschen aber auch wie ein deutscher Junge."

Zu Hause angekommen laufen wir einem mütterlichen Empfangskomitee direkt in die Arme.

„Iwan, herzlich willkommen in Köln. Ich hoffe, du hattest eine angenehme Reise. Darf ich dich eben kurz drücken…"

Ich bin nach Mutters warmen Worten und einem stümperhaft ausgeführten Bruderkuss im Begriff, die erste seiner Reisetaschen bereits die Treppe hoch in unser Gastzimmer zu schleppen, dabei sehe ich, quasi aus den Augenwinkeln, wie Iwan das graubraune Packpapier von der Flasche wickelt und (das ist nun wirklich eine Überraschung – höhö!) einen russischen Wodka hervorzaubert.

Ich mühe mich die Treppe hinauf und zwischen meinen lauten Tritten meine ich zu vernehmen, wie Iwan sein Sprüchlein von eben erneut aufsagt, natürlich ohne Mutter mit Sophia anzusprechen und den jetzt wenig Sinn machenden letzten zwei Sätzen.

Iwan trippelt hinter mir die Treppe hoch und Mutter trippelt hinter Iwan die Treppe hoch, permanent darum bemüht, ihm zumindest eine Reisetasche hilfsbereit zu entreißen.

Iwan bestaunt das prächtige Gästezimmer, freut sich aufrichtig über die Bärchen-Bettwäsche, feiert den geblümten Vorhang und schätzt die antiken Möbel, quasi aus einem großen Königsschloss herausgeerbt. Einzig ein kleines Farbfernsehgerät verweist vage auf die Neuzeit.

Iwan verbeugt sich in alle Sinn machenden Richtungen zum Dank und lächelt uns aus seinem Zimmer heraus, damit er sich mit ein paar ausgepackten Sachen diesen Raum ein wenig zu eigen machen kann.

Mutter ruft durch die gerade zugefallene Tür:

„Und um 13.00 Uhr gibt es Mittagessen."

Ich übersetze sicherheitshalber:
„Also um eins!"
So, der Anfang ist getan!

Meine Mutter, in den kulturellen Errungenschaften Russlands nicht ganz so bewandert, bietet Iwan an:
„Du kannst auch gern einen großen Löffel bekommen..."
- als dieser gerade Messer und Gabel ergreift.
Es spricht für Iwans fast übermenschliche Toleranz, dass er dies mit nichts, als einem dankbaren Lächeln ablehnt.
„Mutter!!" gemahne ich – bestimmt nicht zum letzten Mal bei dieser Mahlzeit.
„Was denn???" empört sich Mutter, als störte ich sie bei dem Versuch, einfach nur nett zu sein.
Mutters Versuche, einfach nur nett zu sein, wuchern etwas aus, als sie Iwan, der drei Mal versichert habe, er möchte nicht noch eine Portion, da er bereits wunderbar gesättigt sei, von ihr eine mächtige Kelle Kartoffelpüree aufgekleckst bekommt, dicht gefolgt von einer Bratwurst, die mit ihren Fingern von der Gabel abgestreift worden ist, damit sie im hohen Bogen in das Püree klatschen kann.
„Mutter!"
Nachdem sich Iwan mühselig erneut über Mußkartoffel und Fleischwurst hergemacht hat, versucht meine Mutter als Beitrag zum großen Gastfamilienwohlfühlen etwas Konversation:
„Oh, ich bin ja ein Fan von Gorbatschow. Ein wunderbarer Staatsmann. Hast du auch das Gefühl, jetzt geht es mit Russland erst richtig bergauf?"
Iwan versucht eine Antwort, doch kaum holt er zum ersten Wort tief Luft, fällt meiner Mutter ein noch tollerer Satz ein:

„Wie sind denn eure Lebensverhältnisse in Wolgograd. Dort ist es bestimmt häufig sehr kalt und die Kohlen knapp, oder?"

Mein „Mutter!" wird schon gar nicht mehr gehört. Soeben habe ich das Wort „Fremdschämen" erfunden.

„Wir heizen mit Gas und mir und meiner Familie geht es sehr gut. Danke schön. Und zu Gorbatschow kann ich sagen – und ich kenne mich mit Politik nur ein ganz kleines bisschen aus, dass er wohl im Rest der Welt beliebter ist als im eigenen Heimatland." -

„Ach... schöön!" erwidert meine Mutter und mir wird dabei mit Schrecken klar, dass sie partiell gar nicht mehr in der Lage zu sein scheint, anderen Menschen zuzuhören.

Ich wünsche Iwan, dass er wenigstens innerlich grinsen kann – nein, ich wünsche ihm, dass er ebenso wie meine Mutter bei manchen Ansprachen einfach nicht richtig hinhört.

Mutters Bemühungen ragen ins Unerschöpfliche, auf dass sich Iwan unter ihrem Dach gleich heimisch und glücklich fühlen möge, als sie „Kalinka" anstimmt und neben diesem Namen das restliche Russisch durch „Na-na-na-na!" ersetzt. Iwan lächelt über diese freundliche folkloristische Einlage und versichert mit einem zweiten Lächeln, nun habe er ganz bestimmt kein Heimweh mehr.

Vater ist beim Abendbrot in ähnlicher Weise peinlich, wenn auch er weniger aus dem Bauch herauskommt.

Vater möchte mit Iwan -so von Mann zu Mann- über Glasnost und Perestroika diskutieren, möchte Visionen über Folgen des Zerfalls des Warschauer Paktes entwickeln, über schwindende kulturelle Identitäten reden, gemeinsam die vor allem wirtschaftlichen Vorteile der Westöffnung aufzählen und in deutsch-russischer Völkerverständigung das Loblied auf die gewonnene

Reisefreiheit anstimmen, deren Nutznießer Iwan ja nun gerade geworden sei...

„Hm..." äußert sich Iwan, ein Hm mit inhaltlichem Schwergewicht, „...ich muss ehrlich sagen, ich bin von den Strapazen der Reise ziemlich müde und würde gern bald zu Bett gehen. Vorher müsste ich jedoch noch meinen Tagesaufsatz schreiben: Eingewöhnung in die Gastfamilie. Das wird echt viel und steht mir noch bevor. Also, wenn Sie erlauben..." -

„Aber selbstverständlich, mein Lieber, und wenn du magst, dann zeigste mir deinen Aufsatz heute Abend noch und ich flieg mal eben drüber, ich bin ganz gut in Rechtschreibung." -

„In russischer, oder was???" platze ich dazwischen und Iwan vermittelt gleich:

„Vielen Dank, das werde ich ganz bestimmt machen."

Iwans letzter Satz geht zum Glück im Gewusel unter, als ich dazwischenturne, ihn bei der Hand nehme und laut in die Szenerie hineinrufe:

„Iwan, komm her, ich bring dich auf dein Zimmer." –

„Gerne, Sophia, dann können wir ja noch ein paar Worte palavern." (Lustig, diese Wortwahl!)

Wenig später sitzen wir uns endlich in jugendlicher Eintracht gegenüber und ich möchte mich gerade für das forsche Auftreten meiner Eltern entschuldigen, da bildet Iwans Mund kunstvoll jedes Wort wie eine Seifenblase:

„Ich finde deine Eltern richtig nett."

Innerlich falle ich vom Stuhl... möchte ihn schütteln, er möge doch die geheuchelte Höflichkeit sein lassen oder einfach wissentlich schweigen, dann möchte ich ihm verschwörerisch gegen den Oberarm buffen und ihm grinsend sagen, dass doch meine Eltern echt voll peinlich seien, oder? Zum Glück weiß ich mich in letzter Sekunde zu bremsen. Was wäre damit gewonnen? Nein, er soll sich doch eigentlich bei uns richtig wohlfühlen. Gleichwohl! Einige Viertelstündchen sind wir noch am Palavern, über Gott, Mütterchen Russland und die restliche Welt, haben uns die ersten Lacher von Herzen geteilt, als Iwan plötzlich eine Handvoll Zeitgenossen seiner Heimat mimisch darstellt und auch gekonnt in unterschiedlichen Stimmlagen imitiert. Und schließlich erfinden wir unfreiwillig unser Verabschiedungszeremoniell, als wir beide nicht recht wissen, was ich mit meiner rechten, er mit seiner linken Hand anfangen soll, auf halbem Wege, als wir den Impuls haben, uns zum Abschied die Hand zu schütteln und dabei bemerken, wie albern dies doch sei. So formen wir unsere Hände eben zu Fäusten und buffen die Fingerknochen klackend gegeneinander. Es sieht zumindest ein bisschen nach jugendlicher Coolness aus.

Am nächsten Morgen bin ich bei noch nächtlicher Dunkelheit gleich hellwach. Ein Blick auf den Wecker verrät, dass ich mir etwa eine Stunde länger Zeit nehmen kann. Einschlafen bis zum Weckerklingeln klappt nicht mehr. Also lasse ich mir vom Radio Nachrichten und Wetterbericht zuflüstern.

Dann, nach etwa einer halben Stunde, draußen stolziert gerade der schönste Sonnenaufgang über den Himmel, klettere ich munter aus dem Bett, schlurfe barfuß aus meinem Zimmer und hinein ins Bad.

Sonnenstrahlen fallen mir ins Gesicht und provozieren fast einen Nieser. Ich gönne mir ein bisschen mehr Erleuchtung, knipse noch zusätzlich das elektrische Licht an und gleite elegant aus der Bewegung, die nötig ist, um die Badezimmertür zu schließen, direkt auf das Klosett...

und in der Fortsetzung dieser einzigen organischen Bewegung fallen mir Schlafanzughose und Slip die Beine herab und schließlich entledige ich mich geschmeidig meines restlichen Pyjamas.

Nun sitze ich da, wie Gott mich geschaffen hat und beginne entspannt meine Morgentoilette.

Ich denke an die heutige Zeugnisausgabe, an die School's-Out-Party bei Helena Krafthans und daran, dass Eberhard Gollwitz angekündigt hat, seinen Gastschüler am letzten Schultag mitzunehmen. Sollte ich das auch tun mit Iwan? Plötzlich, eine Situation wie aus einem Film, der witzig sein will… doch hier finde ich das gar nicht komisch: Neben dem Klosett steht unsere Hartschalen-Duschkabine mit Rolltüren und Magnetschnappverschluss... und plötzlich machen die ganzen Türmagnete einmal laut „Schnapp".

Ich sitze splitternackt auf dem Klo und neben mir steht kein Geringerer als Iwan, luftanhaltend und sich bloß nicht bewegend, wartend auf dass ich nach verrichteter Morgentoilette... Moment mal, auf was eigentlich? Iwan hat sich nicht eingeschlossen. Ich stehe plötzlich im Raum, sitze plötzlich sofort auf dem Klo und bin so schnell entkleidet, dass jeglicher „Besetzt"-Ruf zu spät gekommen wäre.

Nun steht er da, ebenfalls splitternackt, in der äußersten Ecke der Duschkabine, bedeckt mit seinen Händchen voller Scham seine Scham und vertraut darauf, dass das mächtig eingetrübte Plexiglas ausreichenden Weichzeichner bietet.

Ob er mich durch den Spalt der Duschtüren bereits nackt gesehen hat? Gleichwohl! Ich unterbreche mein Morgenritual, schnappe mir das Häufchen Textil rund um meine Füße und turne mit den Worten:

„Guten Morgen Iwan."

...aus dem Badezimmer.

Damit nicht genug. Im oberen Flur, vor dem Badezimmer kommt mir Mutter entgegen, die die gerade splitternackt heraushuschende Tochter erfreut erblickt und nach einem strammen „Guten Morgen" quiekt:

„Oh das Bad ist frei. Das passt ja gut..."

„Nein, Mutter, Iwan steht gerade unter der Dusche."

Mutter erfasst mich in meiner ganzen Nacktheit, schwenkt mit ihrem Blick zur Badezimmertür und bekommt wechselhafte Gesichtsausdrücke...

„Nein Mutter... es ist überhaupt nicht so, wie du denkst!"

Na, das geht ja gut los mit uns beiden Hübschen...

Iwan bittet mich, ihn mitzunehmen; er neugiert, wie unsere Schule, unsere Klassenzimmer aussehen und welche Töne unsere Lehrkörper so auffächern und anschlagen. Außerdem deutet er an, sich nicht genügend Lesestoff für eigene Freizeitgestaltung eingepackt zu haben und er befürchtet, er könne meinen Eltern bei der notwendigen Hausarbeit im Wege stehen, sitzen oder liegen.

Ich denke an Eberhard Gollwitz... und ob ich das Pech haben werde, als einzige meinen Schulstuhl mit meinem Austauschschüler teilen zu müssen...

„Oh, du hast den Igor ja mitgebracht." begrüßt mich Meier-Wohlfahrt bereits an der Tür und strubbelt mit einer übergriffigen Hand durch Iwans Haupthaar; gleichzeitig streckt der höfliche Igor... ähhhh – Iwan... sein Begrüßungshändchen weit in die Klassenlandschaft hinein, ohne dass diese zum Schütteln ergriffen wird.

„Ihr müsst sehen, wie ihr euch deinen Stuhl teilt. Damit hat ja keiner gerechnet, dass du deinen Russen mitbringst."

19

Dies soll ein Scherz gewesen sein; genauso wie meine Erwiderung:

„Ich finde, heutzutage sollte jeder seinen eigenen Russen haben."

Die Situation ist peinlich und Meier-Wohlfahrt rettet sich schließlich hinter ein kleines Bändchen, aus dem er eine heitere Geschichte vorzulesen beginnt, quasi als Warteüberbrückung, bis endlich die Zeugnisse ausgeteilt werden und der Schulgong das letzte Mal in diesem Schuljahr die vertraute Tonfolge erklingen lässt. Es ist wie „Wir warten aufs Christkind".

Nach zwanzig Minuten lugt unser Pädagoge über den Buchrand hinweg auf und fragt kasperhaft: „Wollt ihr noch mehr hören?"

Das Gros der Reaktion aus seinem Publikum stimmt eher in die Richtung: „Ey Meister, verteil doch mal die Zahlen-Zettel, damit wir endlich feiern gehen können...".

Herr Meier-Wohlfahrt wandert mit seinem Blick von mäkelndem Gesicht zu mäkelndem Gesicht, bis jemand (ein einziger Jemand)) sagt:

„Von mir aus können wir noch 'n Absatz hören, bis es gongt..." -

„Oh, wenn das so ist, dann bitte gerne..."

Und die Lektüre setzt sich wie von allein fort.

Nach weiteren zwanzig Minuten scheint sich dieses Procedere wiederholen zu wollen; da jedoch etwa zwanzig Zeigefinger auf zwanzig Armbanduhrengehäuse klacken, schreibt der Vortragende abschließend noch Titel und Autor des vorgetragenen Textes an die Tafel, greift in seine Lehrerschultasche und holt einen Stoß verhängnisvoll bedruckten Papieres hervor.

Der Meister der Zelebration lässt jeden Einzelnen nach vorne kommen, überreicht die Bescheinigung eigener

Güteklassen und drückt gratulierend und gleichzeitig verabschiedend jedem die Hand. Schließlich zuppelt er noch einen leeren Bogen Papier aus seiner Tasche, malt mit Kugelschreiber eine vollendete „1" darauf und ruft „Igor!" auf.

„Damit du heute nicht leer ausgehst... für vorbildliche Ruhe und erkennbares Interesse an deutscher Literatur bekommst du eine Eins auf deinem eigenen Zeugnis!"

Iwan erhebt sich von seiner Stuhlseite und geht gedemütigt zum Lehrer nach vorne. Ich schäme mich stellvertretend für meinen Lehrer und heiße ihn im Club willkommen...

Etwas später laufen Iwan und ich an einem kleinen Gehwegfeuer vorbei; die größten Hörnis der Schule verbrennen gerade rituell ihre Schulhefte... das hilft jetzt auch nichts mehr! Rasch versuche ich, Iwan daran vorbeizulotsen, wie man sein kleines Kind an den blutüberströmten Opfern eines Unfalls vorbeitreibt. Zu spät, Iwan hat bereits hingesehen und zwei Fragezeichen verfangen sich in seinen Augen.

„Dumm wie fünf Meter Kiesweg!" bleibt mir die einzige Erklärung.

Nachmittags möchte ich meinem Gast Jakob vorstellen – und natürlich auch umgekehrt... und die heutige Ausrede am Telefon, dass Jakob einen dringenden Termin beim... äh... beim... ähh, was war das noch... ach ja, beim Arzt hat, lässt mich aufrichtig bedauern, dass wir uns nicht sehen können. „Na, dann bis morgen... ich rufe dich an, Schatzi!"
Ganz ohne Ironie bin ich davon überzeugt, dass just heute, am Tag der großen Freiheit mein Freund den Jubeltag in einem Wartezimmer verbringen möchte.

Ich werde auch nicht stutzig, als Jakob am nächsten Tag bedauert, aber er habe seiner Mutter versprochen, beim grundsätzlichen Aufräumen, Sortieren und Reinemachen zuhause pausenlos zur Seite stehen zu wollen.

Mein Argwohn ist höchstens staubkörnchengroß, als Jakob am dritten Tag um Verständnis bittet, dass er seine Kumpels Tobi, Didi und Karla schon vergleichsweise ewig nicht mehr gesehen habe und nun ausgerechnet für den heutigen Tag (quasi von Sonnenauf- bis Sonnenuntergang) 'ne Männerrunde machen will – mal abgesehen von Karla.

Zum Samstag hin, als Jakob verlauten lässt, er brauche heute mal einen Tag für sich ganz allein, beschleicht mich der leise Verdacht, Jakob übe sich in einer falsch verstandenen Rücksichtnahme und wolle den russischen Gast nicht verschrecken, wenn zu schnell der feste Freund der Gastgeberin auftauchte und es so aussehen könnte, als fordere dieser Aufmerksamkeit und Exklusivität ein. So ist Jakob, überschlägt sich mit seiner Rücksichtnahme...

Jetzt wird es mir zu bunt und ich verhagele ihm den Tag, den er mal wieder ganz für sich allein braucht. Iwan und ich stehen bei ihm vor der Tür und klingeln ihn vor die Tür.

„Darf ich dir vorstellen: Iwan aus Wolgograd, wohnt jetzt bei uns für zwei Wochen minus drei Tage, also jetzt noch elf Tage... und das ist Jakob, mein fester Freund."

Mein Begrüßungskuss fällt zugegebenermaßen etwas flüchtiger aus als sonst... steckt mich Jakob also bereits an mit dieser übertriebenen Rücksichtnahme.

„Kommste mit raus, spielen?"

Gefühlte elfeinhalb Minuten sitzen wir uns in seinem Kinderzimmer gegenüber und schweigen uns an wie Karpfen. Mal huscht ein Blick aus dem Augenwinkel zu einem anderen Blick aus einem anderen Augenwinkel herüber und wieder zurück.

Ausgetrocknete Münder und feuchte Handinnenflächen beherrschen die Szenerie. Dann ergreift der unfreiwillige Gastgeber das Wort und heißt Iwan in der Bundesrepublik Deutschland herzlich willkommen... was er denn alles wisse und was er gerne wissen möchte, fragt Professor Hastig nach Jahrzehnte zurückliegenden Promovierungen in Geschichte und Politik. Jedenfalls ergibt sich aus dem leicht verkrampften Beginn eine einigermaßen flüssige Konversation.

Ich kann mich nach einer dreiviertel Stunde netter Unterhaltung trotzdem des Eindrucks nicht erwehren, dass Jakobs kilometerlange Souveränität einen winzigen Millimeter zu weit in ein übertriebenes Vorschuss-vertrauen übergetreten ist, mit einem Hauch Gönnerhaftigkeit.

Jakob zelebriert ein Gramm zu sehr, dass er gaaaar kein Problem damit habe, dieser ansehnliche junge Mann aus Russland wohne nun unter einem Dach mit der geliebten Geliebten... Fürs erste geschenkt!

Ich trage im Übrigen in keiner Weise zur zumindest latenten Verkrampfung bei, als ich nach unserem Höflichkeitsbesuch meinen Freund vor den Augen meines Austauschschülers in einer gewissen ostentativen Art zum Abschied küsse:

„Guck mal, ich kann voll dazu stehen, dass Jakob mein Freund ist..." und da gehört ein angefeuchteter Abschiedskuss nun mal dazu! Einwände???

Den kurzen Weg zu uns nach Haus legen wir fast ausschließlich schweigend zurück; wir beide sind ganz schön leergequatscht im Moment.

Abends steht die School's-Out-Party bei Helena Krafthans an; Helena ist lieb, so lieb... sie lädt mich, die aus der Jahrgangsstufe das einzige Mädchen ist, was sie nicht zu ihren Schulfreundinnen zählt, trotzdem mit ein, einfach, um mich nicht auszugrenzen.
Helena ist Jahrgangsbeste, vielleicht wegen ihrer drei Nachhilfelehrer, die sich ihre stinkreichen Eltern locker leisten können...

Um einundzwanzig Uhr klingeln wir pünktlich bei Familie Krafthans. Einundzwanzig Uhr, das nenne ich eine richtig erwachsene Uhrzeit für den Beginn einer School's-Out-Party.
Helena im indischen Sommerkleid und Haare streng zu einem hoch sitzenden Pferdeschwanz gebändigt, begrüßt mich mit übertriebenem Überschwang, einer Eiteitei-Umarmung und zweiunddreißig sauber freigelegten Beißerchen.
Als nächstes, nachdem sie mich mit einer gewissen abfertigenden Bewegung in die Empfangshalle ihres feudalen Wohnsitzes weitergeschoben hat, ergreift sie Jakobs Hand und schüttelt sie lau. Er ist der einzige Gast aus dem nächsten Jahrgang und man munkelt, Helena stünde auf ihn und hätte am liebsten an Eroberungs-strategien alles Verfügbare aufgeboten, wäre er nicht seit Menschheitsgedenken mein fester Freund.
Jakob wird vergleichsweise rasch abgefertigt, dann betritt Iwan das Krafthans-Anwesen, mit schüchtern vorge-strecktem Schüttel-Händchen und einem „Entschuldi-

gung, ich weiß gar nicht, ob ich zu deiner Party kommen darf"-Lächeln.

Ich taxiere blitzschnell Helenas Gesichts- und Körperausdruck und registriere eine plötzliche Anspannung und Aufregung, ein Lächeln, das einem Dümmlichkeitslächeln nicht unähnlich ist und den verkrampften Versuch begleitet, Iwan mit folkloristischer Anpassungsmühe beide Wangen mit ihren Schmallippen zu stempeln.

Ich will es kurz machen, die Party mit Kuschelrock- und Chipstütenambiente, deren Stimmung einen Hauch darunter leidet, dass nur etwa die Hälfte der geladenen Gäste erschienen ist, zieht sich zähflüssig dahin und zeigt eine Gastgeberin, die sich zwischen acht zur Verfügung stehenden russischen Jungen genau *meinen* Iwan ausgesucht hat, um ihn mit ungelenken Blicken und noch missrateneren Lächeleien, mit vergeblichen Tanzaufforderungen und schließlich mit einer erfolgreichen „Bist du eigentlich ein Mensch, der gut zuhören kann, ich hab da voll das Problem und würde gerne mal mit dir allein einen Spaziergang machen, nur so zum Quatschen, verstehst du..."-Masche für sich zu gewinnen versucht.

Helena verlässt tatsächlich als Gastgeberin das sinkende Schiff und kommt nach etwa drei Runden um den Block mit einem zerzaust gequatschten Iwan wieder zurück.

Ich habe in der Zeit viel mit Jakob geknutscht, mich am Erdnusshälften- und Weingummi-Buffet gütlich getan und ein bisschen Einfluss auf die Musikauswahl gewonnen.

Jakob hat zwischen unseren Küssen einige nette Worte mit Leuten aus meinem Jahrgang palavert, die er vordem nur vom Hallo-Sagen kennt und macht insgesamt den

Eindruck, er amüsiere sich gerade ausreichend, jedenfalls mehr, als mit seinen Eltern „Wetten dass..." zu gucken.

Meine Stimmung driftet etwas ab ins Lilafarbene, ich bin ganz leicht angefressen von Helena Krafthans' billigen Versuchen, Iwan für die noch verbleibenden zehn Tage für sich zu gewinnen... immerhin habe ich bereits von meinem eigenen Taschengeld Karten für eine Stadtrundfahrt besorgt und auch weitere Pläne, eine gute Gastgeberin zu sein.

Iwan ist bestimmt zu höflich, um ihre marionettenhaft stümperhaften Annährungsversuche abzuwehren... und ehe wir alle uns versehen, knutscht Iwan aus reiner Verlegenheit die schmalen Lippen der Krafthans.

Ohne den nun folgenden Schritt vorher mit meinem Freund abgestimmt zu haben, platze ich aus dem Nichts zwischen Helena und Iwan und störe mit den Worten:

„Hey Iwan, schau doch mal, meine Eltern haben uns aufgetragen, dass wir um elf spätestens zurück sein müssen.... und jetzt ist es schon... warte mal... mal sehen... oh... es ist zwar erst fünf vor zehn, aber du weißt ja, wir müssen vorher noch bei dem Bahnhofsblumenladen vorbei... du wolltest heute ja noch meiner Mutter Blumen kaufen..."

Nicht nur Iwan schaut wie ein Erdmännchen, Jakob hört zufällig mit und tanzt eurhytmisch eine ganze Batterie Fragezeichen; Helena Krafthans säuert fortan in der Partylandschaft herum.

Ich nehme Iwan bei der einen Hand, schnappe mir mit der anderen seine und meine Jacke – bin schon halb durch die Tür, da besinne ich mich, dass Jakob immer noch wie paralysiert im Eingangsbereich der Krafthans steht und mir bei unserer kleinen Flucht verwirrt zuschaut.

„Ach du, komm her, du kannst uns nach Hause begleiten." -

„Klar, mach ich gerne... und vorher begleite ich euch auch noch zur Bahnhofsfloristik..." reagiert mein Freund geistesgegenwärtig und mit einer gewissen coolen Belustigung.

Schon hat auch er sein Jäckchen gegriffen, weiß sich einer Gastgeberin gegenüber zu benehmen und drückt Helena zum Abschied.

Warum bist du Hals über Kopf aufgebrochen?" fragt Jakob nach einigem Abstand.

Ich bemühe mich darum, geschäftig, konzentriert und die allgemeine Lage im Überblick behaltend zu wirken und sage dann in bedeutsamem Ton:

„Die Krafthans wollte dich verführen, Jakob! Ich hab da so einiges mitgekriegt."

Selbst Iwan staunt, aus welcherlei Anzeichen ich das denn hätte herauslesen können. Die beiden neben mir scheinen zu vermuten, ich hätte da gehörig was durcheinandergewirbelt, denn Helenas Werben um Iwans Gunst war stattdessen die gemeinsam verbrachte Partystunde über augen- und für manche sogar ohrenfällig gewesen.

Da stehe ich nun wie ertappt, eifersüchtig auf eine Schulkameradin, die mir den Austauschschüler auszuspannen versucht und all das direkt vor den Augen meines langjährigen festen Freundes. Super, Sophia, eine Meisterleistung!

Um eventuelle Missstimmungen seitens Jakobs zuvorzukommen, lasse ich Iwan für drei Sekunden mal allein in Deutschland und raune für andere unhörbar meinem Freund zu:

„Sag mal, darf ich heute noch gegen Mitternacht kurz zu dir kommen. Ich werfe Steinchen gegen dein Fenster."

Jakob reagiert mit dem freundlichsten lüsternen Lächeln der Welt. Somit muss ich nur noch Iwan ins Bett bringen und abwarten, bis Jakobs Eltern eingeschlafen sind.

P.S. Ein Umweg über die Bahnhofsfloristik findet nicht mehr statt.

Kurz nach Mitternacht küssen wir uns sehr gut, Jakob und ich, mittlerweile leidlich bekleidet, ich möchte ganz unverkrampft einen leidenschaftlichen Eindruck machen, möchte gerade Esmeraldina sein, die feurige Pustareiterin auf Hengst Barbados und bin doch eher Tante Brunhilde auf ihrem treuen Esel Labskausi.

Mit Glück ist Jakob meine leichte Verkrampfung nicht aufgefallen; ich glaube, er sinkt bereits in seinen unschuldigen Schlaf, während ich mich noch schnell gewande und heimlich die Burg verlasse.

Zu Hause angekommen bleibe ich für einen Moment vor Iwans dunkler Zimmertür stehen und schaue in meiner Fantasie hindurch, wie Iwan dort liegt und wahrscheinlich selig schläft. Dann bringe ich rasch die sechzehn wichtigsten Handgriffe im Bad hinter mich und werfe mich müde und erschöpft in meine Laken.

Am nächsten Tag trippeln Iwan und ich zum Busbahnhof und tauschen meine Tickets gegen eine Stadtrundfahrt rund um den Kölner Dom. Selbst ich erfahre über Gebäude und historisch relevante Straßenzüge Neues und Iwan bleibt fast die gesamte Busfahrt freundschaftlich eingehakt in meiner Armbeuge.

Wie aufgezogen bestaunt er mit wohlgeformten „Ooohs!" und „Ahhhs!" die Sehenswürdigkeiten und versichert mir, in welch faszinierender Stadt ich doch lebe. Köln!? Naja!

Im Kölner Dom bin ich übermütiger Stimmung und schlage vor, heimlich die Orgel zu suchen und einen langen, voluminösen Akkord durch die Kathedrale hallen zu lassen. Leider springt ein sorgenvoller Ausdruck wie beim Pingpong hin und her durch Iwans Gesicht. Außerdem finden wir die Orgel nicht sofort und der Tross der Stadtgeführten bewegt sich bereits wieder gen Besichtigungsbus.

Weil auch meine Idee, dem Stadtführer an seinem Busmikrophon zum Abschied einen zünftigen Dankesklapps gegen den Hinterkopf zu dotzen, bei Iwan keine rechte Zustimmung finden mag, bahnt sich mein Übermut in kleine kitzelige Fingerbohrungen in russische Körperflanken. Und siehe da, mein Gastschüler ist kitzelig. Fortan muss Iwan bis zum Busausstieg ordentlich leiden und ich quieke vor Vergnügen.

Dann, genannt in einer Reihe mit großartigen kulturellen Errungenschaften gleich dem Kölner Dom, zumindest in der westlichen Hemisphäre, präsentiere ich ihm ein besonderes, auch in Köln ansässiges Restaurant mit minimalistischem Charme und einer völlig neuen Wartezeitkonzeption, geschmacklich fein abgestimmt auf ein breites Publikum und in der Bezahlbarkeit von fast sozialistischer Dimension. Auch die potentielle Möglichkeit, sämtliche Kulinarien in Papier gewickelt einfach auf seinem Rückweg quasi im Laufen verköstigen zu können, gewinnt Iwan eine große Hochachtung ab.

Aufs Übelste gesättigt kommen wir bei uns zu Hause an und als sich mein Schlüssel in der Tür noch klackernd dreht, vernehmen wir Mutters Stimme:

„Jakob hat angerufen... ich würd' ihn gleich zurückrufen, wenn ich du wäre!"

Iwan, die Menschwerdung der Diskretion, schleicht sich leise an mir vorbei die Treppe hoch und mir blinkt blaulichthaft die Wählscheibe unseres alten Telefons entgegen.

„Nun, was könnte ich denn jetzt mal machen... mal sehen... hmmm! Ah ja! Ich könnte ja meinen Freund Jakob anrufen!" -

„Kommst du noch vorbei?" fragt mich eine liebe Teddybärstimme so ganz ohne Misstöne und mit der implizierten Botschaft:

„Wenn es nicht klappt, auch nicht so schlimm, dann vielleicht morgen."

Mit dem Fahrrad sind es viereinhalb Minuten. Wir sehen uns, wir küssen uns, wir bleiben heute angezogen und sitzen uns im netten Gespräch gegenüber:

„Na mein Schatz, schön, dich zu sehen... wie geht es dir denn gerade so? Ich hab das Gefühl, du hast ganz schön viel Action, fühlst dich so verantwortlich dafür, dass Iwan hier tolle zwei Wochen hat. Er hat es ehrlich gesagt ganz schön gut, an dich geraten zu sein... du spendierst ihm sogar eine Stadtführung von deinem eigenen Taschengeld. Irgendwie wirkt es, als wenn du Angst davor hast, dass es ihm hier nicht ausreichend genug gefallen könnte oder dass er sich langweilt..." -

„Lieb, das du dich danach erkundigst, Schatz, aber alles ist entspannt. Es sind ja insgesamt nur zwei Wochen und die gehen schnell vorüber..." -

„Ja, zwei Wochen von deinen wohlverdienten sechs Wochen Sommerferien. Pass auf, worauf ich hinauswill: Ich biete dir an, dass ich mich morgen mal allein um Iwan kümmere und du kannst dann ja ein Mädchen aus deinem Jahrgang treffen oder mit deiner Mutter shoppen gehen, oder so..." -

„Mit meiner Mutter shoppen gehen ist so prickelnd wie Lebertran schnupfen... und überhaupt, welche Mädels aus meinem Jahrgang... die sind alle nicht so mein Fall... und alle meine Freunde sind in erster Linie deine Freunde... wäre es da nicht komisch, sie allein zu treffen, nur weil ich dich meinen Austauschschüler babysitten lasse. Aber, allertollster Schatz der Welt, vielen Dank für das Angebot... war süß überlegt, dafür gibt's ein Weihnachtsgeschenk extra!" -

„Wenn du Unterstützung brauchst, egal in welcher Form, sag nur kurz Bescheid. Ich bin da!" -

„Jau! Vielen besten Dank! Sehr süß! Mach ich! Und... ähm... was hast du nun für die nächsten zehn Minuten geplant für uns zwei Hübschen?" -

„Weiß nicht, worauf hast du Lust. Wir können ja mal bei Tobi vorbei. Er ist der Einzige von uns, der noch nicht mit der Familie im Urlaub ist. Hast du Lust?" -

„Ähm...ähhh... jooaahhr... können wir machen."

Heute soll Jakob sich mal ein bisschen in meinen Mittelpunkt gerückt fühlen. Nachher wird er mir noch empfindsam...

So trippeln wir gemütlich zu Tobi, während die Sonne die letzten weißen Wölkchen auflöst. Der azurblaue Himmel und die höchsten Temperaturen der Saison raunen uns verschwörerisch zu: „Geht ins Schwimmbad... schwimmen!" -

...aber Jakob vermeidet den Vorschlag, weil dann zu naheliegend wäre, dass wir auch Iwan zu solch einer Unternehmung mit einsacken müssten... und ich vermeide den Vorschlag, weil... naja, aus demselben Grund, trotz eines konträren Hintergrunds. Kompliziert! Oder vielleicht auch nicht... ach, ich weiß es im Moment selbst nicht.

„Hi ihr beiden, habt ihr Bock eure Schwimmsachen zu holen, dann könnten wir zu dritt ins Schwimmbad? Ja?" begrüßt uns Tobi.

„Ja!" -

„Ähh, ja!"

Ganz kurz bin ich versucht, mir von Tobi eine Badehose zu leihen, um nicht extra nach Hause zu müssen. Dann hat Jakob den rettenden Einfall:

„Wenn du willst, Schatz, zu mir nach Hause ist es der viel kürzere Weg und ein Badeanzug meiner Mutter würde dir -denk ich- genau passen..." -

„Na, besten Dank auch!" -

„Nein, hey, ihr habt wirklich dieselbe Teenagerfigur. Meine Mutter ist zwar bei der Arbeit, hat aber garantiert nichts dagegen. Du bist schließlich ihre Fast-Schwiegertochter." -

„Mach du mir erst einmal einen ordentlichen Antrag..."

Gesagt, getan... das mit dem Badeanzug, nicht mit dem Antrag.

Wenig später spritze ich Jakob und Tobi Wasserfontänen ins Gesicht, bahne mir zwischendrin mit ruhigen Zügen eine kleine Furche ins tiefe Wasser oder renne mit Jakobs Handtuch vor ihm weg, als dieser sich mit blauen Bibberlippen warm einhüllen möchte. Kurzum, Badespaß auf ganz hohem Niveau!

Gleichwohl! Was macht jetzt eigentlich Iwan? Ich bin vorhin weg mit den Worten:

„Muss mal eben kurz zu Jakob und bin sofort zurück."

Das ist nun viereinhalb Stunden her...

„Leute, mir fällt gerade ein, ich hab meiner Mutter versprochen, dass ich heute koche. Oh Kacke, ist das schon spät. Es tut mir leid, ich muss sofort los. Jakob-

Schatz, ich bring dir morgen oder übermorgen den Badeanzug wieder. Ist das ok? -

„Das mit dem Badeanzug ist ok für mich..." ruft Tobi in die Hektik hinein.

Ich werfe mir notdürftig Klamotten über meine halbtrockene Badegarnitur, springe in meine Sandalen... und zurück bleibt nichts, als ein puffiges Staubwölkchen... pardon, am Horizont wendet die Rennmaus blitzschnell, kommt noch einmal zurückgeschossen und liefert den fast vergessenen Abschiedskuss nach.

An meiner Haustür öffnet mir Iwan, lächelt erfreut und nimmt mich zur Begrüßung beherzt in warme, feste Arme: „Es ist gut, dass du da bist, Sophia, deine Mutter und ich haben die ganze Zeit wunderbar gekocht zusammen und gerade sind wir fertig... zum Essen. Da kommst du perfekt pünktlich. Danke dafür!" -

„Bitte... als hätte ich's gewusst. Vielen Dank für die Überraschung. Ich komm dann mal rein!"

Inmitten eines Essens, bei dem nachweislich meiner Mutter beim Würzen und Abschmecken geholfen worden ist, eröffnet diese unserem Gast:

„Lieber Iwan, dich möchte ich fragen, ob es in Ordnung geht, wenn ich die nächsten zwei Tage meinen Mann auf einer Geschäftsreise nach Paris begleite. Meine Tochter frag ich gar nicht erst, die ist sowieso froh, mal zwei Tage Ruhe von ihren Eltern zu haben." -

„Oh, Paris, die Hauptstadt von Frankreich..." glänzt Iwan mit explizitem geographischem Wissen.

„Olala, die Stadt der Liebe!" kommentiere ich mit leiser, frecher Ironie.

„Ich nehme das dann als Zustimmung von euch beiden. Wir lassen euch selbstverständlich so viel Geld da, dass ihr entweder jeden Abend ins Restaurant gehen könnt oder ihr kocht selbst und kauft euch mit dem Restgeld einen neuen Fernseher. Hehe!"

„Mama, wann genau fahrt ihr denn los?"

Auf meine sachliche Frage erfolgt eine schlecht geschauspielerte Überempfindlichkeit:

„Du kannst wohl gar nicht erwarten, uns loszuwerden."

Wie wenig Mutter merkt, dass sie im Grunde genau ins Schwarze getroffen hat...

Ich muss Jakob noch anrufen und ihm mitteilen, dass ich die nächsten zwei Tage vollends eingebunden bin in Gastgeberangelegenheiten. Hoffentlich braucht Jakobs Mutter nicht noch vor überübermorgen ihren alten Badeanzug…

Iwan benötigt zehn Minuten für sich, da er seinen Eltern eine Ansichtskarte vom Kölner Dom nach Wolgograd schicken möchte. Ich nutze die Minuten, um mir den fremden Badeanzug abzustreifen und mir das Chlor von der Haut zu duschen.

Am Nachmittag verlängern Iwan und ich den Weg zum Briefkasten, indem wir einen Stadtbummel unternehmen. Iwan kauft eine Shorts sowie ein Buch und ich lasse ein neues Kleid meine Kurven umschmeicheln.

Wieder Zuhause angekommen decken wir für ein üppiges Abendbrot ein und halten Vater bei seiner großen logistischen Herausforderung ab mit unserem ewigen „Und was willst du gleich zum Abendbrot essen... und trinken... und rauchen...", er packt erstmals seinen Koffer allein und stellt fest, dass Packen für zwei Tage oder zwei Wochen keinen nennenswerten Unterschied macht.

Mein Vater sieht wortwörtlich zerzaust aus, als sein prall gefüllter Koffer in unserem Windfang auf den ersten Hahnenschrei wartet.

„Ich werde nur einen Bruchteil der ganzen Klamotten brauchen, aber ich weiß gerade nicht welche." gesteht er mit säuerlicher Miene; seine Mundwinkel fallen herab, als Mutter genau mit diesem Bruchteil in einem winzigen Rucksäckchen angeschwebt kommt und diesen auf Vaters zum Bersten übervollen Koffer drauftupft.

Nach einem Abendbrot, bei dem meine Eltern sich einmal wirklich entspannen, gelöst lächeln können und den einen oder anderen Witz machen, vertröste ich Iwan auf sein neu gekauftes Buch, da ich doch noch einmal schnell zu Jakob rüber möchte... um ihm die neue Situation kurz zu erklären.

„Aber natürlich und selbstverständlich. Bringe ihm herzliche Grüße von mir. Ich freue mich bei meinem Buch jedenfalls auf ein paar erbauliche Zeilen." -

„Ein paar erbauliche Zeilen..." wiederhole ich ungläubig.

Ich habe eine derartige Sprache von einem Gleichaltrigen (selbst von einem, der aus Russland kommt) noch nie gehört und habe nicht einmal den Hauch einer Ironie heraushören können. Ich klopfe ihm erbaulich auf die Schulter und ergänze:

„Mögen die Zeilen dich erquicken, auf dass dein Intellekt in alle Höhen hinfortpresche!"

Mein Grinsen wirkt hoffentlich ausreichend nett. Mein zweites Klopfen an seine Schulter ist ein schneller Abschiedsgruß, schon schlüpfe ich temperamentvoll durch die Tür...

„Also nochmal... deine Eltern fahren zusammen auf Geschäftsreise für das Büro deines Papas und du fühlst dich verpflichtet, die ganzen zwei Tage für Iwan da zu sein, weil er ja keinen anderen kennt und deine Eltern sich ja logischerweise in der Zeit auch nicht um ihn kümmern können. Das ist doch kein Problem; macht euch schöne

Tage... und wenn du mal Ruhe haben willst, dann hole ich einfach Iwan bei dir ab und schleife ihn ins Kino oder ins Schwimmbad... mir wird schon was einfallen. Mach dir keinen Stress! Wird schon alles werden." -

„Du bist süß!"

Ich küsse Jakob erst einmal dankbar, dann küsse ich ihn (fällt mir gerade ein) zur nachgeholten Begrüßung, küsse ihn nochmals wegen (na, weil Küssen schön ist) und ein letztes Mal zum Abschied, denn meine Eltern wollen zeitig ins Bett, weil sie morgen in aller Herrgottsfrühe losfahren und ich möchte ihnen heute Abend noch Tschüss sagen. Schon schlüpfe ich temperamentvoll durch die Tür.

Mir gelingt ein unaufgeregter Abschied mit meinen Eltern; ich ziehe mich, nachdem ich Iwan zur Gutenacht einmal herzig gedrückt habe, in mein Zimmer zurück und komme nach langer Zeit mal wieder zum Lesen.

Im Haus ist es mucksmäuschenstill; ich habe das siebte Kapitel gerade hinter mich gebracht und muss mich zwischen den Buchseiten mal ein wenig strecken, da geht nebenan Iwans Zimmertür. Zwei Barfüße schleichen über den Flur in Richtung Badezimmer.

Ich weiß nicht, was mich gerade reitet, aber ich lege mein Buch zur Seite, schleiche zu meiner Zimmertür, halte sie unauffällig leicht geöffnet, bis die Badezimmertür ins Schloss fällt und ich vermutlich „reine Luft" habe.

Dann tapere ich so lautlos wie ein Luchs zum Badezimmerschlüsselloch. Ich kann am Schlüssel vorbeigucken und sehe tatsächlich, wie Iwan seinen formvollendet auf Stoß zusammengelegten Satin-Pyjama auf dem Spülkasten ablegt und vor dem Waschbecken beginnt, seine Tagesklamotten zu Boden gleiten zu lassen. Und ich weiß nicht, wer mich jetzt ganz neu plötzlich reitet, die ganze Spanner-Aktion läuft unabwendbar auf einen gewissen Höhepunkt zu, Iwan fasst gerade mit beiden Daumen in die Unterhose, um sich ihrer gänzlich zu entledigen, da lasse ich plötzlich ab vom Schlüsselloch. Ist ein Funken Schamgefühl überraschend zurückgekehrt? Ein bisschen pocht mein Herz vor Aufregung. Ich wirbele mucksmäuschenstill herum und tapere zurück in mein sicheres Bett.

„Puh, geschafft!" sagt meine Engel-Seite... und „Naja, ein Tickchen zu früh habe ich das kleine Lustspiel doch beendet." ...das Teufelchen.

Gleichwohl! Ich schlafe irgendwann ein und träume wenigstens unaufgeregt.

Am nächsten Tag spazieren Iwan und ich in der prallen Mittagssonne zum Schwimmbad, in dem wir weder Jakob noch dessen Freunde treffen, um nach *erbaulichen* Schwimmzügen und einem Brathähnchen-Mittagessen in zwei Kinosesseln zu landen.

Es ist irgendwie, als würde ich sicherheitshalber schon mal die Unternehmungen vorwegnehmen, die Jakob in seiner großen Güte mir entlastungshalber bereits abzunehmen gedacht hat.

Der Film ist ungewöhnlich gut, nicht großes Popkornkino, sondern ein unterhaltsamer, bisweilen witziger Film mit einer leisen Ambition, mit ein paar Momenten nachvollziehbarer Wahrhaftigkeit.

Iwan mit seiner russischen Seele mag die leichte Schwermut sehr... Jedenfalls kommen wir beschwingt und angeregt aus dem Kino wieder heraus und sind verwundert, dass die Sonne immer noch hell scheint. Der Vorteil der frühen Abendvorstellung: es bleibt immer noch genug Zeit für ein ausgedehntes Abendprogramm.

„Iwan, wenn wir gleich zuhause angekommen sind, kannst du mir ja ein, zwei Kapitel aus deinem neu gekauften Buch vorlesen." -

„Das mache ich sehr gern... nur... ich habe es gestern bereits zu Ende gelesen." -

„Na, dann können wir stattdessen auch chic einkaufen gehen und uns zusammen was zum Abendessen kochen." -

„Immer wieder sehr gern!"

Gesagt, eingekauft, gekocht, gegessen, getan!

Und als die Küche wieder blitzt, ist es gerade mal zwanzig Uhr dreizehn.

„Oh viertel nach acht, Da kommt doch bestimmt was Gutes im Fernsehen." juble ich.

„Weißt du, wo meine Eltern die Fernsehzeitung hingelegt haben?"

Iwan verneint, beginnt daraufhin aber wie ein Jagd-Dackel nach ihr Ausschau zu halten. Ich rücke zwei Sessel nebeneinander und schalte das Fernsehgerät schon mal an. Die Tagesschau ist gerade zu Ende. Es kündigt sich ein Film an.

Also rekeln wir uns in unsere Sessel, genießen, dass wir zum TV-Abend keine Chips reichen und beginnen, uns in die packende Geschichte und faszinierende Atmosphäre des Films hineinziehen zu lassen.

Plötzlich, wir sind mittlerweile richtig mitgerissen von diesem cineastischen Werk, knackt und pufft und zischt es aus dem Korpus unseres Fernsehers und das noch einmal grell aufblitzende Bild wird zu einem etwa zwei Millimeter hohen Lichtstreifen. Zwar läuft der Ton unbeirrt weiter, doch auf ein Hörspiel sind wir nicht recht eingestellt.

Zuerst drücke ich in zufälliger Abfolge sämtliche Tasten der Fernbedienung und schalte das Gerät mehrfach aus und wieder ein, dann versucht Iwan sein Glück – jedoch ebenso vergeblich.

Damit das Gerät schließlich nicht noch implodiert oder ähnlich neckische Dinge vorhat, verzichten wir nun auch auf den Ton und schalten ab, inklusive den Stecker aus der Steckdose zu ziehen.

Es ist gerade spannend geworden mit unserem Film, sehr interessant… und selbstverständlich möchten wir emotional teilhaben, wie denn nun die schwierige Ausgangslage sich zum Happy End erquicklich auflöst.

Also bleibt nur eine Möglichkeit: unser alter Fernseher, der mittlerweile in Iwans Zimmer steht! Und Mutter sagt noch: Wenn ihr bescheiden einkauft, könnt ihr von dem vielen Geld, was ihr zur Verpflegung bekommt, euch einen neuen Fernseher leisten. Ein Hauch Prophetie!

Da vom Filmgeschehen möglichst wenig verpasst werden soll, muss der Wechsel schnell gehen. Wir stürmen hinauf in Iwans Zimmer, schalten den Fernseher schon mal an und kümmern uns dann erst um Sitzgelegenheiten. Auf dem einzigen Stuhl im Zimmer steht eine von Iwans Reisetaschen. Sessel, geschweige denn Sofas, haben nie den Weg in unser Gästezimmer gefunden; einzig sein schmales Bett ist wunderbar ausgerichtet gen Fernseher.

Der Film fesselt gerade, noch haben wir die Chance, bei den Handlungsverwicklungen den Überblick zu behalten. Iwan wartet auf mich und bleibt etwas verlegen in der Nähe seines Bettes stehen. Ich halte kurz inne, vergegenwärtige mir nochmals sämtliche Sitz- respektive Liegegelegenheiten und schiebe dann sanft aber bestimmt Iwan in Richtung Bett, seinen Popo etwa in die Höhe, die man abzirkeln würde, wenn man sich zu betten gedenkt… Iwan nimmt etwas betreten auf der Bettkante Platz und möchte sich gerade sitzenderweise ganz dem Film widmen, da klopfe ich ihm dreimal zackig gegen seinen Oberschenkel und sage so forsch, wie es im Bereich allgemeiner Freundlichkeit gerade noch zu vertreten ist: „Los, rutsch mal ganz rüber."

Iwan rutscht in seinem Sitz ganz rüber, jedoch in entzückend verkrampfter Haltung, den Rücken steif aufgerichtet, die Knie angezogen, den Blick neutral nach vorne gerichtet... so schmal und zusammengeschnürt, dass seine Gastgeberin und noch ein fetter Mops in ebensolcher Haltung neben ihn passen würden.

Ich finde also ausreichend Platz, lasse mich anfangs ein wenig von Iwans Verlegenheit anstecken, bald jedoch wird mir das alles zu anstrengend. Der Film spielt munter weiter und wir ruckeln quasi immer noch durch die Sitzreihen des Kinos...

Dann strecke ich mich einfach lang aus, mein Kopf ist plötzlich gebettet auf dem fluffig aufgeworfenen Kopfkissen, ich liege ausgetreckt auf Iwans akkurat glattgestrichener Bettdecke... und meine letzten kleinen Zurechträkler buffen ihn immer wieder an, so dass er diese unweigerlich als Aufforderung sehen muss, es mir endlich gleichzutun.

Nun liegen wir nebeneinander, passen sogar wie zwei Puzzleteile hübsch nah aneinander und haben es bequem, um endlich den Handlungsfaden des Films wieder aufzunehmen und in unsere Aufmerksamkeit einzufädeln. Die künstlerische Qualität des TV-Ereignisses fällt im Vergleich zum heute im Kino gesehenen Machwerk leicht ab; ebenso wird der Film in seinem Erzähltempo gerade etwas dröger.

Iwan und ich liegen eng an eng aneinander, jeder Atmer, der seinen Brustkorb leicht anhebt, lässt seinen Körper ein klein wenig an den meinen schmiegen. Ein, zwei, drei Mal versuche ich unbemerkt hinüberzublinzeln, ob Iwan nach wie vor unabweichlich auf den Bildschirm blickt. Ja, er tut es, obwohl mindestens einer meiner kurzen Seitenblicke seinen Augenwinkeln kaum entgangen sein dürfte.

Ich werde kribbelig... einerseits liege ich ausgestreckt da auf Iwans brav gemachtem Bett, fühle mich richtig wohl und geruhsam und irgendwie angenehm geborgen, andererseits steigt eine energetische Anspannung in mir an, eine Aufregung, die mir flugs den gesamten Rachenraum trockenlegt. Zwischen Iwan und mir herrscht eindeutig eine große Spannung... ich verliere gerade den Faden dieses blöden Films!

Mein Presslufthammer-Herzpochen kann Iwans Ohren nicht entgangen sein; ich bebe mittlerweile mit meinem ganzen Körper auf einer Sechs der Richterskala.

Da dreht sich Iwan ganz langsam und voller Behutsamkeit zu mir um, er liegt so dicht, dass ich sein Gesicht nur unscharf sehe, dreht sich um und schaut einfach nur lieb, offen, erwartungsvoll und unschuldig... keinerlei weitere Gemütsregung ist für den ersten Augenblick abzulesen. Oh mein Gott, sieht er niedlich aus!

Ich verliere den Boden unter den Füßen, quasi das Gästebett unter meinem Leib. Um mich herum wirbelt alles im Rausch... und ich fühle mich gerade losgelöst von meinem gesamten bisherigen Leben.

Um uns herum ist es dunkel geworden, selbst die Szenen im Fernsehen spielen gerade nachts.

Es ist, als würde ich wie von Wogen davongetragen. Es bildet sich klar heraus: ich sehne mich danach, mich auf Iwan zu stürzen, ihn zu küssen und von ihm geküsst zu werden. Die Spannung ist unerträglich hoch. Mir wird gerade alles andere egal, alles andere ist wie ausgeblendet.

Es sind nur noch drei Millimeter zwischen dem tatsächlichen Küssen und der letzten Chance, aufzuspringen und erleichtert zu sein, dass nichts Verhehrendes passiert ist. Das kann ich so genau sagen, weil ich zufällig ein zusammengerolltes Maßband aus dem Nähkorb meiner Oma parat habe.

Doch in rasender Geschwindigkeit verringern sich diese drei Millimeter. Ich kann nicht mehr anhalten. Ich erlebe, wie ich plötzlich in fremden Armen liege, ich spüre, wie ich zu Iwan herangezogen werde.

Ja, ich will ihm zurasen, dem alles erfüllenden Rausch endlich vollends nachgeben, ich möchte tief in diese nicht mehr fremden Arme sinken und seine Lippen finden, sie küssend auf meinen spüren...

Mein Gott, wir umarmen uns bereits, wir halten uns dicht beieinander fest. Ich sehe unscharf Iwans liebe Augen; ich sehe sein Gesicht so unfassbar dicht vor meinem. Seine Lippen sind mir so schreiend nah, dass ich nur noch einmal auszuatmen brauche, und unsere Münder vereinigen sich im leidenschaftlichen Kuss.

Es ist nicht mehr aufzuhalten! Nein, ich will es um keinen Preis mehr aufhalten; ich will es endlich geschehen lassen... nur noch dieser halbe Millimeter zwischen uns muss überwunden werden, dann ist eine neue wunderbare Wahrheit für mein Leben besiegelt, dann findet meine heiße Sehnsucht endlich ihre Entsprechung.

Während der süßen Überwindung dieses letzten halben Millimeters denke ich plötzlich an Jakob, denke an unsere Beziehung, an die fast zwei Jahre, die wir nun ein Paar sind... und ob das hier mit Iwan denn richtig sei. Und dieser Gedanke wird überschrien mit einer so kraftvollen Überzeugung, von einer unendlich gefestigten Sicherheit; diese Annäherung an Iwan duldet keinerlei Zweifel, sie fühlt sich so für alle Ewigkeit gesetzt an, so richtig und wahrhaftig, dass Jakob mit einem Male in eine kühle Ferne gerückt ist. Er vermag das Übergroße zwischen Iwan und mir in keiner Weise zu beeinträchtigen oder infrage zu stellen. Ich lasse es jetzt geschehen... ich küsse Iwan jetzt. Ja, es ist das einzig Richtige und Ehrliche...

Und dann geschieht es auf süße, rasend leidenschaftliche und berauschend erfüllende Weise. Wir küssen uns und dieser Kuss verwandelt uns auf den Schlag in strahlende Wesen. Wir fiebern aneinander, lösen und erlösen uns aus alten Lebenswelten und finden einen farbenfrohen Einzug ins Paradies.

Unsere Lippen lassen gar nicht mehr von uns ab und unsere Körper schmiegen sich immer dichter und entsprechender aneinander. Es ist wie Fliegen, wie genussvolles Fallen und berauschendes, raketenhaftes Aufsteigen. Nichts hat sich in den letzten Jahren so richtig und naheliegend angefühlt wie dieses erlösende Küssen.

Die entscheidende Schleuse zwischen uns ist befreiend geöffnet worden... und dass wir uns in unserer Leidenschaftlichkeit wie nebenbei auch noch völlig entkleiden und sofort miteinander schlafen, geschieht aus einer federleichten Selbstverständlichkeit, dieser Schritt zur völligen Vereinigung ist schlicht folgerichtig und konsequent. Kein Hauch Reue oder Abwägung haftet an dieser reinen Entscheidung.

Nach einer himmlisch langen Zeit finden wir beide eine wunderschöne Vollendung und bleiben glücklich und zufrieden Arm in Arm dicht beieinander liegen.

Etwa siebeneinhalb Stunden sind vergangen, seit der -ich sage mal- folgenschweren Entscheidung. Und natürlich sind mittlerweile die Aufregung, der Rausch und die

Anspannung ein bisschen abgeklungen; Zeit für eine kleine Zwischenbilanz. Also, was haben wir?

Auf der negativen Seite:

Ich bin verliebt in einen anderen Jungen als meinen Freund Jakob.

Ich habe Jakob betrogen und das mittlerweile dreimal in den letzten Stunden.

Mit der neuen Situation habe ich unweigerlich die Entscheidung getroffen, mich sofort von Jakob zu trennen, was zumindest unsere Liebesbeziehung betrifft.

Da alle meine Freunde zugleich auch Jakobs Freunde sind, ist die Wahrscheinlichkeit recht hoch, dass mir für mein aktuelles Vorgehen nicht allzu viel Applaus entgegenschallen wird.

Ich habe mich auf einen Jungen eingelassen, mit all den bereits aufgezählten Konsequenzen, der in acht oder vielleicht auch nur sieben Tagen wieder etliche tausend Kilometer weit von mir entfernt leben wird; keine besonders gute Voraussetzung, sich mehrfach in der Woche gezielt über den Weg zu laufen.

Nicht nur Freunde und Verwandte, sondern auch jeder Hinnerk in meinem Umkreis wird mir verständnislos die Frage zutuscheln, warum ich meinen langjährigen und so teddybärlieben Freund denn habe sausen lassen... habe ich Lust, mich bei jedem dann zu rechtfertigen?

Darüber hinaus ist Jakob im Vergleich zu Iwan mit spürbarem Abstand der intelligentere, eloquentere, breiter gebildete, ja sogar bedeutend hübschere Junge; mit ihm verbindet mich nicht nur eine Vertrautheit, für die andere Paare dreiundzwanzig Jahre brauchen, sondern auch ein bunter Strauß gemeinsamer Zukunftsvisionen und lustiger Vornehmungen...

Und was haben wir auf der anderen Seite?

Nun, nach gründlichem Durchkämmen aller sinn-stiftenden Motive für mein aktuelles Handeln präsentiere ich mit melodiösen Brusttönen meiner Überzeugung:
Ich bin hin und weg von Iwan und alles Körperliche mit ihm ist wunderschön!
Nach Abwägung mit größtmöglicher Objektivität der Fürs und Widers dieser Zwischenbilanz herrscht nun zumindest Gleichstand. Ich entscheide mich für...IWAN!
Ehrlicherweise weiß ich immer noch nicht, ob mein hiesiger Zimmergenosse ähnlich warme Gefühle für mich hegt oder in den letzten Stunden schlicht der Erotik ihren Lauf gelassen hat. Gleichwohl... nein, überhaupt nicht gleichwohl – aber die Klärung wird eindeutig um ein paar Stunden vertagt! Ich will hier ja nicht das nächste sich gerade anbahnende zielgerichtete Herumknutschen stören. Zur Not hat das Zeit bis morgen... wenn wir vor Sonnenaufgang überhaupt noch einmal die Augen zumachen.

Am nächsten Morgen laufen wir kostümiert über die obere Etage unseres Hauses, im Adams- bzw. Evakostüm, als es an der Haustür klingelt. Deutlich hören wir Tobi, dessen Stimme grundsätzlich einen unnötigen Tick zu laut ist – immer! Er tönt mutmaßlich in Jakobs Richtung:
„Die schlafen bestimmt nicht mehr, los, klingle nochmal!"
Iwan und ich schauen uns an.
Dann jagen wir blitzschnell kreuz und quer über die Etage und immer wieder an uns vorbei; hinkend zuppeln wir uns die Socken von gestern über die Füße, stolpern in frische Unterhosen und getragene Hosen hinein und bleiben endlich, kaum zureichend gekleidet und unmöglich frisiert voreinander stehen: Wer flitzt jetzt hinunter und öffnet?

Oder ducken wir uns weg und tun so, als seien wir gar nicht da? Passenderweise ruft ein belustigter Tobi durch unsere gesamte Wohngegend:

„Ich weiß, dass ihr da seid, ich habe gerade Iwan am Fenster gesehen."

Leugnen zwecklos! Ich muss öffnen. Eines ist klar: ich werde jetzt unmittelbar mit Jakob über alles reden – das ist alternativlos! Nur habe ich mir nicht ein einziges Wort hierfür zurechtgelegt. Ich fühle mich wie im Blackout. Mein Kopf ist völlig leer... unvorbereiteter hätte ich nie sein können. Rektale Ausscheidung!

Schon öffnet sich unsere Haustür und mein breites Lächeln versucht von meiner wüsten Haarpracht abzulenken. Es ist alles höchstens einen Grad besser, als müsste ich einen nackten Mann vor meinem Gatten im Kleiderschrank verstecken.

In einer einzigen schnörkeligen Bewegung ziehe ich Tobi am Ärmel ins Haus und schleudere ihn quasi Iwan in die unvorbereiteten Arme, während ich gleichzeitig mich selbst am Ärmel aus dem Haus herausschleudere, Jakob mit einer behutsamen Bewegung vom Haus abwende und den ersten Schritt eines „Wir-müssen-dringend-reden"-Spaziergangs setze.

Weit genug vom Haus entfernt bleibe ich plötzlich stehen und schaue in ein aschfahles Gesicht, in dem nach und nach alle Muskeln ihre Arbeit aufgeben. Ich weiß immer noch nicht, welche Worte die richtigen, die behutsamsten, die am wenigsten verletzenden sind, da kommt mit roboterhafter Nüchternheit der folgende Satz aus mir heraus, ohne dass ich ihn überlegt habe:

„Jakob, ich trenne mich jetzt von dir; ich kann nicht anders, ich bin seit gestern mit Iwan zusammen!"

Die höchstens zehn Prozent Befürchtung, die Jakob vermutlich seit Iwans Ankunft irgendwo weit hinten in sich hat krabbeln fühlen – schließlich hat er gerade mal das Eifersuchtslevel eines Mahatma Gandhi, schlägt abrupt um in einhundert Prozent bittere Gewissheit.

Es braucht noch eine ganze Weile, bis endlich ein Strom heißer Tränen die plötzliche klebrige Verzweiflung herunterzuwaschen versucht. Mit zitternden Lippen und bebender Stimme bringt er halblaut heraus:

„Einen Moment noch… Lass uns gleich zurück, ich will mir jetzt nichts anmerken lassen und Tobi erst davon erzählen, wenn wir weit von eurem Haus weg sind. Ich will nicht, dass sich Iwan beklemmt fühlen muss… weil ich weiß, dass Tobi eine Szene machen würde…"

Unvermittelt schießen auch mir Tränen in die Augen… und ich glaube, gar nicht so sehr aus Mitleid, sondern weil ich von Jakobs Haltung so gerührt bin.

Dann wuchtet sich ein großes Elend auf mich, lastet schwer auf meinen Schultern, meinem Kopf, meinem Rücken, ein Elend aus Traurigkeit, Mitleid, Schlechtem Gewissen und Verlust.

Was bis vor einer Sekunde hinter einer meterdicken unsichtbaren Wand zurückgehalten worden ist, hat gerade diese Abschirmung durchbrochen und erwischt mich jetzt mit all seinem Gewicht.

Ich bebe am ganzen Körper und zwei Tränenströme fließen ungebremst, trotzdem weine ich völlig lautlos; zum Glück habe ich mich ausreichend im Griff, um nicht den Fehler zu begehen, den verzweifelten Jakob tröstend in die Arme zu nehmen.

Nach einer geraumen Zeit Gehwegbefeuchtung löst sich Jakob aus seiner Erstarrung und läuft mit geschauspielert bestimmtem Schritt zu unserem Haus zurück; ich folge ihm nach kurzem Zögern.

Jakob klingelt und passenderweise öffnet Tobi. Ich höre Jakob mit stabiler Stimme sagen, die aufs erste Hinhören sogar gutgelaunt klingt:

„Hey Tobi, lass uns mal gleich los. Wir müssen schnell zu mir. Ich hab da was ganz wichtiges…"

Jakob wartet keine Antwort ab und macht sich bereits auf den Weg. Tobi findet kaum die Zeit, sich zu wundern, schlüpft in seine Sommerschuhe und folgt seinem besten Freund.

Jakob macht noch einen Umweg über mich, nimmt mich in die Arme und drückt mich zum Abschied. Ein ganz zartes Küsschen streift meine Wange. Für Tobi hat dies so aussehen sollen, als sei alles beim Alten…

Für Jakob wahrscheinlich – für mich jedoch ganz bestimmt ist mit dieser Umarmung unsere Trennung soeben besiegelt worden.

Die Haustür fällt zu; draußen scheint warm und hell die Sonne, drinnen nimmt Iwan mich gerade lieb in die Arme und hält mich tröstend und Kraft gebend fest.

Ich brauche einen Moment, aber bei aller Traurigkeit und Beklemmung beginnt auch schon wieder das alles mit Iwan meine Trübnis zu überstrahlen.

Ich bin ganz schnell wieder euphorisch. Auch wenn noch klitzekleine Tränchen in meinen Augenwinkeln glitzern, ist mein Lächeln wieder strahlend hell; ich bin gerade überglücklich… und als mir zugeflüstert wird:

„Ich habe mich in dich verliebt, Sophia!"

…sprudle ich geradezu über und drehe durch.

Ich will Iwan jetzt nur noch wild küssen, ihn wild umarmen und wild mit ihm die Treppe wieder hinaufstürmen…

Am folgenden Tag kommen meine Eltern wieder; auf die lapidar gestellte Frage meiner Mutter:

„Na, was gibt's Neues?"

…überrasche ich mit einem trocken vorgetragenen:

„Ich hab mit Jakob Schluss gemacht und bin jetzt mit Iwan zusammen."

Damit beginnt nach einem vergleichsweise ruhigen gestrigen Tag ein wahres Panoptikum an verwandten und befreundeten Fratzen, die sich ungefragt in mein Blickfeld schieben; selbst Leute, die mich seit einem Jahr keines Blickes mehr gewürdigt haben, melden sich zu Wort und versuchen, mich zur Einkehr zu bewegen:

„Kind, hast du dir das auch gut überlegt…" –

„Ja!"

Es folgen die ewig gleichlautenden Bekundungen und vermeintlichen Vernunftsargumente, und da mittlerweile alle um mich herum durcheinanderreden und sich darüber hinaus immer wieder gegenseitig Beifall spenden, muss ich endlich mal hier zur Ordnung rufen:

„Herrschaften, so geht es nicht. Ich bin ja gern bereit, mir eure Bedenken anzuhören. Aber es muss hier etwas geordneter vonstattengehen. Bitte alle in einer Reihe aufstellen und schön gedulden; jeder soll hier drankommen… so Frau Müller, Sie sind dran… ach, Sie fanden auch, dass Jakob sooo ein adretter und sympathischer Junge war. Vielen Dank für Ihre Einschätzung… der Nächste!"

Es ist mittlerweile, wie eine königliche Audienz, mal abgesehen davon, dass mein Thron eher der Heiße Stuhl ist.

Nacheinander treten alle möglichen Mitmenschen an mich
heran, deuten den nötigen Hofknicks an und sprudeln
dann los. Nachbarn, meine Oma, Onkel Herbert... und
als nächstes ist Dicken-Didi an der Reihe:
„Dietmar, schön, dich zu sehen, was gibt's?"
Der alte Kumpel von Jakob und mir holt tief Luft, da sehe
ich unvermutet, wer sich direkt hinter Dietmar eingereiht
hat, in der Deckung seines dicken, großen Vordermannes:
Es ist ausgerechnet Iwan.
„Tschuldigung Didi, warte mal eben... Iwan, was machst
du denn da? Das überrascht mich jetzt."
Wie ertappt ringt mein neuer Freund um Worte, schnappt
aufgeregt nach Luft und erklärt dann halblaut:
„Du und Jakob, ihr wart doch schon seit so vielen Jahren
ein so wundervolles Paar. Und ich bleibe nur noch sechs
Tage..." –
„Ich denke sieben?!" –
„Nein, es sind nur noch sechs. Ich wollte an dich
appellieren, doch endlich zur Vernunft zu kommen." –
„Alle hier können gerne ihre Kritik an meiner
Entscheidung laut äußern... kein Problem. Nur dir
gestehe ich das nicht zu." –
„Okay... das ist gut. Ich bin nämlich ehrlich gesagt nur aus
Vernunftgründen hier. Mein Herz sagt mir die ganze Zeit
das Gegenteil. Es will einzig und allein, dass wir zusammen
sind!" –
„Danke, mein Schatz... bis gleich, ich beeil mich. Der
Nächste.... Ähhh, entschuldige, Didi, du warst ja dran!" -
„Guten Abend meine Damen und Herren, hier ist die
Tagesschau. Im Studio heute: Dagmar Berghoff – Bonn:
Bundeskanzler Helmut Kohl erklärte auf einer
Pressekonferenz... Entschuldigung, wenn ich unter-
breche, aber Sophia... das kannst du nun wirklich nicht

machen, Iwan ist in sechs Tagen wieder zurück in Russland und du und Jakob, ihr wart doch immer so ein hübsches Paar…"

„Hallo Sophia, wie geht es… ich meine… hast du mal ein paar Minuten Zeit, dass wir kurz reden können? Ich brauch das… damit ich das alles klarkriegen kann."
(SUBTEXT) *"Scheiße, jetzt wo ich dich sehe, tut es dreimal so doll weh!"* –

„Klar, Jakob, warte, ich hol mir nur meine Jacke… lass uns um'n Block gehen."
(SUBTEXT) *"Oh mein Gott, siehst du… ähm… schlecht aus, irgendwie so… so… so erwachsen!"* –

„Ich weiß nicht, wie ich anfangen soll. Für mich ist das superplötzlich gekommen… und irgendwie verstehe ich es immer noch nicht ganz…"
(SUBTEXT) *„Wir haben uns ja nicht mal auseinandergelebt. Und plötzlich, von einem Tag auf den anderen schmeißt du alles um. Warum tust du das alles, du Doof-Triene!"* –

„Hey Jakob, es tut mir wirklich, wirklich leid… und irgendwie verstehe ich das alles selbst nicht. Aber alles, was ich gerade tue, muss ich so tun!"
(SUBTEXT) *"Selber Doof-Triene… was kann ich denn dafür… naja… okay, ich kann natürlich ein bisschen mehr dafür als du, aber… ich hab' das alles hier eben nicht unter Kontrolle."* –

„Und was wird sein, wenn Iwan in seinem Bus nach Russland sitzt und zurückfährt. Ist das eigentlich alles weg, was du für mich empfindest… ich meine, empfunden hast? Oder haben wir vielleicht – wenn das alles hier zu Ende gegangen ist – vielleicht wieder eine Chance?"

(SUBTEXT) " *Ein bisschen kann ich verstehen, dass dich auch das Neue, das etwas Fremde, vielleicht auch die Abwechslung reizt, nach unseren langen gemeinsamen Jahren. Aber ganz viel kann ich verstehen, dass es saudumm ist, so einen lieben Jungen wie mich im Regen stehen zu lassen, besser gesagt im Hagel!"* –

„Ich kann dir nur sagen, dass das alles hier mit mir und Iwan nicht enden kann, weil es für mich nicht enden darf. Mehr kann ich dir dazu heute nicht und morgen nicht und in fünf Tagen nicht sagen. Es tut mir wirklich, wirklich leid, Jakob."

(SUBTEXT) *„Es gibt gar nichts daran zu rütteln. Ich habe mich wirklich unsagbar heftig verliebt in Iwan und ich will ab sofort jede Sekunde nicht mehr ohne ihn sein."* –

„Können wir trotzdem in Kontakt bleiben, ich meine rein freundschaftlich."

(SUBTEXT) *„Eigentlich gar keinen Bock auf diese Ich-Nehme-Was-Ich-Noch-Kriegen-Kann-Nummer. Aber nur, wenn ich möglichst häufig vor deinen Augen herumspringe, bleibt mein Bild noch scharfgestellt, irgendwo in deinem Herzen."* –

„Natürlich, das müssen wir selbstverständlich. Es ist ja nicht so, dass du mir plötzlich gleichgültig geworden bist. Du musst nur sagen, wie wir das machen sollen, damit du… ich weiß nicht, wie ich es sagen soll… damit es für dich so okay wie möglich ist… und nicht zu schmerzhaft."

(SUBTEXT) *„Wärst du mir nicht wirklich so wichtig, würde ich sagen, dieses ganze Wir-Können-Ja-Noch-Freunde-Bleiben ist fast immer eine der verlogensten Nummern zwischen frisch Getrennten."* –

„Sophia, ich liebe dich sehr und über alles und ich sehne dich zurück!"

(SUBTEXT) *"Sophia, ich liebe dich sehr und über alles und ich sehne dich zurück!"* –

„Ich... ich weiß... und du bist mir als Mensch unendlich wichtig. Und ich wünsche mir, dass ich schnell wieder dahin komme, genau das auch in meinem Herzen wieder zu spüren. Verstehe es nicht falsch, ich meine das freundschaftlich... oder wie mein Lieblingsbruder oder wie die ergänzende Hälfte, die zu mir passt."

(SUBTEXT) *"Scheiße, hoffentlich machst du dir keine Hoffnungen, dass du sofort wieder mit mir zusammenkommst, wenn Iwan in irgendeinen bescheuerten Bus einsteigt. Ich und mein Leben sind so sehr umgekrempelt, dass ich niemals mehr die alte sein kann, egal, was mit mir und Iwan noch passiert."* –

„Ich glaube, ich geh' dann mal wieder zurück... treffe mich gleich mit Tobi. Darf ich dich noch kurz drücken?"

(SUBTEXT) *"Ich kann gerade nicht mehr. Irgendwie ist das alles hier zu erdrückend. Ich will los!"* –

„Okay, Jakob. Klar... lass dich eben drücken. Und grüß' Tobi bitte von mir."

(SUBTEXT) *"Und ich will jetzt schnell wieder zu Iwan."*

So ist gerade das Gespräch verlaufen, so... oder so ähnlich.

Die kommenden fünf Tage schreien danach, sie spektakulär zu gestalten, gleich einem Delinquenten, der nur noch fünf Tage zu leben hat… Unternehmungen und Abenteuer, die so herausgehoben und spannend sind, dass man davon später seinen Kindern und Enkeln immer wieder erzählen kann… oder im Falle des Delinquenten… eher Petrus und Konsorten.

Die Uhr tickt und der Kalender pocht mit seinem knochigen Finger mahnend auf die Tischplatte:

„Hier, Leute, jetzt wird keine Zeit vertrödelt, euch bleiben nur noch fünf Tage, das sind 120 Stunden oder 7.200 Minuten oder…" –

„Ist ja guuut!" brülle ich in die Landschaft.

Und dann legen Iwan und ich los. Wir begeben uns in so spektakuläre Unternehmungen wie:

Meine Oma Trude besuchen, weil sie mal wieder ihren berühmten Butterkuchen gebacken hat.

Bei strahlendem Sonnenschein im nahegelegenen Park den Springbrunnen ansteuern, um in der Wasserfontäne den Regenbogen zu suchen.

Im Fernsehen einer Reportage zum Ende der DDR beizuwohnen.

Der besonders gewitzte Leser wird es vielleicht schon erahnen: So richtig markerschütternd spektakuläre Unternehmungen gelingen uns nur ansatzweise… aber…

…bei Iwan und mir zeigt sich, dass wir jeden Schritt und Tritt Alltags-Trudel am liebsten händchenhaltend vollführen, dass wir uns beim Fernsehen liebend gern Rücken und Unterarme stundenrund streicheln können, ohne dass das irgendwann nervig zu kribbeln beginnt, dass wir einfach so Arm in Arm daliegen können…

Ich bin dabei wie im siebten Himmel, fühle mich wirklich geborgen, unglaublich wohl und auf himmlische Weise zweisam.

Die geruhsamsten, fadesten, ödesten Unternehmungen werden einzig durch unser Zusammensein zu den großartigsten, spannendsten und lustvollsten Ereignissen unserer bisherigen Leben. Ich bin gerade so richtig schreiend und rasend glücklich!

Jede Minute ist wundervoll… bis zu dem Moment, wo ich an der geöffneten Tür von Iwans Zimmer vorbeischlendere und ihn vor seiner geöffneten Reisetasche stehen sehe.

Dieses Bild haut mich um wie ein gewaltiger Keulenschlag. Iwan legt gerade ein iwanmäßig ordentlich zusammengelegtes Hemd in seine Tasche und sieht dabei ganz klein und versunken aus. Ich reibe mir den Hinterkopf (wegen des Keulenschlags) und merke das Croissant-Frühstück im Magen.

„Was machst du denn da?" frage ich und versuche dabei empört zu klingen.

„Hallo Sophia. Das Treffen am Bus ist um halb zwölf und genau um zwölf dann soll der Bus losfahren!"

Iwan hat mich soeben an meinem Pferdeschwanz gepackt (den ich gar nicht habe), in die Luft gerissen, dreimal um seinen eigenen Kopf kreisen lassen und mich dann im hohen Bogen in die staubigste Ecke hineingeschleudert. Nur mühsam rapple ich mich auf, streiche mir die Kleidung wieder glatt und mache richtig große, traurige Augen:

„Was tust du da?" wiederhole ich und versuche dabei ungläubig zu klingen.

„Ich muss packen. In…" er schaut auf seine Armbanduhr, „…in drei Stunden und ungefähr zwanzig Minuten fährt mein Bus nach Wolgograd zurück!"

Ich falle gerade in eine Ohnmacht, obwohl ich mit aufgerissenen Augen stehen bleibe. Mit Wucht hat mich eine schmierige, klebrige Realität eingeholt.

„Weißt du was," beginne ich, „…ich halte es für keine gute Idee, dass du da mitfährst!"

Und schon im nächsten Moment hocken wir, mit drei prallen Reisetaschen Gepäck, inmitten eines großen, dicht belaubten Busches, hoffentlich ausreichend gut in Deckung – wir jedoch können den Bus und die russischen Jugendlichen nebst Herrn Gruschenko und dem kotlettenbewachsenen Busfahrer einwandfrei beobachten. Meine Schulkameraden sowie Herr Meier-Wohlauf mischen sich unter den slawischen Besuch; nicht wenige lassen das eine oder andere Tränchen im Augenwinkel aufblitzen. Hier wird zum Abschied gedrückt, dort geholfen, die Reisetaschen in die Gepäckfächer des Busses zu hieven. Es wuselt und wimmelt, vereinzelte Wortfetzen und undefinierbare Stimmlaute sind zu vernehmen… und aus der allgemeinen Aufbruchshektik und tausenderlei rühriger Abschiedsszenen bildet sich nach und nach eine ganz neue Hektik und Aufregung heraus. Irgendwann ist aufgefallen, dass ein russischer Austauschschüler noch fehlt:

„Iwan…" brüllt Gruschenko; dann brabbelt er etwas auf Russisch und scheucht drei seiner Jungs in genau die Richtung, aus der Iwan und ich vor etwa einer halben Stunde gekommen sind. Sie tapern an unserem buschigen Versteck vorbei, ohne etwas zu merken und eilen im Stechschritt wahrscheinlich zu unserem Wohnhaus.

Iwan macht sich ganz kauerig neben seinen drei Taschen; ich halte ebenso die Luft an. Einige Male scheint es so, dass drei, vier Jugendliche und immer wieder Gruschenko in unsere Richtung blicken… und jede Sekunde rechne ich mit genau dem Gesichtsausdruck, wenn man jemanden Verstecktes nun doch entdeckt hat und sich über dessen Schmach freut. Aber die Mienen bleiben neutral und im nächsten Moment wendet sich der jeweilige Blick etwas anderem zu.

Mein treuer Liebesgefährte schaut wieder auf seine Armbanduhr und verkündet mit leiser Aufregung und noch leiserer Stimme:

„Es ist schon zwanzig nach zwölf."

Die kleine Delegation kommt unverrichteter Dinge wieder zurück und ein Junge, Juri, verkündet deutlich hörbar:

„…und Sophia ist auch nicht da. Sie sind schon fast eine Stunde weg und wollten direkt hier zum Bus kommen… hat die Mutter uns gesagt."

„Kann denn da etwas passiert sein?" ruft Herr Meier-Wohlauf mit brüchiger Stimme in alle möglichen Richtungen aus und flattert aufgeregt kreuz und quer zwischen den Jugendlichen herum.

„Wenn der man nicht mit Sophia durchgebrannt ist…" quakt Henry, also Hendrik, mit seinem breiten norddeutschen Akzent und zieht ein dazu passendes Ermittler-Gesicht.

Ich kann kaum noch stehen, so leicht gebückt, und je länger wir Beiden hier so herumkauern, desto luftiger und durchsichtiger kommt mir dieser ganze Busch vor.

Es reicht, so glaube ich bald, dass man mal eben drei Sekunden konzentriert zu uns blicken muss und uns dann in erbärmlicher Haltung, nur durch ein wenig Blattwerk bedeckt, deutlich erkennen wird.

Iwan zuckt andauernd, als halte er das Versteckspiel keine zwei Sekunden mehr aus. Helena die Streberin hat plötzlich eine Idee, wippt auf ihre Zehenspitzen hoch und ruft laut heraus:

„Lasst uns alle ausströmen und nach ihnen suchen. Sie müssen hier doch irgendwo in der Nähe sein."

Zumindest die hiesig angestammten Jugendlichen organisieren sich notdürftig und etwa die Hälfte von ihnen strömt sternförmig aus, drei Jugendliche kommen direkt auf unseren Busch zu, pikanterweise befindet sich Tobi unter ihnen... Tobi, bekannt für seine Adleraugen und seinen detektivischen Riecher für Leute, die sich in Büschen verstecken.

„Gleich fliegen wir auf." atme ich lautlos Iwan entgegen.

Iwan schaut auf seine Armbanduhr, wahrscheinlich, um seinen Widersachern beim Entdecktwerden nicht direkt ins Antlitz blicken zu müssen... und ein Wunder geschieht, etwa anderthalb Meter vor unserem dürftigen Versteck biegen alle Drei ab und entfernen sich weiter in unverfängliche Richtungen.

Irgendwann verschwört sich die gesamte Welt gegen uns, zumindest die Natur.

Eichhörnchen, die ansonsten bestenfalls an diesem Busch vorbeispringen, bleiben gerade heute direkt davor hocken, formen ihren buschigen Schwanz zu einem zackigen Hinweispfeil auf uns und fiepen; Vogelschwärme fliegen ihre Formationen immer wieder hinweisgebend in Richtung Buschversteck und etliche Spaziergängerhunde markieren mit abgestreckten Beinchen quasi auf unsere Schuhe. Zufall?

Wie gut, dass der Durchschnittsmensch verlernt hat, auf die Zeichen der Fauna zu reagieren.

Also bleibt nichts anderes, als sich bis auf weiteres bequem und häuslich einzurichten. Wir wachen und schlafen hier auf engstem Raum hockend, achten darauf, das uns umgebende Laub nicht zum Rascheln zu bringen, wir ernähren uns von vorbeifliegenden Insekten… wirklich kommt mir das Wegducken in diesem Versteck mittlerweile ewig lang und quälend vor. Stunden, Tage, Wochen (ich habe schon kein Zeitgefühl mehr) scheinen wir hier unbeweglich fest zu sitzen… wieder schaut Iwan auf seine Armbanduhr und korrigiert geringfügig: „Es sind eine Stunde und drei Minuten."

Gleichwohl!

Dann nach weiteren Wochen starren Ausharrens, nach Tagen elenden Hungers und zermürbenden Durstes, nach nächtelangem Schlafentzug, ausgemergelt und fast völlig demoralisiert, baut sich plötzlich der Busfahrer vor der Menge der Rückreisewilligen auf, formt mit seinen Händen einen Trichter vor dem Mund und ruft laut und krachend und auf Russisch diverse Sätze aus; um ihn herum wird alles still und andächtig, selbst Gruschenko zappelt nicht weiter herum.

Ich beobachte, wie von russischem Wort zu russischem Wort sich Iwans Mundwinkel mehr zu einem zufriedenen Grinse-Lächeln auseinanderziehen. Meine Spannung auf seine Übersetzung wächst ins Unermessliche.

„Er sagt, dass er jetzt in fünf Minuten losfahren wird, weil er nur bestimmte Zeiten fahren darf und die sind berechnet bis zur gebuchten Herberge direkt an der polnischen Grenze zu Russland. Jetzt brüllt er, dass alle einsteigen sollen… und zwar ohne den fehlenden Jungen…"

Auch meine Mundwinkel ziehen sich auseinander, so weit, dass es in meinen Ohren kitzelt. Ein Ende ist in Sicht; meine Oberschenkel kündigen bereits an, sich jeden Moment zu verkrampfen… ich möchte endlich (einem

Reh gleich) aus diesem Busch herausspringen und davonjagen.

Tatsächlich wiederholen die Russen und die Deutschen ihre vor etwa zwei Stunden bereits schon einmal ausgeführte Abschiedszeremonie, etwa die Hälfte der gesamten Belegschaft puzzelt sich in den Bus hinein, die andere Hälfte winkt und winkt und winkt, obwohl der Bus noch mit seiner Eingangstür kämpft. Dann endlich brummt und knattert der Motor an und der Bus ruckelt langsam los gen Osten.

Irgendwann winken die Deutschen nur noch schwarzem Auspuffruß hinterher und winken sogar emsig weiter, als der Bus bereits längst um die Ecke gebogen ist.

„Tschüss und noch weiterhin angenehme Ferien…" krakeelt Meier-Wohlauf seinen Schülern zu; dies wirkt wie ein Weckruf.

Plötzlich beeilt sich einjeder in seine jeweilige Richtung; durch die impertinente Verzögerung ist ja auch unnötig viel Zeit verloren gegangen… und Zeit ist bei jungen Menschen und bei Lehrkörpern besonders in den Sommerferien wertvoll.

Alle Kontrahenten sind mittlerweile verschwunden; zurück in dieser nahezu leblosen Straße bleibt einzig ein bewohntes Gebüsch, in dem zwei Protagonisten nicht wissen, wohin sie nun aufbrechen sollen. Fatal!

Die Luft ist rein und sie bleibt auch weitere fünf Minuten rein… keine verdächtige Person befindet sich auf der Straße, keine verdächtige Gardine bewegt sich hinter irgendwelchen verdächtigen Fenstern.

Wir müssen endlich raus aus unserem Versteck und… nach Hause können wir nicht. Iwan ist desertiert und meine Eltern würden ihm drei Briefmarken auf die Wange kleben, ihn zur Post bringen und ab nach Russland schicken.

Es muss irgendwo ein Versteck geben, wo Iwan untertauchen kann, wo er auch eine Möglichkeit zu übernachten findet… gäbe es in meiner Verwandtschaft jemanden, der mir gegenüber loyaler wäre als meinen Eltern? Bei Onkel Herbert anklingeln:

„Du, ich muss hier diesen sympathischen jungen Mann bei dir verstecken. Er ist zwar Russe, spricht aber einwandfreies Deutsch, frisst aus der Hand und kann ganz possierlich aus der Wäsche gucken."

Der hätte vielleicht Spaß an Heimlichkeiten, mein guter alter Onkel Herbert. Und ob seine verhältnismäßig kleine Wohnung das hergibt?

Ich habe es! Genau, das ist die perfekte Lösung… zumindest für den Anfang: Oma Trudes Parzelle im Kleingartengebiet, die ist ausreichend eingerichtet mit langem Sofa zum Schlafen, einer Küchenspüle für die notwendigste Körperhygiene und einem alten Kofferradio.

„Iwan, du bekommst von mir jetzt dein erstes eigenes Haus."

Wir bewegen uns wie Zeichentrickmäuse durch die Weltgeschichte, mal schleichen wir mit wippenden Schultern und verstohlenen Blicken durch die Straßen, mal hinterlassen wir eine große Staubwolke und sind in der nächsten Sekunde bereits anderthalb Kilometer weiter; schließlich erreichen wir das Kleingartengebiet… und mit schlafwandlerischer Sicherheit finde ich sofort erst Omas Parzellenhäuschen und dann den unter einer Steinplatte versteckten Zweitschlüssel.

Es ist muffig und staubig und riecht nach einstmals gebratenen Zwiebeln.

Ich öffne alle verfügbaren Türen und Fenster und im selben Schwung gleich auch noch sämtliche Schranktüren, ohne im ersten Moment zu wissen, warum… das mit den Schranktüren. Als ich diese im Gelsenkirchener-Barock-Nussbaum mit eingefasstem Glas aus lauter aneinandergesetzten grünen Flaschenböden öffne, falle ich, die Hände gefaltet, auf die Knie und danke: links ein Kopfkissen und ein Federbett, rechts die zwar hässlichste Bettwäsche, die je geklöppelt worden ist, aber immerhin gewaschen, vor Jahren einst gestärkt und perfekt zusammengelegt.

Iwan übernimmt das Beziehen, ich dresche noch ein wenig auf den Polstern herum und kleine graue Wolken steigen auf. Das Bettlaken lässt sich nur unzureichend feststecken… dann darf sich Iwan beim Schlafen eben nicht bewegen.

„Und was mache ich, wenn deine Oma kommt?" fragt ein leicht geduckt dreinschauender Iwan, nachdem ich kurz und knapp erklärt habe, ich müsse blitzschnell nach Hause, um dort Wogen zu glätten. Mir muss eine gute Ausrede einfallen, auf welchem Wege Iwan vielleicht doch noch in seine Heimat zurückgelangt sein könnte.

„Oma Trude kommt heute nicht mehr; sie ist auch in den letzten zwei Wochen hier nicht gewesen, was man ja sehen und riechen kann… und wenn sie tatsächlich kommt, dann… nein, sie kommt nicht und wenn doch, dann… ja, dann… dann wirst du charmant lächeln und sagen, du seiest ein Freund von mir und sie solle doch bei uns vorbeilaufen und sich das so bestätigen lassen. Außerdem komme ich, wenn es dunkel ist, das heißt, wenn meine Eltern im Bett sind, noch mal vorbei, um dir richtig…"

Ich versuche ein verruchtes Gesicht zu ziehen…

„…richtig gute Nacht zu sagen."

Kaum zehn Minuten später dreht sich mein Schlüssel in unserer Haustür; ich habe mich sehr beeilt!

„Bist du das, Sophia?" flötet die Stimme meiner Mutter aus dem Wohnzimmer.

„Ja-ha! Puh, das war eine Aktion."

Was dann folgt, passiert so blitzschnell, dass ich kaum weiß, wie mir geschieht. Mit Polizeigriff wird mir von hinten der Arm am Rücken hochgedrückt, ich werde grob durch den Eingangsbereich ins abgedunkelte Wohnzimmer geschoben, grob auf einen bereitstehenden Stuhl niedergedrückt und mein Vater, der aus dem Hintergrund hervortritt, hält mit der einen Hand grob meinen Kopf geradeaus, mit der anderen schaltet er das grelle Licht einer schwarzen Kommissar-Verhörlampe ein und richtet das Licht direkt in mein Gesicht.

„Leugnen Sie nicht, die Indizien sprechen gegen Sie." …ist der erste anständige Begrüßungssatz, der das anstehende Thema sozusagen eröffnet.

Meine Mutter tritt aus der Dunkelheit des restlichen Wohnzimmers in den Lichtkegel und nimmt auf einem Stuhl mir gegenüber Platz.

Ich spüre die unangenehm feste Hand meines Vaters am Hinterkopf und zeige Kooperationswillen, indem ich in das gleißend-blendende Licht hineinblinzle. Nur schemenhaft sehe ich die Gestalt meines Vaters, der von meinem Kopf ablässt, um den Tisch herumläuft und sich ebenfalls mir direkt gegenübersetzt.

„Ich werde jedes Wort aus Ihnen herauskitzeln, das schwöre ich Ihnen: Wo ist Iwan Schütz. Aus unterschiedlichen, jeweils abgesicherten Quellen wissen wir, dass er den Bus nach Russland nicht bestiegen hat." –

„Ich bin bereit, ein umfassendes Geständnis abzulegen. Ich erkläre hiermit ohne im Beisein meines Anwaltes zu sein: Ich selbst habe Iwan Schütz kurz vor der Abfahrt in den Bus einsteigen sehen, zumindest habe ich gesehen, dass Iwan Schütz den Bus gesehen hat." –

„Haben Sie oder haben Sie nicht Ihren neuen Geliebten Herrn Iwan Schütz davon abgehalten, den russisch-deutschen Schüleraustausch durch Rückfahrt zu beenden? Aus niederen Beweggründen ihn an der Heimfahrt nach Wolgograd gehindert?" –

„Nicht die Spur. Vielleicht ist er vorne in den Bus gestiegen, aber verkleidet als ein anderer russischer Jugendlicher... und der, als der Iwan verkleidet war, der läuft hier noch immer frei herum und ist nicht mitgefahren." –

„Unsinn! Grob fahrlässiger Unsinn! Es liegen uns mehrere unabhängig voneinander aufgenommene Aussagen vor, die übereinstimmend erklären, dass es Iwan Schütz war, der bei der Rückfahrt fehlte." –

„Vielleicht hat er den Bus verpasst und sich einfach in den Zug gesetzt, einen Zug direkt nach Wolgograd. Ja genau... jetzt erinnere ich mich, er rannte noch hinter dem Bus her... und als er ihn nicht mehr einholen konnte, ist er traurig direkt zum Bahnhof geschlendert." –

„Eine Lüge rieche ich drei Meilen gegen den Wind und dies ist eine Lüge!" –

Plötzlich schaltet sich die Beisitzerin ein, und obwohl sie bisher noch kein verwertbares Wort zum Besten gegeben hat in diesem Schmierentheater von einem Prozess, ruft sie irre und schräg und in übertriebener Lautstärke in die Szenerie hinein:

„Keine weiteren Fragen Euer Ehren!"

Vaters Kopf und mein Kopf drehen sich zugleich wie erschreckt zu Mutter um.

„Was meint sie damit, die hat doch noch gar keine einzige Frage gestellt." –

„Lenken Sie nicht ab. Ich stelle hier die Fragen. Wer ist Ihr fester Freund. Und denken Sie daran, Sie stehen unter Eid." –

„Mein fester Freund... na, dieser... na, wie heißt er noch... na dieser Jakob, ja! Jakob heißt er. Das ist mein bester fester oder mein fester Bester... ich meine... Sie wissen schon..." –

„Oder kann es vielleicht sein..." beginnt mein Vater und klingt gar nicht nach Konjunktiv, „...dass Sie einen neuen..."

Vater schreibt mit seinen Fingern Gänsefüßchen in die Luft.

„...Verlobten haben, Ihr Verlobter alias der nette Gastschüler aus Russland... alias Iwan Schütz!"

Ein dramatischer Musiktusch erschallt durch unser Wohnzimmer, als säßen hinter Sofas und in den Schränken die Musiker eines riesigen Orchesters. Ich... aber auch mein Vater und seine Beisitzerin drehen sich nach dem Tusch um; kurz darauf nimmt Vater den Faden wieder auf.

„Ich habe letztlich noch jeden zum *Singen* gebracht." –

„...zum Singen? Was bist du? Ein verdammter Schlagerstar-Impressario?" (Lachen vom Band ertönt.)

„Ich will jetzt die Wahrheit hören. Ich kann Sie hier gleich auch an den Lügendetektor hängen." –

„Vati, nun übertreib mal nicht. Lügendetektor... wir haben in diesem Haushalt ja nicht mal ein funktionierendes Radio." (Lachen vom Band)

„Das ist ja ein dicker Hund!" brüllt Vater mit ungewohnter Schärfe in der Stimme.

„Das ist niemals ein dicker Hund, das ist höchstens ein abgemagerter Lurch." (Lachen vom Band)

„Ich glaube niemals, dass Sie hier als freier Mann herausgehen." –

„Ich auch nicht… aber als freie Frau!" (Lachen vom Band)

„Ich muss ehrlich sein: Ich habe nichts mehr in der Hand gegen Sie. Gehen Sie, gehen Sie endlich… aber vergessen Sie niemals: Ich werde Sie im Auge behalten!" –

„So wie ein Monokel?" (Lachen vom Band)

Und schon wieder ich:

„Warte, warte… noch 'n Witz: Im Auge behalten… heiße ich vielleicht Gerstenkorn?" (Lachen vom Band und Applaus)

Vater baut sich empört am Wohnzimmertisch auf, schaut mich von oben herab drohend an und spricht dann gepresst:

„Irgendwann werde ich dich kriegen und wenn es das Letzte ist, was ich in meinem Leben noch tue. Ich habe dich im Blick, Frollein!"

Etwas später laufe ich am Badezimmerspiegel vorbei und die Frau aus dem Spiegelbild guckt mich halb auffordernd und halb vorwurfsvoll an. Ich weiß sofort, was sie meint: Ich habe in meiner prosaischen Schilderung all dieser Ereignisse einen entscheidenden Moment einfach übersprungen, was ich hiermit nachhole:

Iwan und ich haben bis zu dem Moment, in dem wir beide versteckt im Busch gehockt haben, uns mit der Frage auseinandergesetzt, wie wir uns eigentlich küssen wollen, wenn dreitausenddreihundert Kilometer Strecke zwischen uns liegen. Dies bedürfe einer besonderen Logistik.

Natürlich habe ich nicht Iwan die größte seiner drei Reisetaschen quasi unter seinen Händen weggerissen, als dieser schließlich am Packen gewesen sei, bin aus seinem Zimmer gestürmt und habe die Tasche im Heizungskeller versteckt. Blödsinn!

Es ist auch falsch, dass ich ihn unter bitteren Tränen und einmal sogar mit dramatischem Kniefall beschworen habe, nicht nach Russland zurückzukehren. Ich hätte bestimmt nicht so übertrieben.

Niemals wäre ich auch auf die Idee gekommen, ihm unter Tränen sogar eine Hochzeit zu versprechen, wenn er doch bloß bliebe.

Es kann sein, dass Iwan seine Familie in die Waagschale geworfen habe, die sehnsüchtig auf ihn warte und dass er in Wolgograd sehr viele Angelegenheiten regeln müsse, bevor er dann wiederkäme und mit mir weitersehen wolle.

Ich jedenfalls habe selbstverständlich niemals erwogen, Iwan mit einer schweren Bratpfanne eines überzubraten, damit er in Ohnmacht die Abfahrt seines Busses verschliefe… und wenn ich daran gedacht hätte – nur mal hypothetisch, dann als absurden kurzen Gedanken, der einzig aus Verzweiflung geboren worden ist.

Falsch ist auch, dass ich auf einer selbstgeweinten Pfütze fast ausgerutscht wäre, was Iwan, der genauso geweint hat, plötzlich hat auflachen lassen. Absurd… so viel Tränen weint man nicht – und ich erst recht nicht.

Es ist ebenso falsch, wenn da wer behauptet, Iwan habe darum gebeten, seine drei Reisetaschen sicherheitshalber an sich zu nehmen, mit mir in Sichtweite zum Bus zu schleichen und sich dort irgendwo zu verstecken, einfach nur, um ein kleines Ausstiegstürchen zu bewahren, wenn er doch einen Rappel bekommen sollte und in den Bus möchte…

Richtig ist hingegen, dass zumindest ich sehr besonnen und cool mit der Situation umgegangen bin, mit einem zur Ruhe gebrachten Iwan die Fürs und Widers objektiv abgewogen habe, um gemeinsam zur Erkenntnis zu gelangen, die einzig denkbare und gangbare Lösung sei: Iwan bleibe hier bei mir in Deutschland und alles andere solle er erst einmal hübsch ausblenden.

Ehrlich gesagt, etwas anderes wäre auch nicht gegangen, hätte ich niemals ausgehalten.

Ich schäme mich ein wenig für ein kleines unterschwelliges Gefühl, aber neben meinem überbordenden Glücklichsein schimmert auch ein wenig Triumph durch. Gleichwohl!

Am darauffolgenden Tag, als ich mir gerade mein Sommerjäckchen greife, nebst dem nächsten Fresskorb in Form einer heimlich gepackten Plastiktüte, um mich wieder auf den Weg zu Iwan ins Parzellenhäuschen zu machen, klingelt es.

Mit jedem hätte ich gerechnet, nur nicht mit Jakob, der etwas eingesunken und mit bemüht neutralem Gesicht vor mir steht und plötzlich erklärt:

„Mama, Papa und ich sind gerade wiedergekommen, wir haben zwei Tage an der Nordsee verbracht. So, um den Kopf freizukriegen, weißt du… war auch ganz schön… ich bin hier, um… um nach dir zu sehen, wie es dir so geht, jetzt, wo Iwan wieder wegfahren musste. Die russischen Austauschschüler sind doch gestern zurück." –

„Ach du Kacke!" reagiere ich aus dem Bauch; Jakob weiß noch von nichts, hat vermutlich noch nicht mit Tobi telefoniert oder ihn getroffen; er muss von der Nordseerückfahrt direkt zu mir gekommen sein…

„Wie bitte?" entgegnet Jakob leicht verwirrt und bildet in seinem Gesicht ab, dass er bereits spüre, etwas Unvorhergesehenes müsse geschehen sein.

„Ich hätte fast gesagt: du wirst lachen… nein, aber Iwan ist nicht mit eingestiegen. Er ist immer noch hier."

Instinktiv versucht Jakob an mir vorbei ins Haus zu spähen, ob Iwan irgendwo im Hintergrund auszumachen sei.

„Das ist ja was. Hiergeblieben. Und jetzt? Muss er hinterherfahren oder wird er abgeholt oder was passiert denn jetzt?" –

„Das weiß ich noch nicht… und Iwan weiß es erst recht nicht." –

„Du willst gerade irgendwohin, halte ich dich auf? Oder – vielleicht kann ich dich ein Stück begleiten? Wohin musst du denn überhaupt?" –

„Ähm, äh… ja wohin möchte ich? Eigentlich nur spazieren gehen…" –

„… und dabei den vollen Beutel da spazieren führen?" –

„Naja… ehrlich gesagt, nach dem ganzen Stress mit dem verpassten Bus und so hab' ich mich nicht getraut, Iwan wieder zu uns nach Hause zu holen. Er ist da draußen irgendwo versteckt… und hier drin ist Futter für ihn."

Wie um es zu beweisen, gönne ich Jakob einen kurzen Blick in meinen Fressbeutel und ziehe ein Verlegenheitsgesicht.

„Und… und wo ist er versteckt? Ich meine, er muss dort – in seinem Versteck – ja auch geschlafen haben. Aber entschuldige, das geht mich ja auch gar nichts an…" findet Jakob die Kurve, ohne plötzlich eingeschnappt zu sein, vielmehr ist es die leichtfüßige Erkenntnis eines feinsinnigen Menschen gewesen.

Diese Feinsinnigkeit treibt mein Exfreund auch noch auf die Spitze, als er plötzlich und wie besonnen ausruft:

„Oh, da fällt mir ein, ich muss schnell nach Hause, habe meinen Koffer von der Nordseefahrt noch gar nicht ausgepackt. Also, tschüss und alles Gute… darf ich?" fragt Jakob und deutet an, mich zum Abschied freundschaftlich umarmen zu wollen.

Natürlich darf er. Ich strubble ihm dabei kurz über den Rücken, was lustig gemeint ist und auch anerkennend, weil er ein so lieber Kerl ist.

Jakob stiefelt mit traurigem Hinterkopf seiner Wege und ich warte einen Anstandsabstand ab, bis ich in dieselbe Richtung loslaufe, um möglichst schnell ins Parzellengebiet zu kommen.

„Haben wir eine Perspektive oder muss ich hier jetzt mein Leben lang heimlich wohnen bleiben?" –

Ich griene und buffe Iwan so lange in alle verfügbaren Flanken, bis wir uns schmusend umarmen…

Bei der imaginären Zigarette danach (wir beide sind Nichtraucher) fragt Iwan unvermutet:

„Kann ich heute bei euch zu Hause wieder einziehen. Die letzte Nacht war nicht komfortabel und ich vermisse ehrlich gesagt das Duschen am Morgen." –

„Ich verspreche dir, noch vor Sonnenuntergang hole ich dich hier ab und bringe dich nach Hause. Aber ich muss vorher zumindest mit meiner Mutter sprechen… mit Glück ist Papa auch schon da. Sie haben mir eh nicht geglaubt, dass du nach Russland zurückgefahren bist. Ich gebe mir zwar gleich die volle Dröhnung mit ‚Du-lügst-deine-Eltern-an', bin danach aber auch durch mit dem Thema. Am Ende werden sie dir sicher Asyl gewähren." –

„Egal wie lange es braucht. Ich warte hier. Mache du ruhig deine Sache. Egal, ich warte hier. Es kommt auf ein paar Stunden nicht an. Aber bitte beeile dich trotzdem." –
„Na klar, mach ich!"
Und schon sause ich los, schlage den direktesten Weg ein, spare hier und da ein Sekündlein, indem ich an strategisch günstigen Punkten Straßen diagonal überquere; mein Laufschritt ist nur noch einen Millimeter vom Sprint entfernt, meine Arme rudern Anschwung gebend durch die Luft und endlich bin ich in wahrer Rekordzeit Zuhause angekommen.

Ich muss Iwan wirklich schrecklich lieben, ihn keine unnötige Sekunde zu lang dort in seinem Parzellenversteck hocken lassen zu wollen. Unter meinen Rippen kündigen sich Seitenstiche an.

Der Haustürschlüssel dreht sich blitzschnell; im Laufen durch den Flur fliegen mir die Schuhe wie von allein von den Füßen; ich reiße die Wohnzimmertür auf, hinter der es lebendig erscheint und will noch im Stehen mit meinem Thema loslegen, da sehe ich zu meinem riesigen Erstaunen Iwan bei meinen Eltern auf dem Sofa sitzen, eine Teetasse in der einen Hand, eine tropfenfangende Untertasse in der anderen… vornehm wie Queen Elisabeth und mit einem Gesichtsausdruck, als würde er sagen:

„Da bist du ja endlich. Die Hälfte hast du schon verpasst."
Ich bin über die physikalische Unmöglichkeit, dass Iwan hier vor mir angekommen ist, extrem verwundert; er hat mich doch nirgends überholt… wie kann er sich so schnell hierher zaubern…

Neben meiner Verwunderung und ein bisschen Ärger, dass ausgerechnet mein Iwan mich in gewisser Form so umrundet hat, steigt aber auch Freude auf. Das Bild dieser hier vorgefundenen Dreisamkeit spricht für sich.

Iwan scheint mit Sack und Pack soeben wieder bei uns eingezogen zu sein. Er hat sozusagen erfolgreich seinen Antrag auf Asyl gestellt ohne anwaltliche Begleitung.

Am nächsten Morgen steht jemand bei uns in der Tür, mit dem man am allerwenigsten in den Sommerferien rechnet: Herr Meier-Wohlauf. Und ärgerlicherweise hat sein Klingeln nicht nur mich herangerufen, sondern auch meine Mutter ihren Kopf aus der Wohnzimmertür lugen lassen:
„Na, wer klingelt denn da um halb zehn in der Frühe."
Die quasi amtliche Würde, die ein Herr Meier-Wohlauf aufbietet, lässt auch meine Mutter zur Haustür kommen. Sie bittet beim herzigen Händeschütteln um Eintritt.
Kurz darauf sitzen sich unser Lehrer, Mutter und ich in leichter Anspannung gegenüber und ein wachsamer Iwan verhält sich oben in seinem Zimmer plötzlich mucksmäuschenstill.
Wie zu erwarten, eröffnet Meier-Wohlauf mit einem Textbaustein voller Appelle, Rechtfertigungen, Bitten und Forderungen, dass Iwan, der sich gerüchteweise bei uns aufhalte, das per Postüberweisung an Herrn Meier-Wohlauf geschickte Geld nehmen und mit der Eisenbahn schleunigst den Rückweg antreten solle.
In Gegenwart meiner Mutter geschieht da etwas kaum Denkbares: Mit einem Gesichtsausdruck formvollendeter Verblüffung und Unschuldigkeit erkläre ich und lasse dabei sogar meine Stimme zittrig erbeben:
„Ich weiß von nichts! Ich weiß nur, dass Iwan und ich uns am Abreisetag so sehr gestritten haben, dass er rechtzeitig mit seinen Taschen unser Haus verließ... und ich ihm nicht einmal Lebewohl sagen durfte. Leider war ich zu

stolz, ihm einfach hinterher zu rennen. Ich habe dann im Nachhinein erfahren, dass er wohl nicht im Bus gesessen hat. Aber ich schwöre… seitdem habe ich ihn nicht mehr gesehen."

Als rhetorische Untermalung gelingt mir sogar, ein Tränchen kunstvoll herauszupressen. Diese schauspielerische Leistung überrascht mich selbst. Sogar meine Mutter scheint hiervon beeindruckt; denn sie stolpert sicherlich mehr, als dass sie entscheidet, in die Äußerung hinein:

„Sie haben gehört, was meine Tochter gesagt hat. Gibt es darüber hinaus noch etwas, ansonsten wünschen wir Ihnen einen guten Tag."

Meine überzeugende Lügendarbietung und Mutters furztrockene Ergänzung lassen fürs Erste nun gar keine Zweifel übrig. Herr Meier-Wohlauf lüftet kurz den Hut, den er nicht aufhat, wünscht allerlei Höflichkeiten und entschwindet durch die Tür.

Dann sitzen sich Mutter und ich uns gegenüber, und ich sehe, wie Mutters Eichhörnchengesicht schlagartig zu einem Löwengesicht umschlägt.

„Was hast du dir dabei gedacht, deinen Lehrer derart anzulügen. Ich bin vor allem immer noch schockiert, dass ich da sogar mitgezogen bin. Ist dir klar, dass es nur wenige Stunden braucht, bis die Wahrheit rauskommt… und wie stehen wir dann da? Oh mein Gott, das mündet in eine Katastrophe."

Ich lege mir blitzschnell tausend kluge Rechtfertigungen, Erklärungen und Überlegungen zurecht, und dann entschlüpft meinem Mund nichts, als ein umlächeltes „Danke!"

Neben all der zur Schau getragenen Empörung und der erzieherisch so wichtigen Wertevermittlung lächelt meine

Mutter plötzlich auch, jedoch fast unsichtbar in sich hinein. Es fühlt sich gut an, mal wieder ein bisschen Verschworenheit mit seinem eigenen Kind erleben zu dürfen.

Als Vater abends von der Arbeit kommt, spielt er erst ein wenig den Empörten, dann übernimmt er die Führungsrolle und schlägt Strategien vor, Iwan bei uns absolut wasserdicht untertauchen zu lassen, ohne sich weiter in Lügengebilde verstricken zu müssen.

Er scheint ausreichend Anwaltsserien im Fernsehen geschaut zu haben, denn er versorgt uns mit einem Arsenal an möglichen Erwiderungen, wenn wir erneut auf den Verbleib von Iwan angesprochen werden:

„Wo Iwan ist... diese Frage ist für dessen Angehörige von sicherlich großer Wichtigkeit. Ich beteilige mich gerne an der Klärung, einzig zu diesem Zeitpunkt sehe ich mich genötigt, meiner ursprünglichen Vornehmung nachgehen zu müssen, denn auch ein kurzes Zuspätkommen ist nicht zumutbar für mich. Ich behalte Ohren und Augen weiterhin offen. Vielen Dank für Ihre Nachfrage. Jederzeit helfe ich gern."

Sätze, beispielhaft wie dieser, schlägt Vater einige vor. Und plötzlich sind wir als kleine Familie eine kleine verruchte Familie. Abschließend zu unserem internen Klärungsprozess raunt mir Vater noch zu:

„Auch wenn ich der Meinung bin, dass Jakob der perfekte junge Mann an deiner Seite gewesen ist, habe ich Iwan mittlerweile richtig ins Herz geschlossen. Ich wünsche euch die Zeit, die ihr zur Klärung für euch braucht, was das alles werden soll."

Soeben habe ich eine ganz neue Seite an meinem Vater erlebt, die mich ihm näher rücken lässt. Und bei meiner Mutter zuvor ist es genauso gewesen. Ich bin stolz auf die beiden... und ihre Unterstützung ist im allerletzten Moment gekommen. Die Situation ist kurz davor gewesen, zu platzen.

Was für eine Aufregung! Nun ist zwar nichts richtig geklärt, aber mit Glück haben wir uns ein paar Tage Aufschub verschafft.

Genau so lange, wie es dauert, wenn ein Mensch in Deutschland, nennen wir ihn Herrn Meier-Wohlauf, nach Russland telefoniert und in Russland eine besorgte Mutter und ein besorgter Vater einen Brief an ihren verschollenen Sohn aufsetzen und in die Post bringen – plus der gesamte Postweg, genauso lange dauert es, bis ich ein grauweißes Kuvert über einen Topf mit brodelndem Wasser halte, dann heimlich einen sauber gefalteten Bogen Papier entnehme und das Folgende mit Interesse und Besorgnis lese:

„Unser prächtiger Sohn Iwan Iwanowitsch, sei aus der fernen Heimat auf das Herzlichste gegrüßt von deiner Mamuschka und deinem Nana. Wir vermissen dich so sehr, dass unser Herz ganz wund ist im Schmerz über deinen Verlust. Hoffentlich geht es dir gut, so wie es die Brüder und Schwestern aus deinem Schulverbund uns immer wieder versichern. Trotzdem wollen wir, dass du zurück zu uns kommst. Hier ist deine Familie, hier ist deine Heimat und hier gehörst du hin. Bitte warte nicht mit dem Zurückschreiben und nimm gleich heute ein Blatt Papier und einen Bleistift und teile uns mit, wann wir dich am Bahnhof abholen sollen. Ausreichend Geld für eine Zugfahrt nach Russland zurück hat der Lehrer deiner deutschen Gastschwester. Bitte beeile dich mit dem

Zurückkommen. Deine immer in Tränen aufgelöste Mamuschka und dein dich ebenso liebender Vater."

Ich falte ihn, den Brief, sauber an den Knicken, ich tüte ihn in das angelöste Kuvert und klebe es an den entsprechenden Falzen mit einem Klebestift zu. Kein Mensch kann mehr erahnen, dass ich soeben ein Verbrechen gegen das Briefgeheimnis verübt habe.

Es bedarf keiner längeren Abwägung, diese in einwandfreiem Deutsch gesetzten Worte sind brand-gefährlich! Niemals darf Iwan sie zu lesen bekommen. Es wäre das Todesurteil für unsere Beziehung. Kaum läse er die ersten Zeilen, würde er bereits in Tränen schwimmen; außerdem ist beim dort umrissenen Verhandlungs-spielraum noch sehr viel Platz nach oben.

Die Familie ruft mit stählerner Härte und schon ist mein Iwan nur noch ein zugticketlösender Schlafwandler. Auf keinen Fall darf Iwan auch nur zwei zusammenhängende Buchstaben dieses Briefes zu Gesicht bekommen.

Wenn ich dieses Schreiben nicht in einer lodernden Feuersbrunst restlos vernichte, werde ich meinen Iwan an diese geiernde, geifernde Familie verlieren. Solches Geschreibsel ist garantiert mein Verhängnis.

Also nehme ich den Brief, flitze nach oben in Iwans Zimmer und drücke ihm den Brief in die verwunderte Hand, schnell, bevor ich es mir anders überlege. Mein schlechtes Gewissen hat mich mal wieder kräftig übers Knie gelegt und den Popovoll meines Lebens angedroht.

Die vier Jahreszeiten durchwandern den Gesichtsausdruck meines Geliebten, mal schießen unvermittelt Tränen aus seinen Augen, dann wird er plötzlich kalkweiß und im nächsten Moment knallrot, mal zucken die Mundwinkel in ein zärtliches Lächeln hinein, mal wellen sich die Lippen im Kampf gegen die Tränen. Für Sekundenbruchteile sucht er meinen Blick, dann wieder erträgt er meinen Blick nicht und schaut auf den beschriebenen Bogen zurück.

Nach einer fast unerträglich langen Zeit Erstarrung, faltet er im Tempo meines Haarwuchses den Brief zusammen und steckt ihn in den Umschlag. Es dauert, bis er zu einem echten Blick in mein Gesicht fähig ist. Die Züge sind Besorgnis abbildend, mehr noch Angst... und nach einer weiteren Ewigkeit findet er mit brüchiger, tränenerstickter Stimme die folgenden Worte:

„Sophia, dies hier bedeutet, dass ich in meine Heimat zurückmuss. Meine Familie erwartet mich... und es war nicht richtig, dass ich fortgeblieben bin, ohne ein Lebenszeichen. Ich glaube, ich muss gleich zu deinem Lehrer und das Nötigste mit ihm organisieren."

Was daraufhin passiert, ist nur schwer in Worte zu fassen. Erst einmal werde ich abrupt etwa zweimeterfünfundfünfzig groß und rase in Rage mit Lichtgeschwindigkeit die Treppe hinab und wieder hinauf, umrenne fünfmal einen verdattert dastehenden Iwan, ich bin laut und präsent, ich umarme meinen Geliebten in Zärtlichkeit und zugleich mit begierigem Besitzanspruch (tut mir leid, ist sicherlich nicht mein feinster Charakterzug, ist aber nun mal so! Das mit dem Besitzanspruch.)

Ich überschütte und durchdringe und umwirble Iwan mit einer dreiviertel Million flehender, bittender und beteuernder Worte, eingewobener Poesiealbum-Poesie und messerscharfer Argumentation von der Sorte, dass selbst dem durchtriebensten Debattenredner kein übertrumpfendes Argument mehr einfällt.

Und schließlich küsse ich ihn und zwar nicht mehr mit dem Temperament eines Teilchenbeschleunigers, sondern komme endlich zur Ruhe, finde so einigermaßen meine

Mitte wieder und bin nach all der Aufgescheuchtheit ganz nahe mit Iwan.

Kurz darauf nimmt mich Iwan mit einem „Ich möchte-jetzt-mit-dir-reden"-Gesicht beiseite und macht so schöne Kulleraugen, wie ich noch keine zuvor gesehen habe… bei ihm zumindest:

„Sophia. Höre mir jetzt gut zu. Ich muss dir etwas Wichtiges sagen, was ich von ganzem Herzen und voll innerster Überzeugung sage: Ich liebe dich schrecklich doll und über allen Maßen und wie verrückt und voller Kraft und himmelschreiender Begeisterung. Sophia… meine Familie ist mir das Wichtigste auf der Welt… aber du bist genauso meine Familie… und ich kann einfach nicht weg von dir. Ich bleibe auf alle Fälle mit dir! Egal, was in diesem Brief steht. Ich muss mich zwingen, diesen Brief zu vergessen. Irgendwie wäre es besser gewesen, der Brief hätte mich nie erreicht." –

„Soll ich ihn verbrennen?" und ich verleisere meine Stimme zum Flüsterton: „…das wollte ich sowieso tun…" Dann lasse ich meinen Flüsterton zum Lüsterton werden: „Mein süßer Iwan… ich bin dir gerade ganz besonders nahe in meiner Sehnsucht. Darf ich dich vielleicht zu einem kleinen Stelldichein einladen?"

Was folgt ist die schönste Sommerferienwoche seit Menschheitsgedenken. Iwan und ich sind unentwegt zweisam. Selbst die Küche gemeinsam durchzufegen, wird zu einem romantischen Rendezvous.

Iwan holt mit betörend poetisch gesetzten Worten immer wieder weit aus, umschmeichelt mich, dass ich vor lauter Feierlichkeit ein bisschen den Boden unter den Füßen verliere und so einen knappen Millimeter über allem schwebe, leicht bin wie eine Entendaune.

Und schon lasse ich mich mal von der einen zur anderen Seite pusten, führe ein glückseliges Lächeln spazieren, das sich in meine Gesichtszüge fast schon hineinverkrampft, so unentwegt und ewig kann ich nicht mehr anders, als nur noch zu lächeln und glücklich zu sein.

Muss Iwan mal eben auf Klo, nehme ich verliebt sein Händchen und begleite ihn händeschaukelnd und im tänzelnden Schritt bis direkt vor die Klotür. Und kommt er nach einer Minute wieder heraus, falle ich ihm um den Hals, als hätten wir uns wochenlang nicht mehr gesehen.

Einer von uns beginnt einen Satz und der andere versucht ihn zu beenden... leider geht das oft zwar intellektuell daneben, zwischenmenschlich jedoch harmonieren unsere aneinander gepuzzelten Stimmen und Worte.

Wir küssen sehr viel, was gern in wildes Knutschen umschlägt; wir umarmen und streicheln viel, was gern in wilden Sex umschlägt; wir schweigen aber auch entspannt und zufrieden, was gern in wilde und ganz besondere Ideen umschlägt. Und eine dieser Ideen ist:

Der bei uns im Haus versteckt gehaltene Iwan (versteckt, um unsere durch die ganze Familie getragene Lüge nicht auffliegen zu lassen) muss endlich mal wieder an die frische Luft, mal wieder richtig ausgeschüttelt werden, mal den Hals langmachen dürfen, anstatt immer nur drinnen an unseren Fenstern geduckt vorbeizuschleichen.

Iwan und ich unternehmen eine kleine alleinige Urlaubsreise, zwei, drei sonnige Tage im Zelt oder in einer reizenden kleinen Pension, selbstversorgt oder Sieben-Gänge-Menü... da sind wir nicht wählerisch!

Wir entscheiden uns schließlich für das berühmte Hotel „Sonne" in München mit vier Mahlzeiten täglich und mindestens zwölfteiligem Besteck zum abendlichen Bilderbuchmenü.

Leider haben sowohl Iwan als auch Vater und Mutter meine brillante und sicherlich sehr witzige Idee verworfen, aus Tarnungsgründen Iwan als meine Tante Elfriede zu verkleiden; hochhackig wäre er dann mit mir zum Bahnhof gestöckelt, wild geschminkt und modisch aus dem vorletzten Jahrzehnt entsprungen... schade – Augenweide verpasst!

Vater verspricht mir, die Summe aus meinem ausschließlich mit Fünfmarkstücken prall gefüllten und jetzt geschlachteten Sparschwein zu verdoppeln, damit Iwans Reisekosten nicht durch mein Erspartes zusätzlich abgedeckt werden müssen.

Mutter schlägt vor, mit dem Münchener Fremdenverkehrsverein zu telefonieren, um ein Doppelzimmer telefonisch zu buchen, was ich jedoch verwerfe, da ich gerne ein bisschen Eigenverantwortlichkeit auf dieser Reise an den Tag legen möchte.

Mein deutschrussischer Weggefährte und ich packen Unterhosen für vier Tage ein sowie das eine oder andere Wechselteilchen. Dann lassen wir uns bereits um acht Uhr in der Frühe zum Hauptbahnhof chauffieren und uns herzlich zum Abschied drücken.

In München angekommen, nehmen wir uns ein Taxi zum berühmten Hotel Sonne. Ehrlich gesagt kenne ich das Hotel „Sonne" gar nicht, weiß auch nicht, ob sie vier Dinnergänge bieten und mit dekadentem Luxus locken. Mir fiel in der Idee und Planung dieser Reise in der Schnelle kein anderer griffiger Name für ein hübsches Hotel ein. So sage ich dem Taxifahrer mit dem Brustton der Weltgewandtheit:

„Einmal bitte ins Hotel ‚Sonne'!"

Der Taxifahrer fragt erst einmal nach der zugehörigen Straße und als ich diese nicht aufbieten kann, ruft er per Funk seine Zentrale. Ich halte angespannt die Luft an.

Als er, der Taxifahrer, schließlich mehrfach nickt zu den Navigationsangaben, die aus dem kleinen Autolautsprecher quaken, grinse ich zufrieden vor mich hin.

Es gibt tatsächlich ein Hotel „Sonne" und es bleibt spannend, ob es eher das Gruselhotel „Zur glücklichen Kakerlake" oder eines mit belegbarer Hochzeitssuite wird.

Endlich hält der knatterige Benz vor einem beachtlichen Klotz von Hotel; der Eingang wird von zwei Säulen gesäumt, was ein wenig Prunk suggeriert... wenn auch sämtliche angegilbten Gardinen hinter den zahlreichen Fenstern eine andere Sprache sprechen.

Wir entlohnen den Taxifahrer und ich gebe das erste Trinkgeld meines Lebens. Dabei denke ich gleich an die Möglichkeit, dass uns nur Minuten später ein Hotelpage unser Gepäck ins Zimmer trüge und so lange vielsagend im Zimmer stehenbliebe, bis ich begriffe und ihm einen Dankestaler in die gehöhlte Hand drückte... Das wäre was! Einmal in meinem Leben solch eine Klischeesituation zelebrieren zu dürfen... nur vielleicht nicht hier und heute, weil dafür unsere Reisetäschchen zu lächerlich gering gepackt sind.

„Guten Morgen, wir hätten gern die Hochzeitssuite.", sage ich weltmännisch und hebe meinen Blick in die Augen des Portiers.

Gelandet sind wir in einem Hotel mit geschätzten einhundert Zimmern. Das Personal trägt Uniform, die Eingangshalle weist allerlei Sterne sammelnde Luxusattribute auf; ich bemerke gleich, dass ein angenehmes Licht herrscht. Iwan bleibt etwas betreten hinter mir stehen und lässt mich mal machen.

Als dann der Portier uns breit anlächelt und unvermittelt sagt:

„Ich gratuliere Ihnen auf das Herzlichste zur Frischvermählung!"

…entgleiten mir einige meiner sich gerade im Einsatz befindlichen Gesichtszüge. Und ich gebe noch einige entglittene Gesichtszüge drauf, als der Portier fortfährt:

„… Sie haben Glück, unsere Hochzeitssuite ist gerade frei!"

Mein Gegenüber bittet sowohl um unsere Personalausweise als auch aus sich mir nicht ganz erschließenden Gründen um Vorkasse. Zuerst krame ich Vaters Bündel an Geldscheinen vor und beginne, das Geld auf den Tisch des Hauses zu zählen.

Wie gut, dass ich nicht schon die Anzahl der Nächte erwähnt habe, die wir eigentlich zu residieren gedacht haben. Am Ende der Geldscheine ist nämlich erst ein paar Mark über die Hälfte der Kosten für eine Nacht über den Tresen gegangen.

Mit ein wenig aufsteigender Röte öffne ich einen Geldbeutel und lasse unzählige Fünfmarkstücke auf das Mahagoni prasseln. Münze für Münze schiebe ich zählend von mir, bis ein Rest bleibt, der kaum für das Eintrittsgeld in eines der geplanten Museen reicht. Aber mein Stolz und die mich umkleidende Peinlichkeit der Situation lassen ein Zurückrudern nicht mehr zu.

Der Portier denkt sich seinen Teil, streicht das Geldscheinbündel ein und lässt alle bezahlten Münzen in eine kleine Geldkassette hineinklötern. Wir haben soeben ein gigantisches Taschengeldvermögen für eine Reisenacht in einem Hotelzimmer bezahlt, was wir tatsächlich noch nicht einmal gesehen haben. Gleichw… nein, gar nicht gleichwohl!

Es bleibt ein bisschen Anspannung zurück. Wir folgen einem herbeigerufenen Hotelpagen, der uns in den silbrigen Fahrstuhl führt und das Drücken übernimmt.

In meiner Jackentasche krame ich nach verbliebenen Münzen. Von der ärmlichen Restlage möchte ich mir wenigstens noch dieses eine kostspielige Vergnügen gönnen...

Der Page schließt mit einem Schlüssel auf, an dem ein wuchtiger metallener Schlüsselanhänger baumelt; sollte man den in irgendeine Hosentasche stecken, läuft man garantiert mit Schlagseite.

Mit sparsamer Geste präsentiert der Junge die Hochzeitssuite. Ein Hotelzimmer mit Um-die-Ecke-Verlauf, ungewöhnlich groß und mit einem wirklich einladend ausladenden Himmel-Doppelbett, alles in jungfräulichem Weiß gehalten, mit angeklöppelter Spitze und Ornamentprägung.

Auf beiden Nachttischen stehen frische Schnittblumen, in der Fernseh-Lounge um die Ecke warten zwei Sektgläser und eine teuer aussehende Champagnerflasche auf uns.

Mir gefällt das Zimmer, es sieht aus wie im Film. Ich krame nach einem Fünfmarkstück, drücke es dem tatsächlich hinter uns Jungspunden stehengebliebenem Pagen in die bereitgehaltene Hand und sage den Satz, auf den ich mich schon seit Ewigkeiten freue:

„Stimmt so!"

Und kaum ist das Knäblein durch die Tür, nehme ich Anlauf und werfe mich im Hechtsprung auf das frische, wohlbezogene Bett. Ich wäre wie ein Derwisch auf und ab gehüpft, wie auf einem großen Trampolin, leider ist da nur der Himmel vom Bett im Wege. Noch so eine Attitüde kleiner Leute, die mal in die Welt der Geschminkten und

Reichen reinschnuppern und letztendlich nie dazugehören werden.

„Los, komm her, alter Mann!" rufe ich und grinse keck.

Schon nimmt eine zweite Person Anlauf in dieser Hochzeitssuite, springt etwa drei Meter dreißig vorher ab, zischt pfeilgerade durch die Luxuslandschaft, um dann irgendwann in voller Länge und mit vollem Gewicht direkt auf mir zu landen. Nasen klacken aneinander. Aber auch Lippen…

Ich denke zum Glück nicht an das monströs viele Geld, dass uns diese eine Übernachtung kostet, nein, ich genieße quasi vom ersten Moment an diese besondere Umgebung, diese besondere Situation und unsere besondere Stimmung.

Irgendwann, als wir uns ausgetobt haben und mit ein wenig Schnappatmung nebeneinanderliegen, finde ich die ersten Worte:

„Weißt du, was wir machen? Ich finde es nämlich Kacke, wenn wir schon nach einer Nacht wieder nach Hause kommen. Lass uns diesen Tag und diese Nacht das Hotel genießen und hier bleiben… und wenn wir dann morgen bis zwölf hier raus müssen, dann erst cruisen wir durch München und lernen die Stadt kennen… und zwar zwanzig Stunden lang. Wir machen hier die nächste Nacht einfach durch und nehmen dann irgendwann den Zug zurück. Das mit den Rückfahrkarten ist am Bahnhofs-schalter leicht zu ändern. Hätten wir ja eh gemusst… bei ursprünglich drei geplanten Nächten. Okay?" –

„Natürlich okay! Wieviel Geld haben wir denn noch für Essen?" –

„Ich schätze es reicht für einen lecker' Laib Graubrot und zwei Liter Wasser – du weißt schon, das ohne Kohlensäure. Du merkst, der gewohnte Luxus erfährt eine klitzekleine Eintrübung... hehe!"

Und so schreiten wir in den hoteleigenen schneeweißen Bademänteln kreuz und quer durch unsere Hochzeitssuite, baden in einer Badewanne mit goldenen Hähnen, speisen im hoteleigenen Restaurant (ein Abenddinner ist im Monsterpreis enthalten) und tun im Übrigen alle möglichen schönen Dinge, die man vertikal und horizontal zuwege bringen kann.

Dann, am nächsten Morgen, nach einem Hochzeitsnacht-Frühstück im Himmelbett, klopft irgendwann der Zimmerservice, der leider nicht mit weiteren Croissant-körben eintritt, sondern mit einem Staubwedel und dem großen Bettwäschewagen.

Wir springen wie Flöhe aus den Federn, sausen beide kreuz und quer durch das Badezimmer, ohne in all der Hektik zu kollidieren, haben mit wenigen Handgriffen unsere Habseligkeiten zusammen und checken mit nur mäßiger Geruhsamkeit wieder aus.

Es ist halb eins an einem sonnigen Mittag und wir befinden uns auf irgendeiner breiten Straße in München. Das Klötergeld in meiner Hosentasche empfiehlt stundenrund Spaziergänge im Radius von höchstens fünf Kilometern um den Hauptbahnhof. Und so erschließen wir in einer Sight-Seeing-Tour zu zweit und zu Fuß den Marienplatz und das dazugehörige Hofbräuhaus (dieses jedoch nur von außen), wir erleben die Theresienwiese ganz ohne Karussells und Fressbuden, wir picknicken trockene Graubrotscheiben im Englischen Garten, schreiten durch den Olympiapark und erfahren Wissenswertes über den Olympiaturm, einem historischen Veranstaltungszentrum.

Nett und lauschig-flauschig wird es in einer Grünanlage namens Flauscher, direkt an der Isar gelegen und im Übrigen laufen wir durch allerlei prächtige Straßen mit zum Teil wunderschönen Bauten.

Uns gefällt München in der prallen Mittagssonne, uns gefällt München als es langsam dämmert… München hat Charme in der warmen Sommernacht und München langweilt nicht, auch wenn wir um fünf Uhr morgens ziemlich mutterseelenallein durch die Urbanität schreiten und alle drei Sekunden gähnen müssen.

Die Schritte werden langsam schleppend, wir stützen uns gegenseitig beim Arm-in-Arm-Laufen und wissen, wenn wir jetzt stehen blieben, würden wir innerhalb einer Sekunde in Tiefschlaf fallen.

Es bleibt das Gefühl: In dieser Nacht gehört München uns; wir genießen uns in den prächtigen Kulissen, in der wirklich romantisch lauen Sommernacht und mit einer übersprudelnden Verliebtheit.

Dann heben wir mit letzter Kraft unsere Glieder, um den Zug Richtung Köln zu erklimmen und haben das Glück, gleich im zweiten Abteil Sitzplätze zu ergattern.

Ich muss in der Sekunde, als mein Popo Kontakt mit dem Sitzpolster hat, eingeschlafen sein; Iwan hat sich nicht getraut, auch zu schlafen, aus Angst, wir würden Köln-Hauptbahnhof verpassen, obwohl meiner Recherche nach dieser Zug in Köln endet.

Nach einer dreiviertel Stunde Fußweg, der Rest unseres Reisebudgets reicht nicht einmal mehr für zwei Fahrkarten der Nahverkehrsbetriebe, kommen wir endlich glücklich und erschöpft bei uns zu Hause an und klingeln.

Ich zumindest erwarte entzückende Wiedersehensszenen mit aufregenden Aufforderungen, all die zahlreichen Reiseerlebnisse zum Besten zu geben.

Doch als Mutter öffnet, schaut sie erst einmal mit langgestrecktem Straußenhals rechts und links an uns vorbei, ein leicht irrer Blick funkelt in ihren Augen. Sie macht hektische Kopfbewegungen, bis sie uns an den Schultern packt und blitzschnell an sich vorbei ins Haus bugsiert.

„Ich hoffe, er hat uns jetzt nicht gesehen!" …ist ihr erster, vor Herzlichkeit nur so triefender Begrüßungssatz.

Ich verstehe gar nichts! Iwan bleibt stumm und stumpf im Flur stehen, bis Mutter uns aufgescheucht vor sich her ins Wohnzimmer schiebt, wo sämtliche Vorhänge zugezogen sind. Wir nehmen erst einmal verunsichert Platz und warten gespannt auf eine Erklärung.

„Ein Detektiv ist da! Ein Detektiv aus Russland. Er ist auf der Suche nach dir, Iwan, und er taucht hier bei uns immer wieder auf, weil er sicher ist, dass wir dich versteckt halten." –

„Ein Detektiv?", wundern sich Iwan und ich gleichzeitig.

„Ja, ein Detektiv oder ein Agent vom KGB…" schaltet sich auch Vater ein, „…ich habe das ehrlich gesagt nicht so ganz verstanden, denn er spricht zwar allerfeinstes Hochdeutsch, aber er spricht immer nur in Reimen… und irgendwie auch ganz witzig… zumindest kurios. Ein komischer Typ… und irgendwie auch seltsam. Es fehlt nicht viel und ich mache morgens im Bett meine Augen auf und dieser Detektiv hält mir seine riesige Visage direkt vor die Nase und sagt: ‚Eine Frage hätt' ich noch…' Wirklich merkwürdiger Typ…" –

„Spricht immer nur in Reimen – das kann nur Onkel Wanja sein."

Iwans Onkel Wanja befindet sich erst knappe zwei Tage hier in Deutschland und schon strahlt seine Persönlichkeit durch halb Köln.

Mein Vater freut sich wie ein Kind, eine solch mitteilenswerte Geschichte voller Witz und Absurdität erzählen zu dürfen, schnappt ein paar Mal nach Worten oder nach Luft und beginnt:

„Also, das müsst ihr euch vorstellen, dieser Mann tritt hier im hellgrauen Columbo-Mantel auf, ist leicht untersetzt, etwa vierzig Jahre alt und hat – wie soll ich es erklären – er hat eine so unglaublich witzige Lange-Nasen-dicke Lippen-große Zähne-buschiger Schnurrbart-Kombination in seinem Gesicht, egal, mit welchem Ernst er sein Anliegen vorbringt, es sieht einfach witzig aus, wenn er mit einem spricht. Und immer in Versform. Man versucht dann ja seriös, seinen Fragen und Bitten zu entsprechen… und in Wirklichkeit ringt man damit, dass hinter der eigenen Fassade nicht doch plötzlich das schallende Gelächter herausbricht. Wie ein perfekter Komiker oder Clown. Dieser Mann hat ein unheimlich witziges Gesicht und alles, was er sagt, wirkt wie ein ewiger Witz… Trotzdem ist ihm sein Anliegen, dich, Iwan, aufzuspüren und dich nach Wolgograd zurückzubringen, sehr ernst. Das ist sein Auftrag und er verfolgt diesen unerbittlich. Aber was ich eigentlich erzählen wollte: Es war das zweite Mal, dass er bei uns klingelte. Beim ersten Mal genügte es, dass ich erklärte, du -Iwan- seiest am Abfahrtstag verabschiedet worden, seither hätte ich dich nicht mehr gesehen. (Ich bezog mich natürlich mit dem Abfahrtstag auf eure Fahrt nach München, um ihn nicht anzulügen…) Fürs Erste genügte ihm das jedenfalls. Aber keine zwei Stunden später -gestern Abend war es- klingelte es wieder. Ich öffnete und vor mir steht wieder Onkel Wanja. Auf seinen Nachnamen habe ich ehrlich gesagt, gar nicht geachtet. Bleibe ich bei Onkel Wanja. Also er steht da und sagt mit diesem Hauch eines russischen Akzents:

‚Ich hätte da noch eine Frage!

Auf dass ich hier nicht ganz verzage.'

Er lässt diese Sätze wirken, als seien sie die ausformulierte Bitte um Einlass in unser Wohnzimmer. Doch ich stehe so präsent in der Tür, dass jedem klar sein müsste, diese Frage solle unseretwegen doch bitte ausschließlich im Hauseingang erörtert werden. Onkel Wanja schaut rechts und links an mir vorbei, als würde er hoffen, deine Mutter zu sehen, die vielleicht höflicher sei und ihn reinbittet. Aber ich war allein unten. Mama hatte oben zu tun und ich wusste, sie würde in der Deckung oben bleiben und uns nur belauschen. Also wiederholt Onkel Wanja seinen Satz – und ich nicke ihm auffordernd zu, er solle doch nun endlich weitersprechen.

‚Also wenn ich jetzt meine Frage stellen darf,

Eine Frage, die ich hier in Köln bereits mehrfach aufwarf…'

Onkel Wanja beschwört einen Spannungsbogen herauf und ich lasse ihm wieder ein bisschen die Luft raus, indem ich mit einem ‚Bitte…' erneut um die konkrete Frage bitte.

‚Was ich, Herr Benecke, noch wissen muss…

Und dann ist Schluss mit dem Verdruss…

Ob…'

und dann unterbricht er seinen Verhörton und klingt plötzlich mitmenschlich-engagiert, während er starr an mir vorbeiguckt:

‚…oh, ich glaube, bei Ihnen in der Küche brennt was an! Ob das der gute Sonntagsbraten sein kann?'

Das kam so überraschend, dass ich mich instinktiv umdrehte, aber nur für eine halbe Sekunde, als ich meinen

Oberkörper wieder ihm zuwenden möchte, steigt er gerade mit flinken Storchenschritten an mir vorbei und befindet sich ungebeten mitten in unserem Eingangsbereich. Ich reagiere blitzschnell, das heißt, ich möchte blitzschnell reagieren und mich nach allen Regeln der Kunst empören, wie er ungebeten an mir vorbeistaksen kann, da hebt Onkel Wanja seine dunkle Stimme kraftvoll und bringt endlich sein Anliegen vor:
‚Reden Sie, wo ist Iwan?
Liegt er bei Ihnen irgendwo auf einem Diwan?
Ich bin sicher, er wohnt hier…
Ist ein Bewohner Nummer Vier!
Ich habe gründlich recherchiert,
Und ihre Familie damit blamiert,
Dass er verliebt ist mit Ihrer Tochter Sophie…
Ich bin eben ein Ermittlungsgenie!
Beide sind gemeinsam durchgebrannt.
Das ist mir nun hinlänglich bekannt!
Machen Sie mir nichts mehr vor.
Ich bin hier auf einer heißen Spor!
Hier irgendwo in diesem Haus hält sich Iwan versteckt…
Und rasch wird er doch von mir entdeckt.
In der Sekunde nehme ich ihn mit nach Russland
Weil er doch hier nur Stuss fand.‘
Ich kann das kaum erklären, die Mischung aus diesem selbstverständlichen Eindringen, dem dunklen Droh-Ton seiner Stimme, dem ewigen Reimen und diesem unglaublich lustig aussehenden Gesicht hat mich für den Moment völlig perplex gemacht. Ganz leise habe ich vor mich hingebrabbelt:
‚Sie können hier nicht einfach eindringen. Dies ist mein Haus…‘ Doch Onkel Wanja ließ sich kein bisschen beirren, sondern im Gegenteil, wie ein Spürnasen-Detektiv

drehte er sich abrupt um und lief ins Wohnzimmer. Er setzte unzählige Blicke in alle möglichen Richtungen, damit ihm wohl auch nicht das kleinste mögliche Versteck entgehen würde, dann fuhr er blitzschnell herum und bemühte sich um einen stechenden Blick direkt in meine Augen:

‚Holen Sie Iwan sofort hierher,

Oder machen sie es mir absichtlich schwer,‘

…und dieser möchtegern-stechende Blick sah so übertrieben aus - aus diesem so lustigen Gesicht, dass ich heftig mit meinem Losprusten kämpfen musste – was heißt kämpfen, mir entwich schon ganz schön viel Dampf aus den Nasenlöchern und den Mundwinkeln… Jedenfalls lief er mit seiner besonderen Gründlichkeit in Zeitlupe vom Wohnzimmer in die Küche und sah auch im Wirtschaftsraum nach… ich kann nicht genau sagen, warum, aber ich trippelte ihm einfach nach, unfähig, ihn von seinem Tun abzuhalten und ihn achtkantig aus unserem Haus zu schmeißen. So lief er zurück ins Wohnzimmer, hielt die Mitte des Raumes wohl auch für die Mitte des Hauses, hob seinen Kopf und brüllte mit seinem kraftvollen Bass durch unser Haus und sicherlich auch durch die halbe Nachbarschaft:

‚Iwan, zeige dich sofort.

Wir fahren jetzt weg von diesem Ort!‘

Er wartete und lauschte und funkelte mit seinem absuchenden Blick in alle möglichen Richtungen. Doch kein Iwan antwortete ihm… Dann bewegte er sich bedeutsamen Schrittes bis zum Fuße unserer Treppe und schaute hoch, direkt in Mamas Gesicht. Mama stand auf der Treppe, hielt eine Hand am rechten und eine am linken Handlauf fest und blieb unbeweglich stehen. Mama legte ein klasse Bullengesicht auf, ich meine jetzt nicht Polizei, sondern das Rindviech. An ihr wäre er nicht vorbei in die obere Etage gekommen. Onkel Wanja sagte dann zur Hälfte in Mamas Gesicht und zur Hälfte in meines:

‚Ich komme bald zurück.

Dies wird mein größtes Detektivstück!

Ich werde Iwan hier aufspüren

Und ihn direkt nach Russland abführen!'

Er sprach durch seine zusammengebissenen Riesenzähne und seine dicken Lippen waberten. Dann…"

Vaters sehr lebhaft und originell erzählte Geschichte wird durch das Klingeln unseres Telefons unterbrochen. Ich ahne, dass wir soeben um das Ende der Geschichte geprellt werden, denn Vater spricht in abgeklärtem Tonfall in den Hörer:

„Aber bitte bleiben Sie ruhig, Herr Meier-Wohlauf, ja… ich kenne diesen Mann… es tut mir leid, dass Sie ihn gerade nicht loswerden. Er war bereits mehrfach bei uns… aber ich konnte ihm auch nur das Gleiche sagen, was wir bereits auch Ihnen mitgeteilt haben… dass… Sie wollen Sophia sprechen… ja, kein Problem. Sie steht direkt neben mir… ich reiche Sie weiter."

Vater hält mir den Hörer entgegen, aus dem es bereits laut quakt und quasselt. Ich halte einen Sicherheitsabstand zu meinem Ohr und säusle unschuldig:

„Halloohoo. Hier ist Sophia Benecke. Herr Meier-Wohlauf, was kann ich für Sie tun?"

In meinen Gehörgang fließt ein ätzender Brei zusammengeschriener Worte und unartikulierter Laute, herausgebracht aus Wut und Überforderung. Ich lasse der ganzen Empörung meines Lehrers freien Lauf, ich nicke Begriffe wie Lügen, Betrug, Entführung, Freiheitsberaubung und eine sich abzeichnende Staatskrise duldsam ab, dann atme ich zweimal tief durch und reagiere:

„Herr Meier-Wohlauf, ich erkläre hiermit, dass ich seit dem Abfahrtstag all der russischen Schüler Iwan mit seinen Reisetaschen bis kurz vor den Bus gebracht habe… und Sie werden verstehen… dann übermannte mich der Trennungsschmerz. Ich kann Ihnen und dem Herrn, der gerade neben ihnen steht, leider nicht weiterhelfen. Ihnen noch erholsame Sommerferien. Tschühüss!"

Im Stillen bin ich sofort stolz auf mich, dass ich genaugenommen nicht einmal gelogen habe, dank Papas Strategie.

Mama, eine direkte Nachfahrin des berühmten Kriminalermittlers Sherlock Holmes, kombiniert gleich intelligent:

„Wenn Onkel Wanja jetzt gerade bei Meier-Wohlauf ist, dann haben wir Rückendeckung, Iwan hier aus dem Haus zu bringen und irgendwo anders zu verstecken. Iwan, hier bist du nicht mehr sicher!"

Mein armer Freund steht betreten und überfordert mitten im Wohnzimmer, während Familie Benecke wie aufgescheucht um ihn herumwirbelt.

Mama erklimmt mit zwei riesigen Schritten die Treppe nach oben und kommt nach einer Sekunde mit einer gepackten Reisetasche wieder herunter; Vater braucht etwa zwei Wimpernschläge, bis mein Fahrrad aus dem Schuppen herausgeschoben ist und fahrbereit auf dem Fußweg wartet.

Ich rüttle ein bisschen an dem wie erstarrt dastehenden Iwan, schaue ihm tief in die Augen und spreche ruhig und intensiv auf ihn ein:

„Iwan-Schatz, ich bringe dich jetzt sofort mit meinem Fahrrad zu Omas Parzellenhäuschen. Da musst du untertauchen. Es wird nicht für lange sein. Aber wir müssen dich hier erstmal aus der Schusslinie bringen. Okay?"

Iwan antwortet mit einem heiseren „Okay.", lässt sich von mir träge und ein bisschen bereitwillig an die Hand nehmen und sich auf meinen Fahrradgepäckträger setzen. Ich trete mit aller Kraft in die Pedale und schaue mich andauernd nach verdächtigen Bekannten oder Unbekannten um. Sommerferien! Es befindet sich keine ernstzunehmende Gefahr auf den Straßen. Endlich erreiche ich den Unterschlupf, in dem Iwan bekanntlich nicht so gern residiert.

„Ich komme nachher – also heute Abend nochmal zu dir. Aber jetzt will ich ganz schnell zurück. Dein Onkel soll mich allein bei unseren Eltern antreffen. Vielleicht kann ich ihn davon überzeugen, dass ich wirklich nicht weiß, wo du gerade bist. Ich verspreche dir, wir lassen uns was einfallen, dass du dich hier nicht tagelang verstecken musst." –

„Sophia, ich muss dir was Wichtiges erklären…"

Iwans Tonfall und sein besorgter Gesichtsausdruck lassen mich das Fahrrad abstellen und mit hineinkommen. Ich setze mich meinem Freund gegenüber und versuche ein verständnisvolles Gesicht aufzulegen, was mir bei meiner Hektik gerade schwerfällt.

„Ich muss dir erklären, Sophia, dass ich Onkel Wanja nicht begegnen darf. Dass ich ihn nicht sehen darf. Wenn er mich gesehen hat, wenn wir uns für eine Sekunde in die Augen geblickt haben, dann ergebe ich mich ihm bestimmt wie in Hypnose, dann kann ich nicht mehr anders, als mich von ihm einfangen zu lassen. Ich kann es schlecht erklären. Solange ich die Stimme meiner Mutter nicht höre oder ihre weinenden Augen nicht sehe, solange keiner von meiner

Familie vor mir steht, kann ich verdrängen, dass ich meine Familie im Stich gelassen habe. Und ich will um alles in der Welt bei dir bleiben und keine Sekunde von dir getrennt sein. Darum nehme ich das Opfer auf mich, meine Familie jetzt hinter mir zu lassen. Aber ich liebe meine Mama und meinen Papa so sehr … und Onkel Wanja erinnert mich daran, dass ich meine Eltern liebe und so große Sehnsucht nach ihnen habe. Ich weiß nicht, wie stark ich sein werde, wenn ich meinen Onkel Wanja hier irgendwo über den Weg laufe. Ich glaube, ich bin zu schwach, mich dann noch abzuwenden und meine Eltern zu verleugnen. Dann würde ich glaube ich auf Onkel Wanja zugehen und mich mitschleppen lassen. Geliebte Sophia, hilf mir, dass ich davor bewahrt werde. Ich will und muss ewig bei dir sein. Wolgograd liegt zu weit von dir entfernt!"

Ich drücke Iwan, drücke ihn in Liebe und Dankbarkeit, dass er mir das so aufrichtig gestanden hat. Gleichwohl… ich muss los – schnell nach Hause und vielleicht heute noch Onkel Wanja kennenlernen!

Ich stürze ins Wohnzimmer, will gerade aufgeregt verkünden, dass ich Iwan sicher in Omas Parzellenhäuschen zwischengeparkt habe, will meinen Eltern endlich einmal sagen, wie begeistert ich von ihrem aktuellen Tun bin und beginne aufgewühlt mit:

„Mama, Papa, ich bin so schnell zurückgekommen wie ich konnte. Hoffentlich taucht Oma nicht…"

Ich ziehe die Quassel-Handbremse im quasi letzten Moment. Vor mir in unserem Wohnzimmer sitzt ganz allein, einen Arm lässig über die gesamte Breite der Sofalehne gelegt, ein skurril aussehender Mann, dem nur noch die zum Vau geknöpfte Strickjacke und ein

Schmauch-Pfeifchen im karikaturhaft großen Mund fehlt,
um hier den eigentlichen Hausherren mimen zu können.
Zähne, so groß wie Wachteleier gehen auseinander und
aus seinem schmierigen Grinsen entspringen scharf
artikulierte Worte:
„Seien Sie gegrüßt, Fräulein Sophie,
Sie endlich einmal kennenzulernen, freut mich wie nie!
Gerad' auf Sie hab' ich gewartet hier voll Ungeduld,
Denn bei Iwans Verschwinden trifft Sie die Schuld.
Wo übrigens darf Ihre Oma nicht auftauchen?
Mir scheint's; diese Information kann ich gut gebrauchen!
Ihr könnt Iwan nicht ewig verstecken,
Ich werd' ihn schon bald entdecken.
Fall so gut wie geklärt. Das ist - schlicht - sonnenklar…" –
„Nun mach aber mal den Kopf zu, - Kommissar!"
…setze ich patzig dagegen und verblüffe den -ich vermute
mal ganz stark – ungebetenen Gast.
Wo sind eigentlich Mama und Papa, lassen mich hier
einfach so allein mit diesem schrabbeligen Goethe-
verschnitt.
Doch kaum sind diese Worte meinem Mund entfleucht,
nagt auch schon ein bisschen Reue wegen meiner eben
mangelnden Wohlerzogenheit. Das ist vielleicht doch eine
Spur zu frech und übermütig gewesen… und da ich
grundsätzlich lieber neutral als feindselig auftreten will,
stelle ich die eigentliche Frage der Stunde an unseren Gast:
„Wo sind eigentlich meine Eltern?"
Onkel Wanja ruckelt sich zurecht, als freute er sich in
Dankbarkeit über diese Steilvorlage und sprudelt munter
heraus:
„Zuerst interviewte ich nur Ihre geschätzte Frau Mama,
Denn sowohl Sie, als auch Ihr Vater waren ja nicht da.
Irgendwann war zu diesem Fall alles gesagt,

Daraufhin erhob sich Ihre Frau Mama unverzagt…
‚Meine Manieren, wo habe ich sie bloß…‘
Sprach sie und eilte los.
Sie stieg ab in das hiesige Kellergemach,
Eine Flasche Wein, einen trock'nen sie versprach.
Seither ward sie nicht mehr gesichtet.
Kurz darauf kam Ihr Herr Vater, dem hab' ich berichtet,
Dass seine Gattin beim Weinholen im Keller verscholl,
Das ließ seine Stimmung plötzlich wechseln vom Dur ins Moll.
Nun ließ ich diese gute Gelegenheit nicht ungenutzt,
Denn Ihr Herr Vater stand da, und zwar hinlänglich verdutzt.
Ich ließ Fragen und Anschuldigungen nur so auf ihn prasseln,
Mir war schon klar, das mit dem Wein würd' ich mir vermasseln.
Aber egal! Hauptsache einer von Ihnen macht einen falschen Schritt,
Dann komm' ich mit meiner Mission endlich in' Tritt!
Ich würde das Falsche erspüren, komme Iwan auf die Spur,
Und dann wechselt meine Stimmung vom Moll ins Dur!
Ich umgarnte Ihren Herrn Vater mit den gewieftesten Fragen,
Konnte mich bei ihm über aufschlussreiche Versprecher nicht beklagen.
Trieb mit meinem Verhör den armen Mann direkt in die Ecke,
Aber nicht aus Bosheit, nur zu meinem geheiligten Zwecke…
Zwar verriet er noch nicht, wo mein Neffe sich versteckt hält.

Ich ihn jedoch baldigst ergreife und er dann als entdeckt
zählt.

Bald war auch zwischen uns alles gesagt, was gesagt
werden musste.

Trotzdem Ihr Herr Vater nicht das Entscheidende
preisgab, was er doch wusste.

Ein wenig betreten war er, verlegen und zu keinem Wort
mehr imstand,

Die typische Schweigestimmung, die unangenehme… wie
ich fand.

Er ergriff die Flucht nach vorne, plante vielleicht was
Gemeines?

Nein, er tat nur kund, er wolle helfen, unten, bei der Wahl
des Weines.

Nun sitze ich hier schon etliche zähe Minuten,

Man kann nicht gerade sagen, Ihre Eltern würden sich
sputen.

Ich denk mal, ich frage Sie noch gründlich aus,

Und dann gehe ich aus diesem Haus heraus!

Es ist nur die eine Frag'

Die ich hier stellen mag!

Ihre Frau Großmutter… welche Rolle spielt sie bloß,

Genau hier ist mein Interesse riesig groß.

Wo bitte darf die Gute nicht auftauchen?

Diese eine Information kann ich gut gebrauchen!

Bitte verplappern Sie sich nur dieses eine Mal.

Ich verspreche, es wird – keine Qual!

Erleichtern Sie endlich Ihr Gewissen, ihre Pein,

Wo kann denn nur unser Iwan sein?" –

„Tätäääh!" imitiere ich einen Karnevalstusch, nutze sein
Verdutze und schaue endlich in den Keller.

Dort hocken Mama und Papa beisammen, sehen mich ein
wenig überrascht an und flüstern etwas zu laut:

„Ist er schon weg?" –

„Na, ihr seid mir vielleicht zwei ausgekochte Helden! Ich habe gerade ein zweistündiges Gedicht aushalten müssen… und nein: Er ist noch nicht weg. Du, Mama, hast ihm einen trock'nen Wein versprochen und nun ziehen sich bereits in Vorfreude seine Gaumensegel zusammen…" –

„Wir kommen hoch.", sagt daraufhin mein Vater mit einem Brustton, als würde er mir eine Gefälligkeit erweisen.

Naja, in gewisser Hinsicht tut er es ja.

Vater entkorkt, Mutter schenkt drei Kelche voll, einmal klirren prostend die Gläser gegeneinander, dann wird der edle Tropfen runtergespült, der halbgebetene Gast zur Tür geleitet und endlich verabschiedet.

Kaum schmatzt die Tür ins Schloss zurück, beschleicht mich der unangenehme Verdacht, Onkel Wanja ermittle mit seinen KGB-Methoden blitzschnell, wer meine Oma sei und wo sie wohne. Dann würde er sie sicherlich aufsuchen, ihr mentale Daumenschrauben anlegen und ihr entlocken, dass sie nicht nur ein Wohnhäuschen, sondern auch den Parzellengarten mit einer gewissen Versteck-möglichkeit ihr Eigen nennt.

Es vergeht kein Viertelstündchen, da klingelt es aufgeregt an unserer Haustür. Mutter öffnet und ich höre sie sagen: „Jakob, du?"

Die Zeit, die es braucht, das Wort „Donnerlittchen" auszusprechen später stehe ich meinem ähm… Exfreund gegenüber, der mich mit der lauen Wärme einer Nur-Noch-Freundschaft zur Begrüßung in den Arm nimmt und mir ein trockenes Küsschen auf die Wange herzt.

Dann plappert er wie ein aufgeregtes Kind auch schon los… laut und intensiv genug, dass nicht nur Mama ihre

Ohren spitzt, sondern sich auch Papa anschleicht und mithören muss:

„Ich bin gekommen, um euch zu warnen. So ein komischer Typ sucht Iwan. Der war jetzt schon das zweite Mal bei uns... jetzt eben gerade und meine Mutter war an der Tür und er hat sie mit so allem Möglichen ausgefragt. Da hat sich irgendwann meine Mutter verplappert und verraten, wo deine Oma wohnt. Als der Typ weg war, habe ich Mama voll zurechtgewiesen, wie sie einem Fremden solche Auskünfte geben kann. Ich vermute, du hast Iwan in Omas Parzelle versteckt. Da... würde ich sagen... ist er ab sofort nicht mehr sicher. Ich wollte dir das nur eben schnell gesagt haben... und noch was: Wenn ihr wollt, Sophia, dann bringe Iwan zu uns nach Haus. Bei uns zu Hause wird er garantiert nicht vermutet. Der Typ weiß, dass du mit mir Schluss gemacht hast wegen Iwan. Mit meinen Eltern ist das für heute Nacht erst mal so abgesprochen und okay. Also nur, wenn du willst... wenn ihr wollt!"

Ich stehe da, Augen klar geöffnet, der Mund bildet ein Staune-O. Ich bin gerade unglaublich überrascht und geplättet und erleichtert und vor allem so unglaublich, u n g l a u b l i c h gerührt von Jakob, dass ausgerechnet er so etwas für uns tut. Das haut mich um, das begeistert mich über allen Maßen... ich weiß auch nicht... Jakob ist sooo süß!

Mir gelingt nicht sofort die ausreichende Coolness und hyperintelligente Planung des nächsten Schrittes, so nutzt Jakob die Lücke und füllt:

„Noch besser, ich werde so schnell ich kann zu Omas Parzellenhäuschen fahren, Iwan da rausholen und mit zu mir nehmen. Du solltest hierbleiben – viel zu gefährlich, wenn du das Haus verlässt. Es könnte doch sein, dass der russische Typ, dieser lustig aussehende Inspektor, dich genau im Auge behält und dich dann verfolgt. Also mach dir keine Sorgen, ich kümmere mich um alles Weitere. Wenn wir sicher bei uns sind, lass ich Iwan bei dir anrufen, okay?"

Ein bestätigendes Zurück-"Okay" wird gar nicht mehr abgewartet, Jakob tippt mir ein verabschiedendes Freundschaftsküsschen auf die Wange, dreht sich auf dem Gummiabsatz um und flitzt wie eine bengalische Rennmaus los. Zurück bleibt nur eine große, dichte Staubwolke… Ein Steppenläufer *(ihr wisst schon, diese im Wind über den Wüstensand tollenden Dörrbüsche)* rollt im Hintergrund die Straße entlang. Ich schaue Jakob lange nach, zumindest lange in die Richtung, in die er nach einer halben Sekunde bereits verschwunden ist.

„Du schaffst es! Wenn es einer schafft, dann du!" murmele ich durch meine zusammengebissenen Zähne, habe plötzlich einen Zahnstocher zwischen den Zähnen, den ich kunstvoll in alle Richtungen hin wende, um ihn schließlich ins Vorgartenbeet zu spucken. Dann schließe ich bedeutungsvoll die Haustür.

Vorläufige Entwarnung erfolgt nach zehn Minuten, aber zehn Minuten die so lang gewesen sind wie ein französischer Liebesfilm mit Untertiteln.

Endlich höre ich Iwans geliebte Stimme und in ihr schwingt sogar ein bisschen Fröhlichkeit mit:

„Wann sehen wir uns wieder?" fragt er nach einem kurzen Lagebericht.

Es würde jedenfalls keiner gewissen Pikanterie entbehren, wenn ich bei meinem Exfreund zu Hause vorbeischaute und meinem dort Asyl gewährten Geliebten einen Besuch abstattete.

„Ich vermisse dich! Wann kann ich zu euch zurück?" fragt Iwans Stimme, in die sich mittlerweile ein Hauch Resignation zieht.

Ich finde im Stillen dreiunddreißig elegante Worte, um damit meinem Schulterzucken einen sprachlichen Ausdruck verleihen zu können:

„Liebster Iwan, tut mir leid, mein Kopf ist gerade leer... Ich rufe morgen bei Jakob an, um mich bei dir zu melden. Guten Appetit bei eurem Abendbrot, schlaf schön und grüße Jakob nochmals von mir."

Doch statt diese tatsächlich auszusprechen, lasse ich nur einen Schwall Luft herausfahren, um wenigstens lautmalerisch meine Überforderung auszudrücken.

Ich hänge ein und mir wird gerade klar, dies ist meine erste Verabschiedung von Iwan gewesen, in die ja normalerweise ein kraftvolles Liebesgeständnis eingewoben gehört, eine Verabschiedung, konzentriert und reduziert auf nicht mehr als diesen einen Lippenpups. Kein glanzvolles Highlight unserer bisherigen Liebesbeziehung.

Nach dem Abendbrot versuche ich mich noch mit einem französischen Liebesfilm mit Untertiteln abzulenken und frage schließlich Mutter und Vater nach einer Idee, wie es weitergehen könnte... Kernidee aus einer gemeinschaftlichen Denkanstrengung:

„Einfach warten, bis Onkel Wanja von allein nach Russland zurückfährt!"

Als ich dann irgendwann mit Pfeifen in den Ohren in meinem Bett liege, geht mir die eine oder andere Empfindung durch den Kopf und schließlich nochmals durchs Herz: Natürlich vermisse ich Iwan, habe Angst, er würde seinem Onkel begegnen. Mir tut Iwan leid, dass er ausgerechnet von meinem Exfreund in seinem kleinen

Mini-Exil aufgesucht werden muss und dann noch zur Übernachtung in dessen Zuhause genötigt wird.

Ich hasse den Zustand, zurzeit keinen Plan zu haben, wie ich diese ganze Misere bewältigen kann, selbstverständlich mit Iwan zusammen. Und ich vergegenwärtige mir diese verrückten Gefühle aus Stolz, Begeisterung und Rührung, die ich vorhin plötzlich Jakob gegenüber empfunden habe, wegen seiner unsagbaren Loyalität und Freundschaft.

Mit einer gewissen Bestürzung merke ich, dass die Vergegenwärtigung dieser Gefühle mir gerade vom Kopf mitten durchs Herz schießt, um schließlich direkt in meinem Schoß zu landen.

In unserer Haustür ist Riffelglas, praktischerweise auch im Fensterchen unseres Gäste-WCs und weil am Küchenfenster das Rollo runtergelassen ist, bleibt mir nur die Treppe hoch, um aus Mamas und Papas Schlafzimmerfenster zu spingsen, ob unser Haus nach wie vor von Onkel Wanja observiert wird.

Mittlerweile möchte ich rasend dringend los, erst einmal, um meinen Freund im Exil ein bisschen beizustehen, dann unserem Retter in der Not herzlich zu danken und schließlich, um nicht das Gefühl zu haben, ich sitze inmitten meiner wohlverdienten Sommerferien Stubenarrest ab!

Ich observiere meinen Observator, mit seinen wachsamen Mäuseaugen in einem Gesicht, dessen Mimik-Muskulatur rund um den strengen Mund Karussell fährt. Und dicht unter der Nase dieser unglaubliche Schnauzbart... dagegen sehen Walrösser aus wie Clark Gable.

Nahezu unablässig behält er unsere Haustür im Visier, alle fünf Wimpernschläge blitzt sein professioneller Blick auch mal sekundenschnell rechts und links neben das Haus, ob einer von uns aus irgendeinem Seitenausgang oder Fenster ausgespuckt wird.

Mir bleibt nur die Terassentür, dann hinten links über den Zaun auf das erste Nachbargrundstück, wieder über den Zaun, das nächste Grundstück passieren... und so weiter.

Ärgerlich nur, dass Onkel Wanja mittlerweile, (als nähme er sämtliche planerischen Gedanken in einem Radius von fünfzig Metern telepathisch wahr) zwischen seinen schier unabwendbaren Blicken auf unsere Haustür und das Hinüberspingsen zu den Hausseiten (seit ich diesen Fluchtplan gefasst habe) auch noch im regelmäßigen Abstand von etwa zehn Sekunden unsere Straße zu beiden Seiten mit einem scharfen Kontrollblick inspiziert.

Bin ich Speedy Gonzales? Wie soll ich in neun Sekunden vom Grundstück eines entfernten Nachbarn um die Ecke düsen, um in der nächsten Seitenstraße verschwunden zu sein. Es bleibt wohl nur noch, einen Tunnel zu buddeln!

Trotzdem durchquere ich fremde Nachbargärten, pflüge mich durchs Unterholz, schleiche wie Winnetou von Baum zu Baum, um von Seiten der Hinterhäuser nicht bemerkt zu werden... ich überquere Zäune und pieksige Hecken und bin mittlerweile im zwölften Nachbarsgarten angelangt.

Dann ist es wie eine Eingebung, als hätte ich für eine goldene Sekunde das gesamte Wissen des Universums angezapft.

In meinem Kopf ist, was gerade auch in Onkel Wanjas Kopf ist. Ich habe so klar wie ein Blitzlichtfoto die Überzeugung, zu wissen, was Onkel Wanja in diesem Moment denkt und wie er insgesamt so tickt. Ich berechne ihn auf einen Nanometer genau und erkenne plötzlich meine Chance:

Gut, dass ich gerade unter meinem dunkelblauen Baumwollrock mit weißem Futter eine quietschpinke Leggins trage… ich nutze den zwölften Garten als luftige Umkleidekabine, entledige mich meines Rockes, den ich sogleich auf links ziehe, zupple mir meine Leggins von den Schenkeln und setze mir das Teil quasi als Mütze auf den Kopf – in Passform gebracht mit fetten Knoten in den Hosenbeinen. Ich schlüpfe wieder in meinen Rock, diesmal mit dem weißem Futter als Oberfläche, schwinge mich ein auf eine für mich völlig untypische und nur geschauspielerte Motorik und lasse meine Stimme so kraftvoll krächzig und ordinär klingen, als gurgelte ich jeden Morgen mit hochprozentigem Whisky.

Als völlig neuer Mensch trete ich laut brüllend und mich aggressiv bewegend auf die Straße. In absurd verstellter Stimme und mit ungewöhnlich unpassenden Gesten und fast torkelnder Gangart springe ich förmlich aus dem Garten auf die Straße und lege los… mein Blick auf das Haus gerichtet, in dem ich vermeintlich wohne:

„Du Huuund… elender… waaaas hast du gemaaacht? Schweinebacke eeelender. Und ich bin dir immma nur treuuuu! Wenn ich daaaas gewusst hätte, übler Arschschsch! Nieeee mehr siehst du mich wiedaaaa. Verrrrecke du eeeelendes Aaaaaas!"

Das ist so auffällig, dass ganz Köln und die angrenzenden Vororte gar nicht anders können, als kollektiv hinzuschauen… und es ist so dermaßen öffentlich, dass man als unbeteiligter Beobachter gar nicht anders kann, als sich stellvertretend dafür zu schämen.

Meine Berechnung besagt, der Überwachungsprofi Onkel Wanja lässt sich nicht von einem noch so spektakulären Vorfall von seiner eigentlichen Mission ablenken; kein Observierungsopfer wäre so blöd, sich derart auffällig zu verhalten. Ein Könner seines Faches wie er stünde über der allen Menschen angeborenen Neugierde auf Sensationelles.

Je länger und lauter ich einem imaginären Verflossenen entgegengröhle – desto beharrlicher und unabwendbarer behält Onkel Wanja seine eigentlichen Fixpunkte im Auge, und so nutze ich die klug geschaffene Deckung mit einer Flucht aus dieser Straße.

Es dauert etwas weniger als einen Wimpernschlag und ich klingle mit Windstärke Fünf an Jakobs Haustür. Durch das riffelige Milchglas der Tür sehe ich, dass Jakob wie gewohnt nur einen einzigen Schritt über die gesamte Treppe setzt und krachend mit seinen Hausschuhsohlen unten aufkommt.

„…das ist gut, dass du kommst." begrüßt er mich in der dann weit offenstehenden Tür.

Ich schaue mich sicherheitshalber noch ein fünfunddreißigstes Mal um, ob mir auch keiner gefolgt sei und schlüpfe rein.

Nun ist das hier kein gewöhnliches Reinschlüpfen: Vordergründig brauche ich etwa eine dreiviertel Sekunde, um an meinem Exfreund vorbeizuschreiten. Doch es fühlt sich zeitlupenverzerrt an, unsere Blicke begegnen sich; trotz eines Meters Abstand zischen und knistern zwischen uns sichtbare Energieströme als blaue, zuckende Blitze.

Die Stromschläge lassen mich innerlich erzittern… und da ich nicht von irgendeiner Steckdose oder einem nackten Draht loslassen kann, durchsurrt und durchzuckt mich quasi die geballte Ladung Elektrizität eines nagelneuen Umspannwerkes ewig lang und bis ins tiefste Mark; meine Haare sind auf den Schlag umfrisiert.

Ich vibriere innerlich und mir wird bei aller Intensität bewusst, dass sich mein Mund gerade unkontrolliert zu einem infantil-seligen Grinsen verzieht.

Dann fällt hinter mir die Haustür ins Schloss... ich sammle mich ein wenig und versuche, die mit Abstand erotischste Spannung, die ich in meinem Leben je erlebt habe, möglichst unauffällig herauszuhecheln.

Jetzt nimmt mich Jakob auch noch unbedarft zur Begrüßung in den Arm, drückt mich weich an seinen wundervollen Körper und streicht mir sein „Guten Abend" langsam den Rücken hinunter.

Ich versuche instinktiv jedes mögliche Quadratzentimeterchen meines Körpers an den seinen zu schmiegen; mir wird weiß und schwarz und regenbogenfarbig vor Augen.

Mein Mund ist auf der Stelle trocken und mein Körper beginnt erneut von den Knien herauf zu zittern und zu beben. Endlich -oder eigentlich doch eher leider- lässt Jakob mich los, weist auf die Treppe und setzt ein vielsagendes Kopfnicken in diese Richtung.

Ich sammle mich nochmal und dieses Mal (mit gesteigerter Anstrengung), besinne ich mich auf den eigentlichen Grund meines Hierseins und beeile mich die Treppe hinauf – auf Jakobs Kinderzimmertür zu.

Jetzt will ich aussehen, als freute ich mich unsäglich auf Iwan und könnte kaum erwarten, ihn endlich wiederzusehen. Das ist zwar so – auch ganz aufrichtig von Herzen, doch ehrlich gesagt mit leicht heruntergekühlter Leidenschaft.

Ich öffne und sehe Iwan auf dem zweiten Bett im Zimmer sitzen; bescheiden und zurückhaltend... und vor ihm steht auf dem Glastisch ein Kuchen mit - ich schätze mal - genau achtzehn kleinen Kerzen!

Scheiße! Ich habe Iwans Geburtstag vergessen! Was heißt vergessen, ich habe ehrlich gesagt gar nicht gewusst, wann sein Geburtstag ist. Da ist er mal eben heimlich an mir vorbei volljährig geworden und ich habe nicht einmal ein Blümchen als Geschenk dabei!

Das alles geht mir durch den Kopf, während ich mich umständlich an seinem Kuchen vorbeizwänge, mich zu ihm hinabbeuge (er erhebt sich mir entgegenkommend) und ihn erst einmal herzlich zur Begrüßung küsse, dann einen zweiten Schmatzer nachsetze als Geburtstagsglückwunsch und einen dritten, noch etwas feuchteren Kuss, was den vergeblichen Versuch darstellt, das da eben unten an der Haustür ein wenig zu neutralisieren.

Schon ist Jakob mit im Zimmer und schließt die Tür. Das nenne ich eine wirklich kraftvolle Anspannung, die plötzlich im Zimmer herrscht. Ich kiekse, Iwan räuspert sich und Jakob holt irgendwann tief Luft – nur um sie in einem vollmundigen Strahl wieder auszublasen... dann beginne ich mit einer epischen Schilderung meines Schleichpfades hierher und bemühe mich, der Schilderung ein wenig Witz abzutrotzen, um damit die Anspannung zu besänftigen. Und dies gelingt auch, vornehmlich bei mir – und da ist es auch bitter nötig!

„Schlachtplan ist: Ich verlasse immer erst das Haus, wenn dein Onkel irgendwann auch mal schlafen muss und sich zurückzieht. Und wir halten so lange durch, bis sich Onkel Wanja von allein nach Russland zurückzieht." –

„Das kann dauern. Onkel Wanja ist Weltmeister in Beharrlichkeit. Ich verfolge einen anderen Plan. Dazu werde ich morgen früh verreisen..." –

„Nach Russland!!! ???" –

„Nein, nur zur Botschaft nach Bonn und dann noch zu einer anderen Behörde. Ich hoffe, da etwas klären zu können, was weitreichende Folgen haben wird. Aber Sophia, ich brauche ein bisschen Geld für die Zugfahrten und für ein bisschen Verpflegung unterwegs." –

„Das strecke ich dir vor, Iwan," schaltet sich plötzlich Jakob ein, „…und wenn du unbedingt willst, Sophia, dann kannst du mir das Geld morgen oder auch viel später zurückgeben. Okay?"

Iwans Schlachtplan ist für mich zwar ein Plan mit sieben Siegeln, trotzdem beschließe ich spontan, mich jetzt gar nicht in dessen Geheimnisse einweihen zu lassen.

Russische Botschaft und Fahrt in die Hauptstadt und so, das klingt politisch, das klingt kompliziert… und ich brauche nicht noch mehr komplizierte Zusammenhänge… lieber lasse ich mich überraschen.

Und plötzlich erfasst mich ein Kribbeln, eine Erregung, eine süße, mich völlig einnehmende Aufregung: Morgen früh fährt Iwan nach Bonn und morgen muss ich das vorgestreckte Geld ja auch Jakob wiedergeben.

Ich will diesen Gedankengang keinen Zentimeter weiterdenken, habe Angst vor möglichen Konstellationen, Angst vor meinen eigenen Gefühlen… was alles passieren könnte… doch es durchrauscht mich plötzlich ein warmes, vertrautes, süßes Gefühl, eine mich erfüllende schöne Erwartung auf etwas Verheißungsvolles, etwas unendlich Herbeigesehntes.

Früher als Kind wäre das Heiligabend, der tollste Geburtstag und Ferienanfang zusammengefallen auf einen Tag gewesen.

Jakob stiehlt sich plötzlich aus seinem eigenen Zimmer, vordergründig gibt er vor, seiner Mutter versprochen zu haben, die Küche aufzuräumen… es passt jedoch zu ihm, dass er nach meiner aufreibenden Schleicherei hierher mir zärtliche Momente mit meinem Iwan zugestehen möchte.

Kaum hat er die Küche erwähnt, ist er auch schon aus dem Zimmer verschwunden. Iwan liest diesen Freundschaftsdienst sofort richtig und zieht mich in eine innige Umarmung hinein. Wir knutschen ein bisschen. Ich streichle seine Wangen und schaue ihn warm und weich an.

Mein Iwan! Mein geliebter, gerade im Exil lebender Iwan, mein neuer fester Freund, für den unser halber Stadtteil gerade Kopf steht, ich ziehe ihn mit leicht gepresster Wollüstigkeit dicht an mich... und doch fühle ich mich plötzlich merkwürdig gehemmt – und es liegt nur zum Teil daran, dass wir gerade im Kinderzimmer meines frischgebackenen Exfreundes schmusen und knutschen.

Ich wünsche mir sehnlichst wieder klare Verhältnisse: dass Onkel Wanja endlich abreist und uns in Ruhe lässt, dass Iwan wieder bei uns wohnen kann und wir Tag und Nacht eng zusammen sind und dass ich... Jakob... weniger... sehen... muss!

Ich warte die Viertelstunde nicht erst bis zum Schluss ab, sondern erlöse Jakob bereits nach vierzehn Minuten von seiner Küchenarbeit.

„Ich muss los... wir sehen uns morgen. Ich habe dann Geld mit, ich schätze so zweihundert Mark! Okay?" –

„Okay, Sophia... und grüße Onkel Wanja... er steht bestimmt noch vor eurem Haus."

Jakob ist leicht belustigt, liest kurz in meinem enervierten Gesicht und wird sofort mitfühlend ernst:

„Nein... ich kann mir vorstellen, wie anstrengend so ein Kontrolliertsein ist. Man müsste... man müsste Onkel Wanja bei seiner Schwachstelle packen... wenn man nur wüsste, was seine Schwachstelle ist?" –

„Darüber, lieber Jakob, werde ich den Rest des Abends nachdenken. Nochmals vielen, vielen Dank für alles!" –

„Ja – schon gut. Bis morgen dann."

Der Abschiedsdrücker fällt zum Glück sehr kurz und fahrig aus; die Haustür klickt ins Schloss und ich beeile mich mit Wanderschritten nach Hause und damit direkt in die Arme meines reimfreudigen Widersachers Wanja Schütz.

„Fräulein Sophia, ich wähnte Sie Stund' um Stund' im Hause,

Dachte, Sie verordnen sich gerade die notwendige Liebespause.

Nun sehe ich Sie hier zurückkehren mit rötlichen Wangen,

Sagen Sie endlich, wo ist Iwan gefangen?

Ich weiß genau, Sie kommen direkt von seinem Versteck,

Ihr Schweigen, mit Verlaub, finde ich mehr als keck!

Vielleicht nimmt Ihre ehrwürdige Frau Großmama,

Den Iwan gerad' auf den Schoß – naja!

Vielleicht aber gewährt auch Ihr armer Verflossener gerad' Asyl,

In dieser Richtung gibt es garantiert nicht viel…

Viele Menschen, die Unterschlupf gewährten…

Diese wären bei dem Menschenraub Ihre Gefährten.

Die Großmama ist von mir schon kontrolliert…

Das ist beim lieben Jakob jedoch noch nicht passiert!

Gleich werd' ich auch diese Adresse genauestens bewachen…" –

„Über soviel Absurdität kann ich hingegen nur lachen!" kontere ich, und da ich gerade so gut drin bin:

„Wieso sollte ich Iwan bei Jakob verstecken?

Damit kann ich bei ihm ja nur anecken!

Ich habe Jakob doch mit Iwan betrogen.

Mein Ex fühlt sich fortan auf ewig von mir belogen.

Er schickt mich in die Wüste und red' mit mir kein Wort,

Iwan ist garantiert nicht dort; er ist an einem ganz anderen Ort."

Ich ziehe eine Zufriedenheitsschnute und schaue Onkel Wanja herausfordernd an. Immerhin habe ich ihn für vier, vielleicht auch fünf Sekunden sprachlos und perplex zurückgelassen.

Ich hänge fürs Erste den Dichter an den Nagel, sage erfrischend unpoetisch:

„Na dann mal Tschüss!", und setze zum Landeanflug direkt in unser Haus an.

Kaum bin ich abgeschirmt durch die hinter mir zufallende Haustür, greife ich zum Telefon, hoffe, dass weder ich noch das Telefon oder unser Haus verwanzt sind und rufe bei Jakob an. Die Mutter nimmt ab und stellt sogleich eine Verbindung zu Iwan her.

„Hallo mein Schatz, ich reimte gerade mit deinem Onkel um die Wette. Aus seinem Gedicht entnahm ich, dass er es tatsächlich für möglich hält, dass du bei Jakob untergekommen bist. Die Richtung, aus der ich zurückgekommen bin, hat uns wahrscheinlich verraten. Onkel Wanja hat richtig kombiniert, dass wir aus der Gegend keine anderen Menschen mehr kennen, die dich aufgenommen hätten… mal abgesehen von Oma, die hat er jedoch schon ausreichend kontrolliert. Ich habe so getan, als sei sein Verdacht das Absurdeste, was nur irgendwie denkbar wäre, aber er ist verliebt in seinen Verdacht und ich glaube, er steht gleich vor eurem Haus… also vor Jakobs Haus. Nur, dass du morgen früh Acht gibst, wenn du dich auf den Weg in die Hauptstadt machst. Mein geliebter Schatz. Ich bin bei dir – jetzt und morgen auf deiner großen Mission. Sei schön vorsichtig und ducke dich an jedem Fenster. Onkel Wanja ist ein Schießhund."

„Danke meine Geliebte, danke dir, Sophia… und… Onkel Wanja ist erst einmal ein ganz großer Künstler im eigenen Leben. Sein Leben ist ein einziges Kunstwerk. Das hat für ihn die größte Bedeutung… danach kommt lange Zeit nichts… und irgendwann ganz klein und unscheinbar bleibt dann noch ein Schießhündchen. Ja, so ist Onkel Wanja. Schlaf gut, meine Geliebte, und träume schön. Ich freue mich auf unser nächstes Wiedersöh'n." –
„Jetzt fängst du auch noch an zu reimen?"
Iwan lacht, bevor er zart auflegt. Und ich hänge den letzten Sätzen von Iwan nach, ganz besonders das mit dem „Leben ist ein Kunstwerk".
Irgendwie erscheint es mir plötzlich, dass dies die Lösung in sich birgt – leider bin ich nur noch kilometerweit davon entfernt. Aber ich gebe meinem Geist die Sporen, auf dass er losgaloppiere und mir die Lösung auf dem Silbertablett serviere!

Es ist der schönste Sommertag seit Menschheitsgedenken, als würden Kohlensäurebläschen durch die Luft steigen; die Sonne scheint, ohne zu brennen, Schmetterlinge zwitschern und tirilieren und gut aufgelegte Vögel flattern von Blüte zu Blüte.
Und das alles wird gekrönt von der Tatsache, dass kein Onkel Wanja mehr vor der Tür steht. In jeder Hinsicht ist die Luft rein.
Das wird noch geschmeidig untermauert, als Jakob kurz anruft und meiner Mutter für mich ausrichten lässt, dass Iwan in aller Frühe ungesehen mit dem richtigen Zug in die richtige Hauptstadt zu irgendeiner richtigen Behörde unterwegs ist.

Ich hätte gerne selbst kurz mit Jakob gesprochen, hätte Lust auf seine Stimme gehabt, aber er hat mich noch schlafend gewähnt und bestand darauf, dass Mutter nicht nach mir schauen sollte.

Mir ist wichtig, dass ich Jakob heute das vorgestreckte Geld für Iwan vorbeibringe. Er soll bei all der persönlichen Belastung nicht auch noch Geld ins Ungewisse verleihen.

Ich habe nach wie vor nicht die geringste Ahnung, ob Iwan nur die Zugtickets bezahlen muss oder in irgendeiner Behörde irgendetwas erledigt, was irgendwie viel Geld kostet, zum Beispiel zweihundertdreiundfünfzig D-Mark Gebühr.

Es wird alles sicherlich mit seiner plötzlich erlangten Volljährigkeit zu tun haben. Ich rate einfach mal ins Blaue, wieviel Geld ich Jakob in die Hand drücken müsste; mein geschätzter Exfreund wird in seiner überkorrekten Art mir auf Heller und Pfennig das Wechselgeld umgehend zurückerstatten.

Komme ich nun zu einem kleinen Hindernis:

Würde ich nach einem gepflegten Frühstück und dem Gang zur Sparbuchauszahlung direkt zu Jakob spazieren, liefe ich meinem alten Vertrauten, Onkel Wanja, mitten in die Arme. Dessen Kombinationsleistungen vom gestrigen Tag sowie seine aktuelle hiesige Abwesenheit lassen da so einen gewissen Verdacht aufkeimen.

Was würde unser Widersacher denn nun denken, wenn ich geradewegs in das Haus meines Exfreundes hinein-flanierte? Eine Strategie muss her!

Vielleicht telefoniere ich und treffe mich -wie zufällig- mit Jakob an einem neutralen Ort, draußen und hinter allerlei Deckung.

Würde Onkelchen Russland eher Jakob auf Schritt und Tritt verfolgen oder Iwan weiterhin im Haus von Jakobs Familie vermuten und deshalb seine Stellung nicht verlassen?

Die Ausdauer dieses Detektivs habe ich bereits zu schätzen gelernt... wie wird Iwan heute Abend – oder vielleicht auch schon heute Nachmittag ungesehen zurückkehren?

Wäre er bei uns mittlerweile wieder sicherer? Selbst wenn dem so wäre -was ich nicht glaube- wie könnte dieser neue Plan zu Iwan gelangen?

Sollte ich fortan den gesamten Tag auf dem Hauptbahnhof von Gleis zu Gleis rennen und alle Züge aus der Hauptstadt abfangen? Wie ich eben schon gedacht habe: Eine neue Strategie muss her!

Es vergehen Frühstücks- und Sparbuch-Plünderungs-minuten, dann bewege ich mich mit Taschen voller Geld geradewegs zu Jakob.

Außenstehende hätten mir einen Gang und eine Bewegungsenergie bescheinigt, die auf kühne Entschlos-senheit und kraftvolles Selbstvertrauen hindeuten würden.

Ich fühle mich auch genau so, suche geradewegs die Konfrontation mit meinem Duellgegner, möchte Onkel Wanja jetzt direkt in die Arme laufen und... ja, hier tut sich eine feine Schwachstelle auf:

Ich habe nicht die geringste Ahnung, was ich tun und sagen will. Ich bin lediglich wild entschlossen, dieser ganzen absurden Situation ein Ende zu bereiten.

Von der Ferne sehe ich schon in quasi gewohnter Art Onkel Wanja mit Fahnderblick vor Jakobs Haus stehen.

Ich brauche zwei weitere Schritte und Onkel Wanja sieht auch mich, sein Buschi-Schnauzbart hebt sich an den jeweiligen Enden und ein Viertel Quadratmeter elfenbeinfarbige Zahnfläche beginnen mich zu blenden.

Onkel Wanja blitzt immerzu mit seinen Kontrollblicken zum Hauseingang und in alle weiteren sinnmachenden Richtungen, aber landet auch des Öfteren mit seinen Blicken wieder geruhsam bei mir... es sieht aus, als freute er sich regelrecht, mich wiederzusehen.

Mittlerweile befinde ich mich in Rufweite von ihm entfernt und immer noch weiß ich nicht im Geringsten, was zu sagen ist – oder ob ich Onkel Wanja so lange gegen das Schienbein trete, bis er herumtänzelt, wie irre lacht und schließlich in bedeutsamem Ausdruckstanz die Szenerie verlässt... kleiner Scherz!

Als ich mich mit selbstbewusstem Grinse-Lächeln vor ihm in Position gebracht habe, weiß ich nur, dass alles hier jetzt flüssiger laufen würde, wenn auch ich auf Reim- und Dichtungsmodus umschalte.

Um die Versonnenheit meines Hierseins gewitzt einzuleiten, beginne ich mit dem ersten Zweizeiler:

„Seien Sie gegrüßt, geschätzte Spürnase,
Na, noch Hoffnung, auf dass Iwan hier plötzlich herausrase..." –

„Oh Fräulein Sophie, ich bin entzückt,
Mein Unternehmen gilt in Kürze als geglückt!
Ich spüre, die Spur war noch nie so heiß,
Es wird sich heut' auszahlen all mein Fleiß!" –

„Tun Sie das alles hier nur als schnöde Pflicht?
Einem Kunstwerke entsprechend wäre das nicht." –

„Oh, Sie sprechen die Künste an,
Endlich ist mein eigentliches, mein großes Thema dran.
Wissen Sie, mein ganzes Leben ist der Kunst verpflichtet,
Habe dadurch das Wahre hinter'm Gewöhnlichen gesichtet." –

„Herr Wanja, das ist interessant, erzählen Sie mehr
hierzu…" –
„Mein liebstes Thema… Vorsicht, damit lass ich Sie dann
nicht mehr in Ruh!
Als Gesamtkunstwerk begreife ich mich und mein Leben,
Und in seinen Dienst stelle ich all mein Streben.
Mit Schöngeist veredle ich jede Minute,
Tue dadurch mir und allen Menschen nur das Gute.
Platziere jeden Gedanken und jede Tat in ein fast
göttliches Gefüge,
Und ich mich derart nun niemals mehr belüge.
Das Leben ist wieder ausgewogen und ästhetisch gestaltet,
Und wird nimmermehr durch schnöde Mitmenschen
verwaltet.
Mein dichterisches Sprechen schafft den passenden
Rahmen,
Darin gestalte ich… tiefschürfende Dramen!
Dem Leben die nötigen Schnörkel aktiv zu verleihen,
Und in den unmöglichsten Situationen neuen
Widersachern verzeihen.
All dies sind einige meiner vielen Talente und Gaben,
Ich merke, auch Sie verstehen sich darauf, sich an der
Dichtkunst zu laben." –
„Vielen Dank!
Das ist ein guter Übergang!
Gerad' eben fällt mir ein,
In der Kunst darf's nie niemals das Happy End sein.
Alle bedeutsamen Romane und Filme und Kunstgestalten,
Konnten ihren Traum und ihre Idee vom Leben niemals
behalten!
Immer wirft das Leben melancholische Schatten und
schafft Dunkel,

Gerade die Kunst erhebt dieses Scheitern zum vitalen Gefunkel.

Ihre Mission, verehrter Herr Onkel, schreit nach unverrichteten Dingen,

Im Auftrag gescheitert, jedoch im Kunstwerk gelingen!

Erst die Tragik der alleinigen Rückkehr in Ihre Heimat zurück,

Verschafft auf tiefere Weise ästhetisch gestaltetes Glück!

Geben Sie aktiv diesem Unterfangen kein erfolgreiches Gelingen,

Und Sie werden diesem Moment tiefe Dramatik und echte Kunst abringen.

Fahren Sie jetzt und sofort ohne Iwan zur Familie nach Haus,

Und damit verläuft ein Strang ihrer eig'nen Geschichte kunstvoll aus." –

„Fräulein Sophie, Sie haben ganz genau erfasst und begriffen,

Ihr Verstand scheint dem meinen ähnlich, ihr Denken ist geschliffen.

Soeben und in einer Minute ist etwas Unfassbares geschehen…

Dank Ihnen habe ich das künstlerisch Gewichtige wieder gesehen.

Ich fahr' zurück ohne meiner Schwester's einzigem Sohne,

Auf dass Iwan vielleicht auf ewig hier wohne!

Es ist nur eine einzige Bedingung, die ich noch stellen muss!

Ich hoffe aufrichtig, sie führt bei Ihnen nicht zu Verdruss.

Einmal möcht' ich noch mit Aug' und Stimme Iwan sehen…

Will er dann immer noch bleiben, werde ich beruhigt gehen!"

In weniger als zwei Minuten hat mir Onkel Wanja beim Händeschütteln den gesamten Oberarm einschließlich Ellenbogen wundgeherzt und ist mit gewissem unterschiedlich zu deutendem Lächeln auf den wuchtigen Lippen schließlich von dannen gezogen. Er freut sich wahrscheinlich auf die erste richtige Mütze voll Schlaf seit seiner Mission hier.

Ich habe nun freie Bahn, endlich Jakob sein vorgestrecktes Geld zurückzugeben, so wie ich es versprochen habe... nicht auszudenken, sollte er gerade für heute Vormittag geplant haben, sich einen neuen Videorekorder zu kaufen und steht ganz ohne Geld da... Also auf zu dieser mir ach so vertrauten Klingel!

Unsere Begrüßung hätte nicht kumpelhafter ausfallen können, wie Footballspieler dotzen wir beim Versuch einer freundschaftlichen Umarmung mit unseren Oberkörpern grob gegeneinander und murmeln blitzschnell in des Anderen Ohr: „Morgen!"

„Meine Eltern sind übrigens nicht da." antwortet Jakob beflissen auf eine Frage, die ich nicht gestellt habe.

„Und kommt Iwan jetzt gleich wieder?" frage ich beiläufig.

„Neeeeiiin! Der ist doch gerade erst los nach Bonn. Das, was er erledigen muss – alles... das wird dauern... bis heute Abend schätze ich."

Der letzte Satz steht im Raum, etwa eine Sekunde lang – dann erfasst mich eine Aufregung, die ich vom Charakter und ihrer Intensität bislang noch nie so (oder ähnlich) erlebt habe.

Mir wird flau-hochzehn im Magen, in meinem Kopf höre ich es förmlich knistern und rauschen; kalter Schweiß tritt mir aus – oder nein, es sind nur alle Härchen an meinem gesamten Körper, die sich spannungsgeladen aufrichten.

Ich sehe Jakob an... den schönsten Jungen der ganzen Welt. Ich schaue in diese funkelnden Augen und lasse mich heranziehen von diesem begehrlichen Blick.

Jakob steht unbeweglich da und die Kräfte zweier aufeinander zurasender Himmelskörper erfassen mich mit all ihrer Wucht. Mein Herz ist elektrisiert, in meinem Hirn hämmert es, meine Knie erweichen und gleichzeitig ergeben sie sich in die Anspannung eines Sprunges; alle Muskelfasern richten sich stromlinienförmig gen Jakob aus.

Ich muss ihn anspringen; die Erdanziehungskraft ist ein Keks gegen solch eine gigantisch magnetische Anziehung zwischen uns.

Ergeht es Jakob gleich oder ist es, wie es für meine eingetrübten Augen scheint, dass Jakob einfach nur starr dasteht und seinen Blick aus meinen Augen nicht abwenden kann.

Ich werde keine zehntel Sekunde mehr an mich halten können. Alles, was im nächsten Moment passieren wird, ist richtig, vertraut, wie eine perfekte chemische Verbindung.

Dann taumle ich, weit hinten im verborgendsten Winkel meiner Wahrnehmung sehe und höre ich, wie die Haustür ins Schloss fällt. Schon springe ich Jakob an, schon schlingen sich meine Arme um ihn und sofort finden unsere Lippen vertraut zueinander.

Es verbindet sich gerade die Kraft zweier Herzen, es ist in alter Vertrautheit zurückgekehrt und doch stärker, viel leidenschaftlicher und lustvoller, als je zuvor.

Ich bin rasend, ich bin wirr und ich bin über alle Maßen glücklich und erleichtert... und in dieser ersten

Umarmung, diesem ersten besonderen Kuss entlädt sich all die angestaute Energie mit einem inneren Blitzeregen.

Vielleicht hätte ich hiernach zur Besinnung kommen können, nach diesem ersten Kuss, vielleicht hätte sich das klitzekleine bisschen Vernunft durch das Dickicht meiner Gefühle und Leidenschaften hindurchzwängen können, den „Dududu"-Finger hin- und herwackeln lassen und mich vor einem „Fehler" bewahren können…

Wenn auf der anderen Seite hingegen ein Dickicht aus Gefühlen und Leidenschaft lachen könnte, hätte es sofort meine Vernunft hämisch ausgelacht und „Pieppiep" mit dem Zeigefinger an die Stirn getippt.

Und spätestens dann hätte dieses klägliche Etwas von Vernunft die Mütze gelüftet, ein kleinlautes „Okay!" in den Raum hineingewispert und wäre auf Nimmerwiedersehen entschlüpft.

Meine Zweifel, meine Reue, mein moralisches Abwägen dauern vielleicht einen einzigen Herzschlag lang… dann feiern Herzensgefühle, Lust und Leidenschaft darüber überschwänglich weiter und ufern munter aus ins Grenzenlose.

Niemals zuvor habe ich mit Jakob derart intensive und berauschende Empfindungen erlebt, alle früheren Male sind nicht im Ansatz so erfüllend, so überwältigend und wunderschön gewesen… so perfekt harmonisch und gleichzeitig auch so abgründig und von irgendwie verbotener Süße.

Nach unserem Miteinanderschlafen liege ich dicht, sehr dicht angekuschelt und möchte die Welt und die Zeit anhalten. Mir ergeht es gerade wie Sonnenschein mit blauem Himmel. Es gibt nichts Schöneres!

Und als ich Stunden später -tatsächlich ist es Nachmittag geworden- ein ganz klein wenig zur Besinnung komme, mache ich mir mit reinem Herzen bewusst, dass ich abrupt wieder mit Jakob zusammen bin und gleich heute mit Iwan Schluss machen muss. Dieser Schritt ist folgerichtig und ganz ohne Alternative.

Ich kann nach einer derartigen Herzens- und auch Lustentscheidung nicht anders handeln – ansonsten geriete das gesamte Universum in Unwucht.

Merkwürdigerweise oder besser gesagt: bezeichnender-weise steht mir das Schlussmachen gar nicht schmerzlich und aufregend bevor, denn es wird so überbrandet von meinem Glück und meiner Seligkeit, jetzt so perfekt und so vertraut und auch so neuartig wieder mit Jakob zusammen zu sein.

Ein wenig versuche ich meine Gedanken zu sortieren, meine planerischen Gedanken:

Iwan würde jetzt wieder in den Haushalt der Beneckes ziehen, für das Asyl bei Jakobs Familie besteht fortan ja kein Grund mehr.

Onkel Wanja versucht noch in einem letzten Gespräch an Iwans Heimweh zu appellieren, sollte dies nicht ausreichend groß sein, führe er allein nach Russland zurück.

Iwan würde wie ein Kumpel, ein Bruder bei uns wohnen bleiben, bis… ja bis… er eine eigene Wohnung bekäme.

Aber warum sollte er noch in Deutschland bleiben? Die Wahrscheinlichkeit ist sehr hoch, dass Onkel Wanja nicht allein reisen muss. Was wäre nur, wenn…

Da küsst mich Jakob weich und lustvoll und kommt mir immer näher, so dass ich meine Gedankengänge mal eben zwischenparken muss, denn ich will gerade ebenso weich und lustvoll reagieren…

Bei der imaginären Zigarette danach hören Jakob und ich plötzlich unten an der Haustür das Klackern des

Schlüssels. Und schon ist es wie in einer urigen Boulevardkomödie. Ich springe aus dem Bett und relativ unkoordiniert in meine Sommertextilien hinein, so dass mir erst auffällt, als es bereits zu spät ist, dass das T-Shirt auf links gezogen meinen Oberkörper bedeckt.

Iwan kommt sofort die Treppe herauf, hat -seinem Blick nach- nicht mit meiner Anwesenheit gerechnet und möchte gerade etwas sagen, eine kleine Statusmeldung seiner bisherigen Bemühungen vermutlich, da springe ich auf, mir gelingt ein Zwitterwesen aus Begrüßungs-umarmung und ihn gleichzeitig an die Hand zu nehmen, um ihn hinter mir her zu ziehen, aus dem Zimmer, die Treppe hinab und aus dem Haus…

„Bevor du anfängst und erzählst, was du in Bonn gemacht hast, Iwan… ich muss jetzt ganz dringend mit dir reden… Iwan, du weißt, dass ich immer offen und aufrichtig sein möchte, und was ich jetzt zu sagen habe, ist gerade verdammt schwierig. Ich mache keine langen Vorreden: Ich bin wieder mit Jakob zusammen. Es geht nicht anders. Das musste so geschehen. Und was mit uns ist, kann ich nur insofern sagen, dass alles möglich ist, außer, dass wir noch zusammen sind – als Liebespaar meine ich. Es tut mir alles so wahnsinnig leid. Aber ich kann nicht anders, als ganz offen und ehrlich sein… und ich kann nicht weiter mit dir zusammen sein, weil ich jetzt -und zwar seit gerade eben vor ein paar Stunden- wieder mit Jakob zusammengekommen bin. Ich sag's direkt, ich sag's lieber direkt und so hart klingend… und es ist natürlich auch überhaupt nicht so, dass ich jetzt auf den Schlag nichts mehr für dich empfinde. Nur sind jetzt ganz neue Wahrheiten geschaffen. Ich musste eine Entscheidung treffen und ich habe sie getroffen, so wie ich sie nur treffen konnte!"

Iwan schluckt, Iwan hüstelt, Iwan kämpft gegen die erste fiese Träne im Augenwinkel. Dann schluckt er noch einmal und sagt mit brüchiger Stimme:

„Du warst immer und seit langem mit Jakob zusammen. Ich habe mich da hineingedrängt und jetzt ist es gekommen, wie es für euch sich richtig fügt. Ihr seid wieder zusammen, weil ihr im Grunde immer zusammen wart. Es gibt nur einen Haken an der Sache, Sophia, ich… ich liebe dich so unendlich und überirdisch… ich bitte dich jetzt schon um Verzeihung, dass ich dich nicht und niemals aufgeben werde. Ich stehe hier und sage dir: Ich werde um dich kämpfen… immer und immerfort, bis ich dich zurückerobert habe… auch wenn ich damit Jakob verletzen muss. Ich kann nicht anders. Dies ist meine Antwort auf deine Rede, Sophia!"

Jetzt schlucke ich, hüstle und mir kullert ein salziges Tränchen direkt auf die Zungenspitze.

Dann finden etliche zähe Minuten mit schweigsamem Nebeneinanderher-Spazieren statt. Keiner wagt einen Seitenblick, keiner, das Tempo zu drosseln oder zu erhöhen. Das Schweigen beginnt bereits im Herzen zu pieksen, da räuspert sich Iwan ein weiteres Mal:

„Die Situation ist verworren… aber ich möchte ab sofort wieder bei deiner Familie wohnen… bis es mir geglückt ist, dass ich etwas Eigenes gefunden habe. Ich komme gerade aus einer deutschen Behörde in eurer Hauptstadt und habe eingeleitet, dass ich als Deutschrusse Deutscher werde und hierbleiben kann. Ich bin entschlossen, dass ich zu meiner Familie nach Wolgograd nicht zurückkehre, sondern bei dir bleibe… auch… auch wenn es ganz und gar nicht danach aussieht, dass dies noch eine gute Idee ist." –

„Was du noch gar nicht weißt, Iwan, ich habe sehr lange mit deinem Onkel geredet, was heißt geredet… um die Wette gereimt (und ich fand mich fast besser als ihn…) naja, Entschuldigung! Ich wollte sagen, ich habe ihn davon überzeugt, dass er von dir ablassen soll und allein nach Russland zurückfahren… Nachdem er dichterisch seine Lebensphilosophie verkündete, also, nachdem er sich ausreichend erklärt hatte, sagte ich, dass ein Happy End, also dich erfolgreich zurückzubringen, keinem echten kunstvollen Drama gerecht werden würde (nicht einmal einem gepflegten französische Film mit Untertiteln), da alle wahrhaft großen Geschichten in der Kunst ohne versöhnliches Ende ihren Abschluss finden müssen. Ich weiß nicht mal, ob das wirklich so sein muss, aber ich habe das einfach mal behauptet und ihn damit wohl überzeugt." –

„Du hast ihn mit seinen eigenen Waffen geschlagen!"
Iwan lässt ein Lächeln aus seiner Betrübnis entschlüpfen.
„Einzige Einschränkung: damit er sich wohl nicht zurückgesetzt fühlt, besteht er darauf, einmal noch mit dir zu reden, er verspricht, wenn du dich fürs Hierbleiben entscheidest, dann fährt er ohne Murren allein nach Wolgograd zurück." –

„Okay, ich werde ihm nur Grüße auftragen für meine ganze Familie und werde ihm erklären, auch sie alle könnten nach Deutschland übersiedeln – wenn sie es denn gerne möchten. Ich bleibe jedoch bei dir, Sophia! Ich habe aus meinem Herzen heraus gar keine andere Wahl!"
Nach schweigsamen achtunddreißig Schritten:
„Weißt du, wo ich Onkel Wanja antreffen kann? Ich will ihn nicht unnötig lange in Deutschland festhalten." –

„Ehrlich gesagt… weiß ich nicht… oder doch: Irgendetwas sagt mir, er wartet bei uns zu Hause vor der Haustür… auf seinem altgedienten Beobachtungsposten... hey Iwan, bist du mir eigentlich böse?" –

„Wie kann ich dir böse sein, wenn du zu mir so aufrichtig bist. Auf das Schicksal habe ich eine scheiß Wut... aber hör mal, dafür kannst du ja nichts..."

Ich belohne seinen Witz mit einem erleichterten kleinen Lachen. Und auch, wenn in allen „Frag'-Doktor-Sommer"-Seiten die Empfehlung ausgegeben wird, direkt nach dem Schlussmachen nicht noch innige Umarmungen zu zelebrieren, muss ich Iwan mal eben herzlich drücken. Er ist so tapfer und loyal und großherzig und...

Dann hat uns unser Spaziergang direkt zu mir nach Hause geführt und mit gezügelter Überraschung nehmen wir Onkel Wanja wahr, der tatsächlich auf seinem altgedienten Beobachtungsposten steht. Iwan löst sich aus unserem gemeinsamen Spaziergang, erhöht das Tempo und steuert geradewegs auf seinen Onkel zu.

Nach einem kurzen Begrüßungsritual mit Familienkuss, gehaltenen Schultern und Worten – Lächeln – Worten – Lächeln undsoweiter, legt der einst schießhündige Detektiv seinem Neffen den Arm onkelig um die Schulter und zieht ihn zu einem „Komm-lass-uns-reden"-Spaziergang mit sich.

Iwan ist gleich so vertieft, dass er sich nicht einmal mehr nach mir umsieht und bald in der nächsten Seitenstraße verschwunden ist.

So habe ich vielleicht ein paar Minuten allein die Gelegenheit, meine Eltern auf die neue Situation einzustimmen, denn auch mir ist klar, dass Iwan unter keinen Umständen weiter bei Jakob bleiben kann...

Papa hat zum Glück Urlaub, da gelingt mir Zwei-Auf-Einen-Streich! Ich will damit gar nicht witzig sein, aber ich fange aus irgendwelchen Gründen bei Verlegenheitsthemen gerne mit dem Satz an:

„Ihr werdet brüllen vor Lachen…"

Was dann folgt, lässt aus den Gesichtern meiner Eltern ein wenig die Farbe weichen; ihre Münder werden langsam oval und ihre Blicke irgendwie schal. Schließlich schweigen wir Drei uns eine unangenehme Weile lang an, bis Papa endlich sagt:

„Mein Schatz, trotzdem tut es mir leid, dass du so einen Schlamassel hast. Ich wünsche dir, dass sich möglichst schnell das an sich Ausweglose wie von Zauberhand von allein klären wird."

Was Vater damit genau meint, erschließt sich mir nicht, der warme Ton seiner Stimme und sein väterliches Lächeln spenden auf alle Fälle Trost und offenbaren Anteilnahme. Gleichwohl! (…hab' ich lange nicht mehr gesagt!)

Etwa eine Stunde später klingelt es und Iwan steht in der Tür:

„Onkel Wanja sitzt jetzt im Zug nach Wolgograd."

Dann schlüpft er weder eingeschnappt noch sonderlich verbunden an mir vorbei, die Treppe hinauf und verschwindet in seinem Zimmer. In mir bleibt ein Gefühl zurück, dass ich mich kaum getraue, hier niederzuschreiben; es ist wirklich beschämend und sollte mir ordentlich peinlich sein… ich denke und fühle gerade:

„Na, das ist doch ganz gut gelaufen!"

Ein wildes Zusammenkommen, alle Dämme brechen plötzlich und sturmfluthaft überkommen mich all diese durcheinanderwirbelnden Gefühle und Empfindungen; ich ergebe mich ihnen wie einer übermächtigen

Naturgewalt, alles ist neu, anders, ich bin in einem Ausnahmezustand, die Welt ist auf den Kopf gestellt und es passiert alles irgendwie organisch und folgerichtig und wundervoll…

Ab einem gewissen Punkt kann man einfach nicht mehr zurück – so wie man auch nicht beim Fallschirmsprung nach den ersten zwölf Metern sagen kann:

„Halt, ich habe mir das anders überlegt!"

So ist das magische erste Mal gewesen – oder wie in Jakobs und meinem Fall – das erste Mal nach einer einschneidenden Trennung. Irgendwie gilt man da als nur sehr bedingt zurechnungsfähig.

Und dann kommt das erste Wiedersehen nach dem ersten Mal, vielleicht die schwierigste Hürde nach all der Süße und dem Rausch… es folgt erwartungsgemäß eine gewisse Ernüchterung.

Ist die Leidenschaft vielleicht schon merklich abgekühlt, haben sich 10.000 Volt erotische Hochspannung beim ersten richtigen Kontakt in Blitz und Donner entladen und nun glimmt vielleicht nur noch ein kleines Kontroll-lämpchen? Kurz: Ich bin ein wenig angespannt, wie meine nächste Begegnung mit Jakob sein wird…

Mein rasendes Herz gibt im Techno-Rhythmus den Takt vor, in dem ich frühmorgens zu Jakob marschiere. Wir sind verabredet, obwohl wir uns gar nicht verabredet haben!

Dann klingle ich…

Jakob öffnet und bleibt in der offenen Tür stehen, er blickt mir warm und tief in die Augen, steht in einer gewissen Lässigkeit da, sieht cool aus und sehr, sehr hübsch… und erdrutschhaft ist alles wieder da: meine wild entflammte Liebe schmerzt in meinem Herzen, die Leidenschaft brodelt wie (Entschuldigung für den Kitsch:) Lava. Jede

Faser meines Körpers erbebt und schreit nach elektrischer Entladung beim Gegenüber.

So, mehr Klischees fallen mir auf die Schnelle nicht ein.

Nach einem vergleichsweise langen Blick sind tatsächlich die ersten Worte, die zwischen uns fallen, vorgebracht mit zittriger Wollust:

„Meine Eltern sind übrigens schon bei der Arbeit!"

Mir gelingt gerade noch als Erwiderung:

„Ach, die haben gar keinen Urlaub mehr…"

Schon werden wir beide in eine riesenhafte, unsichtbare Zwille gespannt und mit immenser Geschwindigkeit die Treppe hochgeschossen. An der richtigen Stelle knallen wir wie eine Flipperkugel gegen die Wand, fälschen damit unsere Geschossrichtung kunstvoll ab und steuern so und mit Überschallgeschwindigkeit direkt in Jakobs Kinderzimmer hinein. Zum Glück landen wir weich…

Nach unserem Akt komme ich ein wenig zur Ruhe und konzentriere mich auf mein Gefühlschaos. Erst einmal kann ich mit Bestimmtheit festhalten, dass meine alte, gesetzte, vertraute Liebe zu Jakob in unverminderter Weise noch immer tief in mir eingebettet ist; interessant und aufregend hingegen ist, dass dieses (ich will es mal Fundament nennen), also dass dieses Gefühls-Fundament plötzlich durchsetzt ist mit überbordender und wuchtiger neuer Liebe und prickelnder Leidenschaft, die ich greifbar in meinem gesamten Körper spüren kann. Meine Hormone führen gerade eine kunterbunter Schlagerrevue auf.

Ich habe etwas Derartiges, selbst in vielfach abgeschwächter Form noch nie zuvor erleben dürfen, es ist wirklich die intensivste und besonderste Erfahrung in meinem gesamten bisherigen Leben.

Etwas gruselig empfinde ich den Umstand, dass erst wieder das Drama mit meiner Trennung von Iwan emotional präsent wird, als ich mich kuschelig von Jakob verabschiedet habe und mich nun auf den Heimweg begebe.

Ich habe die ganzen letzten Stunden mit meinem neuen (und gleichzeitig auch alten) Freund kein einziges Mal an Iwan denken müssen – vielleicht ist ein ganz kurzer, trockener Gedanke an ihn aufgetaucht, aber völlig unbehaftet von irgendwelchen Gefühlen. Ich scheine die Großmeisterin im Verdrängen zu sein.

Nun hingegen regt sich so etwas wie Verantwortungsgefühl, eine innere Stimme, die sagt:

„Du musst aber ein schlechtes Gewissen haben, dass du nur an dich denkst und einen anderen Menschen dafür leiden lässt. Überlege mal, was Iwan alles für dich gerade aufgibt!"

Doch diese Stimme erreicht mich fatalerweise nicht in meinem Inneren. Ich gebe ihr recht, so von Verstand zu Verstand, aber ich denke nicht im Traum daran, irgendetwas zu verändern, was bereits so wunderschön und schnell Fahrt aufgenommen hat.

Wieder klingle ich, diesmal bei mir zu Hause... wieder öffnet mir ein geschmeidiger Jüngling und postiert sich vielsagend in der offenen Tür... ich nehme meinen quasi verlängerten Austauschschüler kurz und rumpelig in den Arm zur Begrüßung und frage:

„Ist Mama eigentlich noch da?" –

„Ja... im Wohnzimmer... hast du... hast du meine Sachen von Jakob mitgebracht?" –

„Oh nein! Daran habe ich überhaupt nicht gedacht. Tut mir leid. Bringe ich dir auf alle Fälle morgen mit... ähhh, ich meine, irgendwann, wenn ich wieder zu Jakob komme... ähhh, ich meine..." –

„Ja, ist schon gut. Du, ich schaue mir gleich ein WG-Zimmer an... daran siehst du, dass ich mir Mühe gebe, dass..." –

„Hey Iwan, es tut mir wirklich sehr leid. Und ich bin sicher, meine Eltern heißen dich hier noch lange willkommen. Du musst dich jetzt nicht überschlagen. Wie... wie kann ich dich unterstützen? Ich meine, kann ich gerade irgendetwas für dich tun?"

Ich komme herein und sorge dafür, dass die Haustür geschlossen wird. Im Hinblick auf die Fledermausohren meiner Mutter wird meine Stimme gedämpfter und ich mache Anzeichen, nach oben zu gehen. Iwan geht voraus und lädt mich schließlich in sein Zimmer ein.

Ich versuche in seinem Sessel einen so behaglichen und entspannten Eindruck wie möglich zu machen und habe die Erwartung, dass sich Iwan nun mit einem Schwall kummervoller Worte über mich ergießt. Es sind kummervolle Worte, jedoch entgegen meiner Erwartung nur vierzehn an der Zahl, die alles zum Ausdruck bringen: „Sophia, ich werde um dich kämpfen, denn ich weiß genau, dass wir beide zusammengehören!"

...gesprochen mit dem dicksten Ausrufezeichen der Menschheitsgeschichte!

Dann legt er eine Kunstpause ein und in plötzlich verändertem, hellerem Tonfall fragt er – in freundschaftlicher Stimmung:

„Hast du nicht Lust, mich gleich zur Wohnungs-besichtigung zu begleiten?"

Im Bruchteil einer Sekunde halte ich fest: Wenn Jakob seit ein paar Stunden mein leidenschaftlicher Liebhaber ist, dann ist Iwan seitdem auf alle Fälle mein allerbester Freund geworden. Und mit Inbrunst antworte ich: „Aber natürlich, sag Bescheid, wann es losgeht!"

Wir besichtigen das WG-Zimmer, wie wir in den nächsten fünf Tagen noch drei weitere Wohngemeinschaften kennenlernen. Alles nichts!
Dazwischen habe ich einfach mal den einen Abend nur für Iwan und mich für einen Besuch im Kino reserviert, einmal habe ich mit Iwan bei uns zu Hause gekocht… und immer, jede Sekunde unseres Beieinanderseins hat es sich ausschließlich freundschaftlich angefühlt, es ist zu keiner Zeit mehr zu einschlägigen Worten gekommen, zu vielsagenden Blicken oder gar Handlungen.
In diesen Tagen habe ich darüber hinaus auch Iwans Coolness und seinen Mut bewundert, sich nicht bei seinen Eltern zu melden, als über die Abendnachrichten bekannt wird, dass in Russland gerade ein Putschversuch stattgefunden hat und die dortigen Verhältnisse immer unübersichtlicher werden. Iwan hat mehrmals abends die Tagesschau verfolgt und schließlich für sich beschlossen, die dortigen Vorgänge sollen ihn im Hinblick auf seine Familie nicht allzu sehr beunruhigen.

Heute ist mein achtzehnter Geburtstag; ich bin endlich volljährig, kann Verträge abschließen und habe bereits als Sechzehnjährige gedacht, an meinem Achtzehnten muss ich es aber richtig krachen lassen.
Und nun habe ich den bedeutsamsten Tag meiner Pubertät schlicht in zwei Teile geteilt. Am Vormittag gehe

ich mit Jakob frühstücken, wir shoppen gemeinsam, besuchen voller Kulturhunger eine Museumsausstellung und essen am frühen Nachmittag ein Eis zum Abschluss, dann treffe ich mich kurz vor halb sechs mit Iwan beim neuen Multiplexkino in Hürth (nur eine kurze Anfahrt von uns aus), wir schauen uns (da ich den Kulturgenuss bereits im Museum abgefeiert habe) endlich mal wieder reines Popcorn-Kino an.

Hiernach haben wir den albernen Plan, nach Köln-Innenstadt zurückzutrampen und gehen abends noch Italienisch essen.

Mein Verdauungsspaziergang wird mich dann zu unserem eigenen Haus führen, wo ich Iwan jedoch nur hinbegleite, da ich die anstehende Übernachtung bei Jakob geplant habe.

Und im Prinzip kommt es auch genauso; alles mit Jakob verläuft wie am Schnürchen; Jakob hat mir drei CDs geschenkt, alles Musik, die ich mir gewünscht habe; er hält 18 langstielige Rosen in seinem Zimmer für mich vor und überreicht mir sein Lieblingsbuch in einer neuen, überarbeiteten Auflage – ich habe es tatsächlich noch nicht gelesen...

Mit Iwan geht es jedoch bereits im Kinofoyer gar nicht schnürchenhaft weiter, als er mich mit knappen herzlichen Worten begrüßt, beglückwünscht und mir ein kleines, jungenhaft in Geschenkpapier eingeklebtes Schächtelchen überreicht.

Als ich die Ringschatulle öffne, trifft mich der Schlag. Ich brauche nicht viel Fantasie, um mir zusammenzureimen, dass dort im seidigen Futter ein hauchzarter, entzückend schöner Weißgoldring mit eingefasstem Brillanten klemmt. Es ist wie ein Schlag in die Magengrube. Iwan hat wirklich immens übertrieben, dieser Ring wird so teuer gewesen sein... nein, ich möchte mir gar nicht überlegen müssen, wie viel Geld dieses schönste Schmuckstück, was ich je gesehen habe, gekostet haben wird.

Aber was hat sich Iwan nur dabei gedacht; ich werde unmöglich einen Ring tragen können, den er mir geschenkt hat und damit zu Jakob gehen. Das funktioniert niemals! Und doch juckt es in meinen grazilen Händen; einmal möchte ich ihn mir wenigstens anstecken; einmal, der Fairness halber, um Iwan für dieses Über-Geschenk Respekt entgegenzubringen, ihn am rechten Ringfinger präsentieren... ihn einmal getragen zu fühlen und vor allem zu sehen.

„Bist du wahnsinnig..." sind meine ersten Worte, die in Überforderung meinen Dank verschleiern. Dann nach einigen Atemaussetzern:

„...den kann ich unmöglich annehmen."

Und während ich das sage, friemle ich ihn mir aus dem Schatüllchen heraus und stecke ihn mir bedeutungsvoll auf den Finger. Versiert spiele ich mit meiner Hand, um den Diamanten funkeln zu lassen und lächle beeindruckt.

„Der ist wunderschön!" murmle ich unhörbar.

„Wie bitte?"

Iwan wirkt etwas nervös.

„Ich sagte, den kann ich unmöglich annehmen."

„Herzlichen Glückwunsch, Sophia, ich lief herum und suchte etwas, das deiner wunderbaren Ausstrahlung und deiner Schönheit entspricht... und ich suchte, bis ich diesen Ring sah... und danach war mir alles egal."

Ich reagiere grundsätzlich und wie im Reflex mit leichter Abwehr, wenn mir Komplimente gemacht werden; und hier kommt zu alledem noch schmerzlich hinzu, dass ich Iwan nicht erlauben darf, mir solche Komplimente zu machen und mir solch ein Verliebtseins-Geschenk zu überreichen.

„Ich… ich werde diesen Ring nicht tragen können…" murmle ich halblaut vor mich hin, dann drängelt jemand von hinten und ich merke jetzt erst, dass ich mich mit Iwan bereits in der Warteschlange vor der Kinokasse befinde. Die sechs Kinogänger vor mir werden gerade abgefertigt, da bin ich an der Reihe, lege den Zwanzigmarkschein auf den Tresen und bestelle die Karten.

Im sich gerade abdunkelnden Kinosaal, als ich wie abwesend einmal mit der linken über die rechte Hand fahre, erspüre ich den Ring; keine Ahnung, ich hatte dieses Geschenk für einen kurzen Moment ausgeblendet und stelle nun fest, dass ich ihn immer noch trage. Gott, ist der wunderschön! Er fühlt sich gut an, an meinem so wunderschönen rechten Ringfinger; dieser teure und von Herzen verschenkte Ring macht etwas mit mir; ehrlich gesagt, ich möchte ihn jetzt gar nicht ablegen, sondern ihn die gesamte Kinovorstellung lang mit Würde tragen.

Mitten im Film überkommt es mich, ich wende mich abrupt Iwan zu, küsse ihm freundschaftlich die Wange und flüstere ein „Danke!".

Beim Italiener schmeckt es köstlich, das Kerzenlicht veredelt den Gaumengenuss, der Weißwein perlt (oder wie man das sagt…) und ich trage den Ring immer noch.

Manchmal muss ich mit dem anderen Ringfinger darüber streifen, ihn antippen oder zwischen Daumen und Zeigefinger fassen… ich glaube, ich besitze nichts Wertvolleres als diesen Ring.

Was ich hingegen Iwan leider übelnehmen muss, ist der erfolgreiche Versuch, Jakobs Geschenk gegen seines schwächer aussehen zu lassen. Dies ist ein ungerechter

Schachzug. Ich bastle gerade an einer kleinen Abfuhr, während mir Iwan irgendetwas Folkloristisches erzählt.

„Der Ring ist echt schön, aber ich nehme ihn gleich ab, stecke ihn in das Döschen und gebe ihn dir wieder zurück. Ich kann ihn ja nicht tragen, was sollte ich anderen darüber erzählen? Dass ich ihn eingebacken in einem Brötchen gefunden habe?"

Um es kurz zu machen; beim Italiener wird es später als geplant, ich bringe Iwan schließlich zu uns nach Haus, laufe dann weiter zu Jakob und trage den Ring immer noch.

Etwa dreiunddreißig Zentimeter vor Jakobs Klingel zupfe ich mir das Schmuckstück vom Finger und stecke es in seine Schatulle zurück.

Warum bin ich nicht so normal, wie andere Mädchen in meinem Alter auch und laufe mit einem Handtäschchen herum? Mir bleibt nur noch, die Schatulle in meine vordere Hosentasche zu stopfen, was aussieht, als schmuggle ich gerade ein halbes Pfund Würfelschinken. Die eckige Beule in meiner Hosentasche müsste jedem auffallen.

Jedem – bis auf Jakob, der mich lieb begrüßt, mich mit einem edlen Getränk empfängt, mich lieb danach fragt, ob ich einen schönen Nachmittag mit Iwan gehabt habe und vor allem lieb diskret darauf verzichtet, mich zu fragen, was Iwan mir denn wohl geschenkt habe.

Jakob ist einfach toll! Er ist so süß! Ich will sofort bis in alle Ewigkeit hinweg mit ihm kuscheln und knutschen und so weiter – und Abblende oder Schwenk nach oben, wenn das Bett ins Bild kommt!

Einmal, inmitten unseres unsittlichen Tuns, blicke ich flüchtig auf meine Kleidung auf dem Stuhl. Ich sehe die eckige Auswölbung deutlich... und ich hoffe, es bleibt dabei, dass Jakob sie heute oder morgen früh nicht entdeckt.

Ich hasse Heimlichkeiten, ich werde es ihm ganz bald sagen, zumindest, wenn es mir nicht gelingen sollte, den Ring an Iwan zurückzugeben. Zwischen Jakob und mir wird es keine Geheimnisse geben! Das passt auch gar nicht zu unserer Beziehung! Vielleicht werde ich mir den Ring, gleich morgen, wenn ich nach Hause laufe, wieder aufstecken…

Nach Romeo und Julia, Tristan und Isolde und Antonius und Kleopatra belegen Jakob und ich immerhin Platz vier der größten Liebespaare aller Zeiten.

Es wird auch in den nächsten Tagen gar nicht gleichförmig und gewöhnlich. Ich bin richtig, über allen Maßen und zum ständigen Aufjauchzen glücklich mit ihm und er versichert mir, häufig in blumigsten Worten, dass seine einstige Liebe nicht nur unvermindert in ihm lodert, sondern dass:

„…mit der Kraft weiterer Lieben, die ein Mensch allein unmöglich aufzubringen im Stande ist, bin ich ausufernd reich angefüllt und ich kann keine Sekunde ohne dich mehr ertragen." (Und das sind noch die mit Abstand unblumigsten Worte gewesen.)

Wir haben immer noch Ferien, die letzte Woche ist gerade angebrochen, und ich muss mir regelrecht Zeiten abzwingen, die ich mit Iwan verbringen kann, nur um ihn hier in Deutschland nicht ganz allein stehen zu lassen.

Noch zwei Mal ist er wegen seiner Aussiedlung oder Spätaussiedlung behördlich unterwegs. Selbstverständlich habe ich ihm wieder Fahrkarten und Verpflegungsgeld für diese notwendigen Ausflüge zugesteckt.

Dieses Geld... und jetzt wird es ironisch... hat sich Iwan aber redlich verdient. Ich habe es quasi als Honorar für jene literarischen Bemühungen bekommen, zu denen ich mich mittlerweile quasi selbsttherapeutisch durch Iwans Hiersein genötigt sehe.

Das habe ich bisher noch gar nicht erwähnt, weil ich ursprünglich einen bescheidenen Eindruck (zumindest auf diesem Papier hier) machen wollte ... ich habe den Jugendliteraturwettbewerb mit der ersten Hälfte dieses Textes gewonnen. Natürlich endet die Geschichte nicht mittendrin, ich habe ab Seite 103 einfach ein vorzeitiges Ende gefunden.

Vielleicht möchte der geneigte Leser genau um dieses vorzeitige Ende nicht geprellt werden, daher scheue ich keine Mühen und rezitiere hier nun die fehlenden Zeilen.

Es sei zuvor an dieser Stelle erwähnt, dass ich mit dem vorzeitigen Ende nun in die dichterische Freiheit abgedriftet bin, das Authentische, Berichthafte, meiner bisherigen und aller später daran nahtlos anschließenden Worte sind ausschließlich der Ehrlichkeit, der Wahrhaftigkeit verpflichtet.

Ein vorzeitiges Ende hat nun hergemusst, um den Einsendeschluss einhalten zu können. Ein bisschen bin ich aber auch scharf darauf gewesen, diese 1000 D-Mark zu gewinnen und in den Ferien noch in Empfang zu nehmen. Wir schließen an bei den Worten:

„...ich vergegenwärtige mir diese verrückten Gefühle aus Stolz, Begeisterung und Rührung, die ich vorhin plötzlich Jakob gegenüber empfunden habe, wegen seiner unsagbaren Loyalität und Freundschaft. Mit einer gewissen Bestürzung merke ich, dass die Vergegenwärtigung dieser Gefühle mir gerade vom Kopf mitten durchs

Herz schießt, um schließlich direkt in meinem Schoß zu landen."

Es kommt, wie es kommen muss: Abends, allein in meinem Bett schmerzt mir das Herz und dieses merkwürdige Gefühl wallt vom Herzen durch meinen gesamten Körper hindurch, wie ein Stein, den man ins Wasser wirft… und das Wasser zieht an der Eintauchstelle seine Kreise – immerzu und bis in alle Unendlichkeit.

Ich bin also wieder in Jakob verliebt, wieder oder immer noch. Jedenfalls erlebe ich gerade übergroß mein Sehnen, meine Leidenschaft und tiefste Verbundenheit zu Jakob. Ich liebe ihn, so sehr, wie ich ihn schon immer geliebt habe und noch viel mehr.

Doch was ist das für ein freches zweites Gefühl in mir, das gerade wetteifert und selbstbewusst mit seinen Zeigefingern auf sich selbst verweist.

Es ist meine Liebe zu Iwan, die sich keinen Millimeter durch Jakob aus mir hat hinausdrängen lassen; sie ist unvermindert in mir – und in ihrem Aufbäumen und lautem Gewiehere spüre und erlebe ich sie stärker und leidenschaftlicher denn je.

Na toll! Und jetzt?

Erst einmal lasse ich Tage vergehen, um diese beiden gleichgewichtig in mir entflammten Gefühle auf die Probe zu stellen.

Wird da jemand vorschnell schwach oder beginnt ganz langsam an Bedeutung zu verlieren?

Hat eines dieser beiden Gefühle die Qualität, sich zu vergrößern, gewichtiger zu werden, lautstärker?

Ein kleiner Gefühls-Wettlauf…

Und dann erwische ich mich, wie ich ganz unlauter die beiden Menschen gegeneinander vergleiche. Wir hatten das ja schon mehrfach:

Unter objektiven Gesichtspunkten ist Jakob der mit Abstand schönere, geistig beweglicher als Iwan, hat eine prickelndere animalische Ausstrahlung, die zu einem erheblichen Teil die erotische Spannung hervorruft, er ist mir der mit Abstand vertrauteste

Mensch, direkt nach meinen Eltern und überhaupt Everybody's Darling in meinem Umkreis. Das schließt auch mit ein, dass sich mein Freundeskreis ausschließlich über Jakobs Freundeskreis definiert.

Und nun kommt das Unglaubliche:

Iwan kompensiert all diese Zweitplatzierungen mit umso mehr Zuneigung meinerseits, so dass die innere Goldwaage absolut im Lot bleibt.

Beiden Menschen stehe ich gleichermaßen exakt auf Null Komma Drei Fünf Sieben Millimeter nahe; bereits genauestens abgezirkelt und durchgemessen. Also auf dieser Ebene ist eine Entscheidung nicht treffbar.

Das Los entscheiden zu lassen, ist dem Schicksal, mindestens aber dem anstehenden Verlierer gegenüber nicht fair. Es geht hier nicht um ein spontanes Spielchen.

Der ganzen Misere ist nur auf eine einzige Weise würdig beizukommen! Ich bin geradezu gezwungen, einen schwierigen und ungewöhnlichen Weg zu gehen. Aber das bin ich mir, meinem Jakob und meinem Iwan gleichermaßen schuldig. Beide Jungen müssen sofort her!

Wenig später sitzen wir Drei zusammen in meinem Zimmer; ich serviere Kaltgetränke und Weingummi.

„Männer," beginne ich, „...jetzt wird hier ein Happy End geschaffen! Das ist jedenfalls die Überschrift für dieses Treffen. Ich muss weiter ausholen, sonst wisst ihr Beiden nicht, wovon ich rede... also, Jakob, halte dich fest. Das wird dich überraschen: Ich bin immer noch so heftig in dich verliebt, wie ich es schon immer war – und damit nicht genug, die Liebe ist sogar noch heftiger geworden. Ich weiß gerade nicht, wohin mit mir, weil ich verrückt vor Liebe zu dir bin. So, das ist die eine Seite, mal eben auf den Punkt gebracht. Und nun kommst du, Iwan... ich sehe schon, deine Gesichtszüge haben sich bereits labberig gelöst. Aber keine Angst. An meinem großen Gefühl für dich, meiner großen Liebe dir gegenüber hat sich trotzdem *nicht das Geringste verändert. Es ist -quasi doch verändert- nämlich in den letzten Momenten sogar noch heftiger geworden, weil es mir gelungen ist, mir alle meine Gefühle komplett zu vergegenwärtigen – und nicht die andere Hälfte mehr zu verdrängen. Es kommt die Pointe: Ich liebe euch beide exakt gleichermaßen heftig und innig und leidenschaftlich. Ich will zugleich mit euch beiden zusammen sein und kann definitiv keine Entscheidung treffen. Ich gehöre gleichermaßen zu dir, Jakob – wie zu dir, Iwan. Und da bleibt für meine Mission: Happy End eigentlich nur, dass ich mit euch beiden gleichzeitig zusammen bin. Ich habe es da ganz gut – zugegebenermaßen: ich habe zwei Männer für mich allein... und ihr, ihr müsst euch eine Frau teilen. Aber jetzt mal ganz im Ernst. Ich habe das alles immer wieder hin und her durchgespielt und überlegt und gegrübelt... und entweder ich bin mit euch beiden gleichermaßen zusammen oder es geht mit keinem. Seid ihr schockiert?"*

Schweigen im Schwarzwalde! Beide tragen den sparsamsten Gesichtsausdruck, den man nur haben kann. Beiden entweicht jammerig nur ein bisschen Luft... und meine zwei Geliebten tauschen einen prüfenden Blick, wer denn wohl der Erste sei, der vom fahrenden Zug abspränge...

„Macht hier keine Dinger, Männer. Das Leben ist zu kurz und wertvoll, um so prachtvolle Chancen mit ewiger Hin- und Hergrübelei auf Abstand zu halten. Was die praktische Umsetzung betrifft, da fühle ich mich allein verantwortlich. Ich habe schon überlegt: An allen ungeraden Tagen kriegst du mich, Jakob, und an den Geraden du, Iwan. Dann ist mir aufgefallen, das ist ungerecht, weil es ja auch ein paar Mal den einunddreißigsten gibt. Aber ich finde noch einen gerechten Weg, dass sich keiner zurückgesetzt zu fühlen braucht."

Beide Männer räuspern sich, doch beiden gelingt kein wohlartikulierter Laut. Durch ihre Gesichtsausdrücke fahren die unterschiedlichsten Gedanken und Empfindungen Achterbahn; im Einzelnen kaum lesbar und in der Gesamtschau ist schon von sehr bewegten Gesichtern zu reden.

Dann nehme ich das Heft wieder in die Hand (im sprichwörtlichen Sinne handelt es sich eher um ein dickes Buch) und entscheide:
„Ihr braucht jetzt nichts zu sagen. Ich schicke euch auf einen Spaziergang. Ihr könnt gemeinsam los oder auch jeweils allein. Das ist mir egal. In genau einer Stunde sehen wir uns wieder… und wenn wir Drei dann wieder hier oben zusammensitzen, werde ich von euch ein Okay hören oder ein ‚ist nicht okay!‘ Dann wird klar sein, ob wir ein echtes Happy End hingekriegt haben oder eben ein Ende wie aus einem französischen Film mit Untertiteln. "
Ich wäre am liebsten mitspaziert, einmal, um zu belauschen, was die beiden Männer nun unter sich beratschlagen und abstimmen… und zum anderen, um die zermürbende Wartezeit totzuschlagen. Trotzdem bleibe ich in meinem Zimmer, tigere wie unter Hospitalismus auf und ab und stelle fest, dass nach hundert Minuten zäher Wartezeit in Wirklichkeit erst fünf Minuten vergangen sind. Dann klingelt es endlich unten an der Tür und beide stehen wie zum Rapport da.
„Kommt herein, ich hoffe, ihr bringt anständige Neuigkeiten mit. "
Ich schlüpfe vor ihnen die Treppe hinauf, um sie in meinem Zimmer nochmal offiziell willkommen zu heißen. Dann, nachdem jeder von uns sich nervös gesetzt hat, schaue ich prüfend zuerst in Iwans, dann in Jakobs Gesicht und frage:
„Und… wie habt ihr euch entschieden? " –
„Wir sind beide derselben Meinung: Wir haben irgendwie gar keine vernünftige Wahl. In Anbetracht der vertrackten Situation ist quasi das zu erreichende Optimum, dass wir deinem kruden Happy End zustimmen. Und wir werden abwarten, was die Zeit so bringt… ob das alles als neues Ehemodell funktioniert und wir Drei dabei auch schlussendlich glücklich werden. Also, ich denke, ich spreche auch für Iwan, wenn ich sage: Lasst uns zu dritt zusammen sein!"
Iwan scheint erleichtert, dass Jakob die gemeinsame Position so gelungen formuliert hat, erhebt sich und lädt Jakob und mich in eine Dreierumarmung ein. Wir legen unsere Köpfe aneinander, umarmen

*uns Halt gebend... und mir gelingt es, zum Abschluss dieses kleinen
absurden Drama-Stückes, erst Iwan einen langen innigen Kuss auf
geschlossene Lippen zu geben, dann in ebensolcher Weise auch Jakob
zu küssen... erstmals nach langer Zeit wieder. Es fühlt sich alles
richtig an. Ich bin glücklich und freue mich gerade besonders an einem
kleinen poetischen Moment:
Sowohl Iwan, als auch Jakob haben, wie aufgeregte Kinder, erleichtert
ausgeatmet. Eine ganz besondere Liebesbeziehung nimmt hier also
ihren Anfang. Ich freue mich jedenfalls voller Ungeduld auf all die
gemeinsamen liebevollen Momente in unser Dreier Leben. ENDE*

„Liebe Sophia,
wir beglückwünschen dich ganz herzlich zum 1. Platz
unseres Wettbewerbes ‚Jugend schreibt: Die kleinen und
großen Nöte des Erwachsenwerdens'. Du hast mit deinem
Beitrag ‚Slapstick' verdientermaßen den Hauptpreis von
1.000 D-Mark gewonnen. In deinem Fall war die
fünfköpfige Jury sich auch schnell einig.
Zwar hast du die vorgegebene Höchstanzahl an Worten
um ein Vielfaches überschritten, was jedoch die
entscheidenden Beurteilungskriterien unberührt ließ.
Die Jury findet, dass du für eine Elftklässlerin über einen
vergleichsweise sehr großen Sprachschatz verfügst und
stilsicher eine frische, lebendige Sprache findest, die
modern und jung klingt, ohne sich in flapsiger
Jugendsprache zu verlieren.
Die angesprochenen Konflikte sind witzig beschrieben,
ohne sich dabei über die Protagonisten lustig zu machen.
Insgesamt ein Werk, das man eher von einer vielleicht
fünfunddreißigjährigen Frau oder einem vielleicht
zweiundfünfzigjährigen Mann erwartet hätte, was hier als
Kompliment gemeint ist. Wir wünschen dir weiterhin in

allem viel Erfolg. Anbei der Scheck zur Verrechnung. Mit freundlichen Grüßen…"

Ich habe bisher gründlich vermieden, dass sowohl Iwan als auch Jakob Kenntnis von der Existenz meines Textes nähmen. Es wäre fatal, wenn sie mein Fantasie-Ende als heimlichen Wunsch fehldeuten würden. Eine wie dort erwähnte Konstellation würde in meinem realen Leben garantiert nicht funktionieren.

Ich könnte das nicht aushalten und fände es dem jeweils anderen gegenüber nicht fair – und mal abgesehen davon, von mir extrem egoistisch. Also abgehakt!

Es gibt nur Jakob und mich als Liebesbeziehung und ein möglichst schnelles Umziehen von Iwan in ein WG-Zimmer, damit mein bester Freund endlich zur Ruhe kommen kann…

Schleichend und unspektakulär hat die Schule begonnen; dank der Flüsterpost weiß wirklich jeder aus meinem Jahrgang, dass mein Austauschschüler sich meinetwegen hier in Köln abgesetzt hat, dass ich wohl kurzzeitig mit Jakob auseinander gewesen bin… nun aber alles wieder im Lot ist.

Und wie es dem Russen ergeht… das schert das Klatschvolk auch nicht mehr sonderlich.

Während ich im Unterricht sitze und Logarithmus-gleichungen löse, besucht Iwan das hiesige Sozialamt und staatliche oder kirchliche Unterstützungsstellen bei der Wohnungssuche.

Ich möchte nicht herumprahlen, aber mir fällt zurzeit der Unterricht so leicht, dass ich wie abwesend meine Zeit absitze und den gesamten Betrieb, einschließlich meiner sporadischen Sozialkontakte im Mitschülerkreis an dieser Stelle für nicht großartig mitteilenswert halte.

Deshalb darf ruhig der Eindruck entstehen, die sechs Wochen Sommerferien verlängerten sich gerade Woche um Woche, damit ich eine ausreichend große Spielwiese habe, um endlich mein Liebesleben erfolgreich zu sortieren. Vielleicht nur noch so viel, dass ich in den sogenannten Hofpausen eher bei Jakob und seinen Freunden stehe und nett quatsche, als mich mit den Nasen aus meinem Jahrgang abzugeben. Gleichwohl!

Wenn ich mit Jakob zusammen bin, überstrahlt unser Zusammensein alle und alles. Ich bin vollendet glücklich und entspannt und habe Spaß an jeder gemeinsam verbrachten Minute; doch kaum mache ich mich auf den Weg, kaum sind viereinhalb Sekunden nach unserem Abschiedskuss vergangen, krabbelt aus den Tiefen meines Anstandes ein kratzbürstiges Schlechtes Gewissen hervor und gemahnt, ich müsse mich noch mehr um Iwan kümmern, ihm bei Behördenwegen beistehen (wie denn, wenn er die Amtswege vormittags erledigt).

Iwan bemüht sich um einen Schulplatz... und weil dieser tolle, feinsinnige, empathische Mensch mein schlechtes Gewissen mir von der Nasenspitze ablesen kann, bemüht er sich ebenso -schnell auch mit Erfolg- ein bisschen Geld mit Regaleinräumen in einem Supermarkt zu verdienen... nicht so sehr, weil er das Geld braucht, sondern weil er nicht mehr möchte, dass ich direkt nach der Schule zu uns nach Hause hetze, um einen dort gelangweilt herum-sitzenden Sowjetjungen zu bespaßen.

„Lieber verabreden wir uns konkret und gehen abends zusammen ins Kino.", hat er einmal vorgeschlagen.

Quantitativ gesehen verbringe ich erheblich mehr Zeit mit Jakob... und qualitativ natürlich irgendwie auch.

Also bemühe ich mich, die selteneren gemeinsamen Stunden mit Iwan besonders zu veredeln, mir besonders viel Mühe mit der Ausgestaltung der Unternehmungen zu geben, wirklich und zu einhundert Prozent auch anwesend zu sein und mit Inbrunst gemeinsam Spaß zu haben. Und ehrlich gesagt, erfordert das keine sonderliche Mühe. Unsere Vertrautheit macht dies leicht und selbstverständlich.

„Ich stelle mich heute bei einer WG vor. Denk nur, drei Studentinnen suchen einen Mitbewohner!"

Ich merke, wie bei meiner bisherigen Fröhlichkeit abrupt ein Stock zwischen die Speichen gerät:

„Aha!" –

„Heute um siebzehn Uhr. Hast du Zeit, willst du mich da wieder mit hinbegleiten?"

Ich bin zwar ab halb fünf mit Jakob verabredet, doch Iwan sehe ich viel zu selten, da muss ich auch mal einen Termin mit meinem Freund absagen können... Jakob wird das verstehen.

„Geht schon klar... ich bin auf alle Fälle dabei.", versuche ich beschwingt zu klingen und kämpfe gegen das Eigenleben meines Gesichtsausdrucks an, diesem gelingt es plötzlich nicht mehr, beschwingt auszusehen... vielleicht merkt Iwan das ja nicht.

Jakobs Mutter ist so freundlich, ihren Sohn über den geplatzten Termin zu informieren. Damit habe ich freie Bahn, diese Mädchen-WG mal richtig unter die Lupe zu nehmen.

Wir kommen pünktlich an einem Haus mit befahrbarem Innenhof an; der Hauseingang befindet sich auch hier im

Innern. Die Klingel läutet, als der Sekundenzeiger auf die Zwölf springt: Das ist Iwan!

In der Gegensprechanlage rauscht und knackt es plötzlich: „Ja-ha?" ertönt es am anderen Ende dreistimmig.

„Hier ist Iwan Schütz, ich bin erwartet jetzt um siebzehn Uhr." –

„Oh, ja, ja, ja, wir machen nur schnell auf. Komm herauf, vierter Stock, dann links!" kichert und gackert es aus dem kleinen Plastik-Lautsprecher und mit einem Surren öffnet sich die Haustür.

Schade, dass Iwan keine sperrigen, schweren Möbel hat, dieses Treppenhaus ist so weitläufig und flachstufig, hier wäre ein Umzug wie Kinderkarussell-Fahren.

Im vierten Stock stehen die drei Grazien in der offenen Tür, nebeneinanderdrapiert, den Blick gar nicht mehr von Iwan lassend (mal abgesehen von einigen wenigen Nanosekunden, in denen mich der eine oder andere abschätzige Blick trifft).

Iwan gibt jeder die Hand und stellt sich jeweils mit seinem vollen Namen vor. Ich winke matt einen kleinen Bogen zur Begrüßung und folge meinem besten Freund in das Innere einer wirklich weitläufigen Wohnung.

Im großen Gemeinschafts-Wohnzimmer dominieren ein Gemeinschaftsfernseher und eine Anrichte von Uroma nebst dazu passendem Sofa; in der Küche können zirka einhundertzwölf Gäste Küchenparty feiern; das Badezimmer bietet neben einer Nostalgiewanne mit Metallfüßen auch eine sehr moderne Plastik-Duschkabine auf, zwei Waschbecken nebeneinander sowie ein Klosett mit (Achtung, ich denke mir das nicht aus) einem pechschwarzen Klositz.

Luisa bewohnt das größte Zimmer mit Balkon in den Innenhof... und Gabriele und Nikola beeilen sich, aufgeregt zu erklären, dass Lui gerne auch mal die gesamte Bagage zum Frühstück auf ihren Balkon einlädt.

Die beiden anderen Amazonen bewohnen jeweils ein auffallend kleineres Zimmer, bei Nikola eingerichtet wie bei einem Backfisch; Gabriele macht mit dem großen Rosa-Luxemburg-Plakat voll auf Studentin!

Bleibt noch das letzte Zimmer, leer, weißgetüncht, zwei Fenster zum Innenhof und noch ein Stück kleiner... das Kinderzimmer, wie Nikola belustigt bei der Präsentation angemerkt hat.

Abgerundet wird die Pracht dieser Wohnung mit einem Flur, den man eher als Diele bezeichnen könnte. Er ist in etwa so breit und lang wie ein Schulbus und weist kunterbunt alle Möbelstücke auf, die jede Mitbewohnerin zu Recht nicht im eigenen Zimmer stehen haben möchte.

Kommen wir nun zu den Mitbewohnerinnen: Lui erklärt, sie beteilige sich mit anderthalb Einheiten an den Verbrauchsnebenkosten für Wasser und Strom, da ihr fester Freund häufiger über Nacht bleibt; Gabi und Niko kichern vielsagend, weil sie ja noch nicht das Anderthalbfache zahlen müssen...

Niko sieht aus wie eine junge Kim Basinger und mir geht ihre betont laszive Art, sich zu bewegen, aus ihrer hässlichen Wäsche zu schauen und zu sprechen, gehörig auf den Zeiger!

Gabi ist zurückhaltender, bemüht sich um entspannte und sympathisch aussehende Lächler und hat insgesamt eine freundliche Art. Mittendrin erklärt sie Iwan sogar das System ihrer Mülltrennung.

„Und... biste interessiert?“ fragt Lui am Ende der Begehung und schaut dabei die meiste Zeit mich an.

Iwan beeilt sich zu erklären:

„Auf alle Fälle. Von mir aus ziehe ich schon morgen hier ein und zahle selbstverständlich rückwirkend für diesen Monat meinen ganzen Mietanteil."

„Sexy…" reagiert ausgerechnet Niko und tauscht einen abschätzenden Blick mit ihren Mitbewohnerinnen.

Luisa als Familienoberhaupt bleibt da etwas nüchterner:

„Wir rufen dich unter der Telefonnummer, die wir von dir haben, morgen an und ich sage dir dann Bescheid. Es kommt morgen noch eine Frau, die sich das Zimmer ansehen will. Die warten wir natürlich ab. Also, Iwan, ich melde mich morgen Abend irgendwann – aber auf alle Fälle noch vor der Tagesschau."

Ich halte die Luft an über alle Treppenabsätze bis nach unten und durch die Einfahrt wieder Richtung Straße; dann platze ich heraus:

„Na, die Wohnung hast du im Sack! Die drei Schnuckelhäschen fanden dich aber gaaanz ansprechend! Hast du gemerkt, dass die – wie hieß sie noch – Nikola, dass die voll die Stielaugen kriegte, immer, wenn sie dich angeglotzt hat…" –

„Ach quatsch. War eine völlig normale Wohnungsbesichtigung. Mir ist bei keiner was Besonderes aufgefallen. Aber die Wohnung ist spitze – perfekt. Ich will das Zimmer haben! Hoffentlich nehmen die nicht die Frau morgen. Ich bin der perfekte Abwascher und Staubsauger und trenne Wäsche wie ein Weltmeister. Ich bin einfach der ideale Mitbewohner!" –

„Das bist du auf alle Fälle, mein Lieber, aber lass uns heute nochmal in der Zeitung gucken. Vielleicht ist ja noch ein besseres Zimmer drin. Vielleicht auch eines mit Balkon. Dann komm ich immer zum Frühstück!"

Auch wenn wir in einigermaßen gehobener Stimmung zu uns nach Hause laufen, auch wenn ich Iwans Begeisterung für die gerade besichtigte Wohnung mit meinen kritischen Kommentaren nicht kleinkriege, in mir laufen parallel ganz andere Filme ab:

Zum einen bin ich mir sicher, noch in der ersten Nacht nach Iwans Einzug wird diese Nikola beginnen, Iwan anzubaggern – keine Ahnung wie weit sie wirklich gehen würde... aber ich habe ihr angesehen, dass sie Iwan als neuen Mitbewohner unbedingt will, die war ja schon richtig zappelig.

Zum anderen bin ich mir ebenso sicher oder vielleicht sogar noch sicherer, dass bei Iwans Einzug Gabi in absehbarer Zeit mit Iwan zusammenkommen wird. Ich habe es einfach im Gefühl; sie ist so ein ganz bestimmter Typ, ruhig, zurückhaltend, ein bisschen gewollt unbedarft... und ich fühle es einfach, dass Iwan das anziehend finden wird.

Und wenn er erst einmal Zimmertür an Zimmertür neben ihr lebt – Tag und Nacht, dann wird es irgendwann passieren... in sechs Wochen vielleicht oder in sechs Monaten.

Nach Adam Riese müsste ich eine solche Chance doch mit Erleichterung begrüßen: Ich habe auf abrupte Weise mit Iwan Schluss gemacht, bin wieder mit dem Mann zusammen, zu dem ich auf ewig gehöre und den ich über alles liebe; warum sollte es nicht eine perfekte Fügung sein, dass Iwan als mein bester Freund in Köln bleibt und in einer neuen Liebesbeziehung wieder glücklich werden kann. Er bleibt in meiner Nähe wohnen, scharwenzelt nicht mehr um Jakob und mich herum, um mich zurückzugewinnen und könnte mit Gabi eine vielleicht sehr nette Person abbekommen.

Ich merke nur, dass es mich nervös macht, wenn diese ordinäre Niko sich einfach so plump an Iwan ranschmeißt. Das hat mein allerbester Freund nicht verdient.

Niko passt überhaupt nicht zu Iwan, selbst, wenn sie ruschig ist vor Verliebtsein und es ernst meint. Ich möchte einfach nicht, dass solch eine wie WG-Nikola mit meinem Iwan etwas anfängt. Bei der Vorstellung kriege ich Hirnkasper und Herzsausen.

„Sofia, du hast eben -entschuldige- etwas absurd auf meine Frage geantwortet... ich fragte, ob ich wohl das alte Metallbett aus eurem Keller so lange mit in die neue Wohnung nehmen kann, bis ich mir ein eigenes leiste? Und du antwortest: ‚Zieh erstmal anständig um, dann können wir irgendwann immer noch mal sehen.‘ Naja, und ohne ein Bett ziehe ich nur mit meinen drei Reisetaschen ein und schlafe auf dem Linoleum. Sofia, kann es sein, dass du mit deinen Gedanken gerade ganz woanders bist?“ –

„Nee, quatsch. Ich sag immer so einen unlogischen Kram, und dann meine ich grundsätzlich immer: Natürlich kannst du das Bett haben, das schenke ich dir jetzt, da brauchst du meine Eltern nicht mehr nachzufragen. Und ich sorg‘ auch dafür, dass du noch mehr Möbel und Bettwäsche und lauter neckische Sachen mitkriegst, so als Mitgift... aber nicht Nikola heiraten! Hörst du?“ –

„Nikola... das ist mindestens so absurd wie dein unlogischer Kram. Guck, wir sind schon zu Hause... oh, jetzt werde ich melancholisch. Dies hier wird bald, sehr bald gar nicht mehr mein Zuhause sein...“

Da muss ich Iwan einfach drücken, zum Trost und zur Ablenkung: Hier wird niemand melancholisch! Ich habe jetzt vor, wie ein Gerichtsvollzieher auf alle Möbel in unserem Gästezimmer (sprich Iwans Zimmer) einen

Kuckuck zu kleben, die sich mein bester Freund in seinen neuen vier Wänden vorstellen kann.

Wenn er dann schon in irgendeiner freakigen, alternativen Studentinnen-WG einzieht, soll er es wenigstens vertraut und behaglich haben... zumindest so behaglich, wie Uromas Möbel Behaglichkeit hergeben...

Nachdem wir nicht nur „Klebchen" auf eine Kommode, den Tisch, den Stuhl und sogar den Gästezimmer-Fernseher gebappt haben, sondern auch im Keller eine Stehlampe positiv auf ihre Funktionalität hin prüfen konnten und einmal quer über den Dachboden gekraxelt sind, immerhin sind wir dabei auf einen eingestaubten Ohrensessel gestoßen, schicke ich Iwan mit einem dezenten und freundschaftlichen Gutenacht-Kuss auf die Wange in sein Zimmer.

„Ich werde jetzt mit Mama und Papa reden, welche Sachen du davon von uns mitkriegen kannst. Also gute Nacht." –

„Gute Nacht Sophia... und Danke für alles!"

Als ich mich nach einem erfolgreichen Gespräch mit meinen Eltern zur Gutenacht empfehle und mich schließlich gebettet habe, liege ich mit offenen Augen und einem merkwürdigen Gefühl im Magen wach:

Das mit Nikola ist eindeutig. Ich gönne meinem besten Freund keine billige und voraussichtlich nicht sehr langwierige Affäre mit ihr. Das ist unter seiner Würde, das ist sogar unter meiner Würde! Ich glaube auch, das Ganze kann niemals stattfinden, weil Iwan dankend ablehnen wird.

Und die Möglichkeit, dass Iwan und diese Gabi ein Paar werden, verursacht ebenfalls ein unangenehmes Gefühl im Magen und zwei Handbreit darüber, diese feindrahtige Kralle, die mein Herz umschließt und zu pressen beginnt... es ist ein Gefühl, der Eifersucht sehr, sehr ähnlich… warum bin ich ausgerechnet eifersüchtig auf eine im Grunde auch Iwan gegenüber fremde Frau?

Naja, ich darf mir nicht einbilden, nur weil mein Herz sich so eindeutig für Jakob entschieden hat, dass damit auf den Schlag alles Gefühl für Iwan futsch ist.

Natürlich habe ich ihn geliebt und in gewisser Weise liebe ich ihn immer noch; aber die Liebe hat sich gewandelt und die Gefühle zu Jakob sind so überragend stark und schreien eindeutig nach ewiger Zweisamkeit, ganz zu schweigen von meiner Lust und meiner Leidenschaft, die auch nur noch diesen einen Adressaten kennen.

Mit Iwan verbindet mich eine wunderbare Freundschaft… und ich habe ihn mal sehr geliebt und begehrt und war sehr eng mit ihm zusammen… doch jetzt ist er frei gegeben von meinem Herzen und deshalb verwundert mich diese alberne kleine Eifersucht.

Ich sollte hoffen, dass Iwan dieses WG-Zimmer bekommt und dann sollte ich weiter hoffen, dass es ganz schnell geht mit ihm und Gabi. Ich glaube, danach wird das Leben für vier bestimmte junge Menschen in Köln ein ganzes Stück geruhsamer.

Ein schönes Schlusswort, um endlich einzuschlafen!

Der heutige Tag beginnt mit Dauerregen; es ist zwar warm, aber als Jakob und ich zur selben Zeit aus der Schule kommen und uns auf den Weg zu seinem Zuhause machen, sind wir innerhalb kürzester Zeit bis auf die Unterwäsche durchnässt.

Wir sind bereits für den gestrigen Tag zum Kochen verabredet gewesen, um halb fünf, doch das habe ich ja kurzfristig abgesagt. Nun liegen Kartoffeln, Möhren und Hackfleisch für den heutigen Nachmittag bereit.

Also wuseln wir mit nass-klebrigen Haarsträhnen in der Stirn und in Unterwäsche, die kuhhaft überall nasse Flecken aufweist, durch die Küche, putzen das Gemüse und braten mit einem übertriebenen Arsenal an Gewürzen das Hackfleisch an.

Immer wenn wir einen Blick tauschen, müssen wir unweigerlich lachen. Wir beide sehen wie begossene Collies aus und wirken außer Atem, als wären wir ganz knapp einem immensen Wetterinferno entkommen.

Jakob ist honigsüß und er sieht frisch abgestrubbelt so unglaublich niedlich aus! Einen intensiven Moment lang fühlt es sich so an, als seien wir Zwei die einzigen Menschen auf dem blauen Planeten und bedürfen in keiner Weise irgendetwas anderes als das hier: Wir – Spaß – und etwas Lustiges zu essen!

Ich stelle Teller auf den Tisch und drapiere das Besteck; Jakob schenkt ein süßes Kaltgetränk aus und kratzt das Hackfleisch aus der Pfanne. Gerade als ich mich hinsetzen möchte und das radikal gewürzte Hackfleisch probieren, klingelt in störender Weise das Telefon.

Aus irgendwelchen Gründen weiß ich genau, wer dran ist, so dass ich mich getraue, einfach abzunehmen:

„Hallo Iwan… ja… nein! Das ist ja toll. Siehst du, ich habe es gleich gewusst! Und, hast du Lust drauf? Ja? Super, dann ist ja alles geritzt. Was bitte? Ja, ich frag mal… hey Jakob, bist du bereit, morgen beim Umzug mit Iwan in die Wohngemeinschaft mit anzupacken. Er hat Papa schon gefragt; Papa bringt ab vier Uhr nachmittags einen Leih-Lieferwagen mit…" –

„Natürlich, klar… bin ab punkt Vier bei euch und stehe zur Verfügung!" –

„Also… Iwan, hörst du… Jakob und ich sind dabei. Ja…
bis nachher. Ich helfe dir, deine Päckchen zu schnüren…
ist ja nicht so viel, hehe! Tschühüß!"
Die Stimmung zwischen Jakob und mir ist leicht
verändert. Wir schaufeln Möhrengemüse, Mußkartoffeln
und Hackfleisch in uns, schmatzen hemmungslos, kichern
oder übertreiben mit unseren „Mmmmms" und
„Läääckääär!" und bringen danach die Küche wieder in
ihren Urzustand.
Nach dem kulinarischen Genuss wirbt Jakob in dezenter
Weise um einen anderen leiblichen Genuss, doch ich bin
mit meinen Gedanken gerade irgendwo anders:
„Bin ja gespannt, ob die, die wie eine Tochter von Kim
Basinger aussieht, sich gleich morgen auch an Iwan
ranschmeißt, ich weiß nicht… ich glaube für Iwan ist es
gut, jetzt ganz schnell auf neutralen Boden zu kommen.
Die letzte Zeit war irgendwie auch aufreibend. Mit dem
Sozialamt oder wie das heißt, ist auch alles geklärt. Er
bekommt sein Geld und die zahlen seinen Anteil an der
Miete. Er muss glaub ich nur einen Untermietvertrag
vorlegen. Aber solche Sachen hat Iwan allein wunderbar
im Griff. Vielleicht wird er -ich meine, er hat das nie so
konkret gesagt, ich habe das eher zwischen den Zeilen
rausgehört - vielleicht wird er seine Mama und seinen Papa
auch nach Deutschland holen. Er jedenfalls will eindeutig
hierbleiben."
Nach diesem Gedankengang ist meine Stimmung auf ein
gesundes Maß in Richtung Melancholie heruntergefahren.
Ich lasse mich nur noch auf ein paar Minuten Herum-
geknutsche ein, dann verabschiede ich mich vorzeitig mit
der Begründung, Iwan beim Einpacken noch helfen zu
wollen.

Meine Eltern sind richtig süß, als würde ihr eigener Sohnemann zum ersten Mal von zu Hause ausziehen, trennen sich die Haushaltsvorstände vom sechsten Teller, sechster Tasse oder sechstem Löffel der jeweiligen Services oder Sets, ein selbstverständlicher Teil der Bettwäsche landet ebenso in professionellen Umzugskartons wie Geschirrhandtücher, ein paar ausgelesene Bücher oder Hand- und Badetücher.

Iwans Zimmer wird komplett leergeräumt; er darf sogar unser gutes Gästebett als sein neues Bett mitnehmen. Ich bin richtig gerührt, mit welcher Selbstverständlichkeit meine Eltern sich von all diesen Dingen trennen.

Iwan bleibt sprachlos und vollführt einen Salto nach dem anderen vor Dankbarkeit und Zuneigung. Als schließlich der Lieferwagen vollgepackt ist, umarmen sich Mama und Iwan… und Iwan muss plötzlich bitterlich anfangen zu weinen.

Er drückt und drückt meine Mutter immer wieder und nässt ihr die Schulter ein. Ich stehe dabei und kämpfe vor Rührung ebenfalls mit meinen Tränen.

„Und wenn du beim Einrichten noch mehr Hilfe brauchst, als du jetzt schon hast, lieber Iwan," verspricht meine Mutter, „…dann ruf mich an, ich schwinge mich sofort auf mein Fahrrad und komme vorbei – ansonsten kümmere ich mich hier jetzt ein bisschen um das Chaos. Mein lieber Iwan, lass dich oft mal wieder sehen… ich wünsche dir in deiner ersten ganz eigenen Wohnung wirklich alles Gute!"

Ich lasse, entgegen meiner ursprünglichen Planung, Jakob allein zu Fuß zur neuen Wohnung laufen und zwänge mich stattdessen neben den heulenden Iwan, um ihn auf der Umzugsfahrt ein bisschen aufzumuntern.

Als Papa losgefahren ist und wir Jakob im Außenspiegel langsam hinter uns hertraben sehen, nehme ich das Häufchen Elend so gut wie es bei den Angurtereien eben geht, in den Arm, ziehe seinen Kopf an meine Schulter und lasse ihn noch einmal ein ordentliches Stück heulen.

Iwan äußert zwischen seinen Schluchzern immer wieder große Dankesbekundungen... und versichert, wie lieb er uns alle gewonnen hat.

In der Querstraße zur neuen Adresse hat sich mein bester Freund schließlich beruhigt, trocknet mit den Handballen die letzten Tränen und setzt ein Zuversichtlichkeit ausdrückendes Gesicht auf.

„Dann kann's ja losgehen!"

Kaum geklingelt, schon stehen in der nächsten Sekunde drei Grazien in Latzhose oder zu großem Karohemd vor unserem Transporter und packen gleich kräftig mit an.

Jakob braucht etwa zwanzig Minuten hier her und wir anderen feiern seine frische, unverbrauchte Muskelkraft, weil es nun die beiden großen schweren Möbelstücke hochzuhieven gilt. Den Ohrensessel nimmt er ausgerechnet mit der begierig helfen wollenden Nikola.

Im nächsten Gang hilft Papa ihm bei der schweren Kommode und der Rest ist mit sieben engagierten Hochträgern schnell erledigt.

Papa verabschiedet sich gleich, denn er möchte das Auto jetzt wieder zurückbringen. Mir gelingt auf nonverbale und trotzdem sehr dezente Art, den drei Mitbewohnerinnen verständlich zu machen, dass wir Drei uns nun um die Herrichtung des Zimmers allein kümmern werden.

Luisa kündigt ein Willkommensessen an, das sie nun zuzubereiten gedenkt, was Iwan mit überschäumender Dankbarkeit auch für seine beiden Gäste annimmt.

In weniger als zwanzig Minuten ist sein Bett frisch bezogen, alle Socken in der entsprechenden Schublade, der Fernseher funktioniert mit einer kleinen Tischantenne und auf der Kommode sammelt sich mit sieben Exemplaren der Beginn einer wunderbaren Bibliothek.

„Eines muss man deinen Mitbewohnerinnen ja lassen," beginnt Jakob, „…sie haben dir ein wirklich gründlich geputztes Zimmer übergeben. Selbst die Fenster sind frisch geputzt und über den Falzen der Türzarge liegt kein bisschen Staub." –

„Worauf du gleich achtest…" grinse ich Jakob an und buffe ihn kumpelhaft in die Flanke.

Jakob sitzt den Ohrensessel Probe; Iwan und ich haben dezent auf seinem Bett Platz genommen… und so warten wir ein ganz klein wenig betreten auf den Essensgong. Dieser ertönt in Form eines vorsichtigen Türklopfens und Luisas Aufforderung:

„Kommt ihr rüber in die Küche. Das Essen ist fertig."

Wenig später sitzen wir Sechs am Küchentisch für vier Personen; in der Mitte thront ein Wok mit zwiebellastigem, bunten Gemüse; in einer Glasschale ist bräunlich-weißer Naturreis angehäuft.

„Und wer spricht das Tischgebet?" versuche ich mit einem Witz die etwas angespannte Stimmung aufzulockern.

Das Schweigen wird für den Moment noch leiser, dann gibt Luisa mit ihrem „Guten Appetit" den Startschuss und Nikola und Gabi machen vor, dass wir uns hemmungslos die Teller vollschaufeln dürfen.

Fortan klackern die Gabeln auf dem Porzellan, es wird geschmatzt, gemmmmmt, mit vollen Mündern gefragt, wie:

„Und was machst du so, Jakob, was studierst du?",

…aber auch eine ganze Weile lang erst einmal aufgekaut, bis mit geleertem Mund die gepflegte Antwort gegeben wird:

„Ich bin gerade noch in der dreizehnten Klasse, also im Jahrgang."

Es ist überraschend lecker, mit Gabi und Luisa überraschend netter, als gedacht und mit Nikola ein wenig skurril: ausgerechnet ich bekomme deren sich mutig vortastende Zehen beim Versuch ab, mit Iwan zu füßeln.

Nikola ist barfuß und möchte wohl ein bisschen Körperkontakt aufnehmen. Ganz sicher bin ich mir übrigens nicht, ob sie sich vielleicht sogar an Jakob adressieren möchte und sich nur bei den Beinen verwählt hat.

Jakob sitzt ihr genau gegenüber; ich direkt daneben und Iwan zu ihr im rechten Winkel. Irgendwann rückt mein geliebter Liebhaber abrupt vom Tisch ab, so dass das Wokgemüse auf seinem Teller nun einen ungewöhnlich langen Weg bis zu seinem Schlund zurücklegen muss. Das könnte ein konkreter Hinweis darauf sein, dass Nikola mitunter auch seine Füße erwischt hat.

„Also… habt ihr 'ne Katze?" frage ich plötzlich mit einem Hauch Genervtheit und schaue spontan unter das knappe Tischtuch, was für ein Viech denn da ewig um meine Beine streicht… höhö!

Nikola zieht sofort beide Füße zurück und ich sehe ihr dabei direkt in die Augen. Unter ihrem Makeup kann ich leider keine Schamesröte ausmachen.

Damit nicht genug, kaum hat sich jeder am Tisch zurechtgeruckelt, stützt Nikola ihr Gesicht in ihre Hand, lächelt in geradezu parodistischer Verführung direkt Jakob an und fragt mit leicht rauchiger Stimme:

„Und du, Jakob, wohnst auch schon in einer eigenen Wohnung – vielleicht hier in der Nähe?" … und sie spricht das „in der Nähe" so dermaßen verrucht aus, dass sich selbst ihre alteingesessenen Mitbewohnerinnen sichtlich zu wundern beginnen.

Jakob durchschaut das Spiel natürlich sofort und kontert auf ähnlich überzeichnetem Niveau, in dem er sehr dezent einen leicht debilen, zumindest jedoch infantilen Ton anschlägt und grinsend antwortet:

„Nein, ich wohne noch bei meinen Eltern."

Ich schlage mir innerlich auf die Schenkel und gröle unhörbar vor Lachen. Er hat so dezent übertrieben, dass es richtig komisch geworden ist.

Halb ist es Übersprunghandlung, halb wohl echtes Interesse, als Nikola plötzlich Iwan fragt, während sie dabei einmal zu mir herübernickt:

„Und ihr beiden… wie lange seid ihr schon zusammen?"

Iwan ist diese Frage sofort unangenehm und fühlt sich überfordert, so antworte ich:

„Jakob und ich sind zusammen – Iwan ist mein bester Freund – im Kumpel-Sinne!"

Sofort rückt und räkelt sich Nikola zurecht, wie um sich neu zu sortieren, dann richtet sie sich mit ihrer geradezu dampfenden erotischen Ausstrahlung vollends (und ich will zugleich auch das Wort „wieder" ins Spiel bringen) in Richtung Iwan aus:

„Nett, dass du jetzt bei uns wohnst…", …um sich gänzlich bloßzustellen: „…endlich ist hier mal ein Mann eingezogen."

Wie kann man nur… wie kann man nur… wie kann man nur sooo dick auftragen. Siehste, ich brauche drei Anläufe, um meiner Fassungslosigkeit Worte zu verleihen.

Zum Glück wird die Schlichtheitsquote ein bisschen nach unten korrigiert, als sich auch mal wieder Luisa und Gabi zu Wort melden.

Und als es schließlich klingelt und sich ein Jörn als Freund von Luisa besonders ausgiebig bei Iwan vorstellt, nutzen Jakob und ich das allgemein sich anhebende Hallodri, um sich für das leckere Essen zu bedanken, Iwan in der ersten Nacht in neuer Wohnung gute Träume zu wünschen und sich dezent zu verpieseln.

Unten auf der Straße weiß Jakob, dass ich gleich herausplatzen werde, um mich in lästernder Weise über eine der Mitbewohnerinnen zu ergießen und nimmt mir dieses Vergnügen einfach weg, als er (mich leicht parodierend) mit übertriebener Aufgebrachtheit lostöhnt: „Mein Gott, oh wie schlimm war die denn? Hält sich wohl für'n Vamp. Oh, ich bin fast gestorben, so dick aufgetragen hat die… schrecklich… und mir die Füße plattgebügelt hat sie, beim Versuch, mich mit ihren nackten Zehen anzumachen. Ich bin fast gestorben."

Ich grinse Jakob zurück an: Er hat mich gut nachgemacht!

Die nächste Zeit fühlt sich leichter an, allein schon, dass ich mich nicht mehr so verpflichtet fühle, mich andauernd bei Jakob wieder loseisen zu müssen, um mich ein bisschen um Iwan zu kümmern, weil ich vermute, er langweile sich bei uns zu Hause zu Tode.

Witzig ist auch, dass das Verpflichtende meiner gemeinsam verbrachten Zeit mit Iwan sich fast gänzlich auflöst und dass wir uns mittlerweile in der Summe der Stunden sogar noch mehr sehen, jetzt jedoch auch viel häufiger mit Jakob an meiner Seite.

Es hat in all den Tagen nicht eine einzige Anspielung darauf gegeben, dass sich Iwan in unsere Liebesbeziehung zurücksehnt. Vielmehr ist alles jetzt so perfekt, wie ich es mir kaum habe träumen lassen.

Wie zur Absicherung dieses Arrangements wünsche ich mir mittlerweile von reinem Herzen, dass es mit Gabi und Iwan schnell gehen möge; wenn mein Iwan erst einmal glücklich in einer Liebesbeziehung weilt, dann wird mein Verpflichtungsgefühl ihm gegenüber ganz verschwunden sein.

Die Art, wie er seinen besten männlichen Freund Jakob immer wieder bei sich Willkommen heißt, sagt mir, dass er uns wirklich akzeptiert hat. Und so fühlen sich alle Dreisamkeitsstunden mit Jakob bei ihm oder bei uns plötzlich noch unbeschwerter und inniger an.

Innerlich reibe ich mir jedes Mal die Hände, wenn ich zu einem der nächsten Besuche klingle, hochstiefle und Gabi in seinem Zimmer bei netter Musik antreffe. Immer mal wieder zwischendurch versuche ich darzustellen, dass mir Gabi nicht nur vom Mädchentrio die mit Abstand Liebste ist, sondern, dass ich sie auch darüber hinaus ausnehmend sympathisch finde.

Alles und alle haben nun ihren richtigen Platz gefunden; es hat sich irgendwie perfekt hingeruckelt; was bin ich doch für ein Glückskind, dass sich mein selbstgemachtes Chaos so lieblich und brav von selbst ordnet.

Ich könnte Bäume ausreißen und ich bin in den letzten Tagen noch etwa zwölf Zentimeter weiter in die Höhe gewachsen, so gut fühle ich mich! Und dann plötzlich und völlig unerwartet das:

Ich komme von der Schule nach Hause, sehe direkt vor unserer Haustür in einer hübschen Glasvase vielleicht zwanzig oder noch viel mehr langstielige Rosen stecken und zu allem ist mit mindestens anderthalb Pfund roten Rosenblättern ein großes Herz mitten auf unseren Zuweg gestreut worden, in dem sich ein „I", ein Pluszeichen und ein „S" befinden. Was -bitteschön- soll das denn bedeuten?

Rhetorische Frage! Ist schon klar, was das zu bedeuten hat. Der Anblick versetzt mir einen Schlag in den Magen. Ich muss ehrlich sagen, damit habe ich nicht gerechnet.

Und dieser Aufwand... also ein Strauß für bestimmt fünfzig Mark! Aber egal, was dieser leidige Strauß auch gekostet haben mag, er scheint zumindest zu bedeuten, dass Iwan und Gabi immer noch nicht zusammen sind!

Ich muss Iwan gleich anrufen, geht mir durch den Kopf, und ich merke, wie ich in Rage gerate und ihn mit Vehemenz und Strenge zurechtweisen möchte. Dann zügle ich mich ein wenig und empfehle mir selbst an dieser Stelle, erst einmal mit Besonnenheit zu reagieren.

Vielleicht ist Ignoranz dieser romantischen Zeichen die bessere Reaktion? In meiner kleinen, putzigen Welt stürzt jedenfalls gerade eine ganze Menge ein.

Nur einen Tag später stellt der Postbote einen unliebsamen Brief an mich zu, den ich quasi noch mit Schultornisterchen auf dem Rücken lese:

„Liebe, liebste Sophia, ich bin froh, dass ich meine eigene Wohnung habe, denn jetzt finde ich die Kraft, dir meine Gefühle ehrlich und offen zu gestehen. Ich liebe dich so sehr, wie ich dich in unserem wunderbaren Zusammensein schon immer geliebt habe... und nun ist dieses Gefühl so deutlich und sehnsuchtsvoll in mir, weil ich durch dich plötzlich unerhört bin, weil meine glückliche Liebe so schmerzlich eine unglückliche Liebe geworden ist. Als Freund gönne ich dir das Glück mit Jakob, gönne es euch beiden von freundschaftlichem Herzen, als Mensch und als junger Mann kann ich nicht anders, als dir immer wieder zu sagen, ich kämpfe um dich, kämpfe um unsere gemeinsame Liebe und, auch wenn ich es irgendwie richtig finde und mir wünschte, dich und Jakob in Ruhe zu lassen... ich kann keine Sekunde und keinen Moment von dir ablassen. Es geht nicht. Es ist menschlich unmöglich. Meine Liebe zu dir hebelt alle Vernunft und allen Anstand aus. Ich laufe wie fremdbestimmt auf dich zu und kann nicht anders, als dir meine Liebe immer wieder zu gestehen und so lange um dich zu werben, bis ich entweder umfalle oder erhört werde. Meine geliebte, wunderschöne Sophia, ich kann dir schwören, auch wenn du es jetzt noch nicht wahrnehmen kannst: Wir beide gehören als das wunderbarste Liebespaar in dieser Welt zusammen, du und ich und niemand sonst. Dir das zu beweisen, wird von jetzt an mich immer wieder antreiben. Und ich bin sicher, wenn du nur tief genug in dein eigenes Herz horchst, dann findest du diese Gewissheit auch. Sei von mir liebevoll gegrüßt. Dein dich immer liebender Iwan."

Mir steht das Wasser in den Augen, vor Mitgefühl, aber auch vor Wut! Ich fühle mich gerade wie gelähmt, bin zumindest vom Schicksal tief enttäuscht und einigermaßen ratlos, wie ich Iwan das nächste Mal gegenübertreten soll. Zwei Stunden später, mit einigermaßen heruntergekühltem Gemüt, sitze ich am Tisch und schreibe auch einen Brief, der mir weder lang noch blumig gelingen möchte:

„Lieber Iwan, danke für deine Post. Ich sage es auch in diesem Brief sehr deutlich. Ich bin aus tiefstem Herzen mit Jakob zusammen und weiß, dass Jakob und ich ewig zusammen bleiben werden. Ich bitte dich, so schnell wie es geht, dass du mich als geliebtes Mädchen vergisst und mir sagst, ob wir dennoch beste Freunde bleiben können. Deine Sophia"

Bis zur Zustellung dieses Briefes vermeide ich sowohl einen telefonischen wie auch persönlichen Kontakt und weiß, dass mein Brief gelesen worden ist, als eine halbe Stunde nach Schulschluss bei uns zu Hause das Telefon schriller und lauter klingelt als sonst. Leicht angespannt nehme ich ab:

„Hallooo? Hier ist Sophia... wer da?" –

„Ich bin es, Sophia, Iwan... vielen Dank für deinen... ähm... Brief. Es gibt da sofort etwas Wichtiges dazu zu sagen: Du musst wissen. Immer wenn wir zusammen sind, ich meine als Freunde, als Kumpel oder wie du immer so schön sagst, als beste Freunde... immer dann -verspreche ich dir jetzt- lasse ich dich in Ruhe mit meinen eigentlichen Gefühlen. Du wirst mich bei unseren Treffen, bei unserem ganzen Zusammensein so umgänglich und locker erleben wie... wie beim Umzug oder bei irgendeinem Treffen mit dir und Jakob zusammen. Ich werde mir nicht das Geringste anmerken lassen, was dich in die Enge treiben könnte oder es dir unangenehm oder verkrampft macht..." –

„Aber...?" –

„Jetzt kommt das aber... ich möchte mir von dir nicht untersagen lassen, dir meine Gefühle in Briefen oder so mitteilen zu dürfen. Du hast dann ja immer die Möglichkeit, den Brief gleich wegzuschmeißen oder erst nach zehn Jahren zu öffnen. Aber immer, wenn wir beide direkt miteinander umgehen, also beim Sehen oder beim Telefonieren, dann habe ich mich perfekt im Griff. Das wollte ich dir nur mitteilen und dir dabei gleich den Vorschlag machen, dass ich dich morgen nach der Schule abhole. Ich habe mir eine neue CD gekauft. Die Musik ist so wunderbar, die muss ich dir einfach vorstellen!" – „Ist eingetragen in meinem bibelgroßen Terminkalender. Danke für die Einladung! Iwan, wir sehen uns morgen. Gehab dich wohl und höre die CD nicht schon ohne mich leer!"

Es vergehen, lasst es mich an einer Hand abzählen: fünf Tage, da passiert etwas Ungeheuerliches. Ich sitze verträumt in der Schule und da ich meinen Stimmungen und Gedanken besser nachhängen kann, wenn ich den Blick aus dem Fenster schweifen lasse, als nur geradeaus auf die schnöde Tafel zu glotzen, tue ich eben dies – und das schon eine geraume Weile.

Mein Blickfeld umfasst einen etwa vierhundert Meter langen Schulhof, der am Ende von einer enggewachsenen Baumreihe begrenzt wird, dahinter verläuft eine Wohnstraße und schließlich versperren Häuserblocks die freie Sicht zum Horizont...

In dieser an sich unbewegten Ansicht fällt mir sofort auf, dass weit hinten im zweiten... nein es ist der dritte Stock, dass also im dritten Stock eines dieser Häuser ein krümelkleiner Mensch gerade seine Bettdecke zum Lüften aus dem Fenster hieft.

Nein, für eine Bettdecke ist das weiße Tuch zu groß – und es hängt genaugenommen auch nicht aus einem Fenster, sondern das obere Ende spannt sich zum Nebenfenster herüber... und als es ausgerollt herniederfällt, entblößt sich ein Transparent, auf dem selbst ich mit meinen Schildkrötenaugen erkennen kann:

„Iwan liebt *(großes, rotes, farblich ausgefülltes Herz)* Sophia!"

Na, das nenne ich aber einen Liebesbrief mit schwierigem Versendeformat! Spaß beiseite… wie peinlich ist das denn gerade! Ich denke noch, hoffentlich sieht das kein anderer, schon höre ich es irgendwo im Klassenraum leise kichern. In meinem Rücken erspüre ich die gegenseitigen Ellenbogenstupser und Fingerzeige und wenig später wird bis auf die unaufhörlich vor sich hinbrabbelnde Lehrerin jeder die großformatige Notiz wahrgenommen haben. Wem gehört eigentlich diese Wohnung?

Als dann endlich der Schlussgong ertönt, mischt sich in dessen Klang eine Mädchenstimme mit einem übertriebenen:

„Ist das romantisch!"

Ich habe mich schneller verpieselt, als unsere stotternde Nachbarin Frau Gertenmeyer das Wort „Interkontinentalraketenabschussstation" sagen kann.

Auf dem Heimweg schäumt sich in mir ein Gefühl von Wut und Empörung hoch, das mir -sagen wir mal- bis ungefähr zum Kehlkopf ansteigt.

Dann versuche ich die ganze Aktion nochmals mit etwas mehr Neutralität zu bewerten, grinse plötzlich, schlucke einmal hinunter und murmle mir selbst vor:

„Ist das romantisch!" Pause – Pause – Pause „…Aber Romantik gehört hier nicht her!"

Und so beschließe ich, Iwan dafür nicht auf den Pott zu setzen, sondern dieser Aktion mit gepflegter Ignoranz zu begegnen. Alles andere würde ihn nur weiter anstacheln und ihm das Gefühl geben, er bewirke bei mir einen beabsichtigten Effekt.

„Iwan, du wirst schon sehen, dass du nichts dergleichen sehen wirst!"

Einzig Jakob erzähle ich von dieser leidlich dezenten Liebesbekundung und Jakob reagiert gleich im Mitgefühl für mich:

„Das ist ja richtig kompromittierend für dich."
Ich gebe ihm mit Inbrunst Recht, später, zu Hause, muss ich nur noch das Wort „kompromittieren" nachschlagen.

Dann platzt eine Bombe, zumindest in unseren jugendlich-pubertären Sozialgefügen mit unserer Lust auf Klatsch und Tratsch. Ich komme zu Jakob und erfahre gleich:

„Ich habe heute ganz wenig Zeit… ich wäre schon weg, aber ich muss dir das eben noch persönlich sagen… hast du schon gehört…"
Jakobs Stimme spannt sich aufgeregt an:
„Tobi und Karla sind auseinander… richtig und endgültig… und das nach dreieinhalb Jahren, die sie ohne Unterbrechung zusammen waren. Tobi hat… ähm… Scheiß gebaut und -halte dich fest- ausgerechnet mit Helena Krafthans was gehabt. Für ihn wohl nur ein One-Night-Stand. Die Krafthans will ihn aber nun ganz für sich… und Karla sagt, das war's endgültig. Sie kann auf keinen Fall mehr mit Tobi zusammen sein. Also ich glaube, bei denen hat's sowieso schon gekriselt, die haben sich voll heftig und oft gestritten. Jedenfalls bettelt Tobi, dass Karla ihm noch eine letzte Chance geben muss… doch die lässt ihn am langen Arm verhungern. Ich habe Tobi zugesagt, dass ich gleich erstmal für ihn da bin. Ich hoffe, das ist okay für dich!" –
„Logo… grüße ihn von mir. Es… ähm… tut mir leid. Ja, voll heftig… ausgerechnet mit der Krafthans!"

Das Telefon klingelt, kaum dass ich wieder bei uns zu Hause zurück bin und wer ist dran? Überraschung: Karla Schmitt!

„Können wir uns sehen," heult es am anderen Ende, „…hast du schon gehört? Ich hab' mit Tobi Schluss gemacht. Dieses Arschloch hat was mit der Krafthans gehabt. Das verzeih ich ihm nie!" –

„Bist du denn sicher, dass da als Ratgeberin ausgerechnet ich die Richtige bin?" –

„Du bist doch meine beste Freundin." –

„Ich komm' vorbei!" sage ich mit fester Stimme und lasse mir meinen Stolz und meine Zufriedenheit nicht anhören; dass ich die beste Freundin von Karla sei, das habe ich bis eben noch gar nicht gewusst.

Nur Sekundenbruchteile später liegt eine bitterlich weinende Karla in meinen Armen, ihre Verzweiflung wiegt so schwer, dass mein linker Arm bereits einzuschlafen beginnt.

Aus ihren Tränen heraus wiederholt sie immer wieder:

„…er hat mich betrogen mit der Krafthans. Wie kann er nur!"

Ich halte Karla fest, streichle ihr andauernd zart über den Kopf (bis sich um ein Haar die ersten Haarbüschel lösen) und murmle gutgemeinte Beruhigungsphrasen. Noch fünf Minuten und ich mache im Wet-T-Shirt-Contest den zweiten Platz…

Als ich einmal versuche, ganz vorsichtig und mit vielen Hintertürchen den Aspekt der Vergebung in die Debatte zu bringen, richtet sich Karla empört auf; ihr Gesicht knallrot und klitschenass, ihre Gesichtszüge für den Moment eingefroren, dann springt ein kraftvoller Zornesausdruck hervor:

„Niemals! Das sage ich nicht nur so und ich bin auch in drei Wochen oder so auf keinen Fall wieder mit ihm zusammen. Für mich ist es endgültig. Und ich sage dir was... auch wenn ich gerade heule wie ein Schlosshund... im Grunde bin ich froh, dass so etwas passiert ist. Ich hätte sonst irgendwann in nächster Zeit auch wegen was anderem schlussgemacht. Es geht einfach nicht mehr. Trotzdem ist Tobi ein Arsch, das hätte er mir nie antun dürfen, nach drei Jahren, vier Monaten und zwölf Tagen!"

Ein bisschen amüsiert mich der Gedanke, dass sich vermutlich geschätzte 5 Kilometer querfeldein dieses Bild spiegelverkehrt doppelt; der eine will wieder, die andere niemals mehr...

Nach drei Wochen ist Tobi mit Helena Krafthans zusammen und aus dem ganzen Gewusel geht neben dieser neuen Pärchenbildung zumindest konstruktiv hervor, dass Karla endlich Gelegenheit zum Durchatmen findet und ich ganz neu eine beste Freundin gewonnen habe.

In diesen drei Wochen habe ich mich immer dann mit Karla getroffen, wenn sich Jakob mit Tobi treffen musste, obwohl er doch eigentlich mit mir verabredet gewesen ist... und da der beste Freund meines Geliebten von besonders wehleidiger Natur ist, hat dies ziemlich häufig stattfinden müssen, so dass sich meine gemeinsamen Stündchen mit Jakob spürbar reduziert haben.

Iwan hingegen hat seine Treffen-Quote gut gehalten – wie er übrigens auch Wort gehalten hat... an keinem der zehn Treffen in diesen drei Wochen habe ich ein romantisches Wort, einen vielsagenden Blick oder gar ein verirrtes Händchen erlebt.

Iwan ist mir gegenüber freundschaftlich keusch und hat somit im Fach Benehmen eine Eins Plus mit Sternchen!

Als jedoch plötzlich Tobi spürbar viel Zeit mit seiner Helena zu verbringen gedenkt und mich Jakob dadurch wieder häufiger sehen möchte, gleichzeitig eine beste Freundin ihre beste Freundin ausreichend oft treffen muss, stellt sich mir die Frage, woher diese Zeit abknapsen?

Die Antwort: Jedenfalls nicht bei Iwan – was hat denn der mit unserer alten Clique so großartig zu tun? Somit teile ich meine Jakob-Momente eben mit Karla… und so werden die raren gemeinsamen Liebesminuten besonderer, eben vergoldet.

Jakob hat schon mal zufriedener ausgesehen, aber niemals würde er eine diesbezügliche Erwartung oder Bitte äußern. Wahrscheinlich hofft er darauf, dass sich das alles schon von allein hinrütteln wird. Ja, so ist Jakob!

Gemäß Iwans einstiger Androhung erreicht mich direkt nach Schulschluss der nächste Brief, den Iwan wohl selbst zugestellt haben mag. Auch ohne tatsächlichen Parfumgeruch umgibt diese Sendung eine Aura von Romantik und Verliebtsein. Ich öffne mit gezügelter Begeisterung und fühle mich gleich wieder leicht gedrängt und getrieben…

„Liebste geliebte Sophia, es ist nun schon etliche Tage her, dass ich um dich geworben habe. Ich sitze hier gerade, mein Herz blutet spürbar und ich kann nicht anders, als dir sofort schreiben zu müssen – und ich brauche das Gefühl, dass du diese Zeilen sofort zu lesen bekommst. Dabei will ich dir nur versichern, dass meine Liebe zu dir keinen Deut weniger geworden ist. Im Gegenteil, ich verzehre mich nach dir und sehne dich als die Sophia herbei, die einmal mich, ihren Iwan, auch so geliebt hat und damit meine Welt hat erstrahlen lassen, dass ich vor Glück nur so mein gesamtes Dasein durchtanzen konnte und nicht fassen, dass ein Lebensgefühl sooo schön und erfüllend und berauschend sein kann. Ich weiß ganz sicher, es gibt in dieser Welt die Möglichkeit, dass dies wieder so sein kann... und ich renne rund um die ganze Welt, um dieses wunderbare Leben wieder zurückzuerobern. Ich glaube, du und Jakob, ihr seid ein ganz besonders inniges Paar. Ich will gar nicht davon reden, wie sehr ich Jakob gerade beneide und liebend gern an seiner Stelle wäre. Was mich noch aufrecht hält und mir Hoffnung und meiner immensen Sehnsucht Richtung gibt, das ist: Trotz deiner Liebe zu Jakob bin ich davon überzeugt, dass das Liebesgefühl, was du noch vor kurzer Zeit für mich empfunden hast, niemals aus dir hinausgedrängt worden ist. Vielmehr glaube ich, es ist durch Jakob nur verstellt, verdeckt – wie bei dem Moment einer Sonnenfinsternis. Aber bei einer Sonnenfinsternis tritt die Welt auch irgendwann aus dem Schatten des Mondes wieder heraus. Sei mir nicht böse, dass ich es wage, dir all diese Gefühle zu schreiben. Mir ist sehr wohl bewusst, dass solche Mitteilungen es dir nicht bequemer machen. Aber ich kann einfach nicht anders. Sophia, ich liebe dich über alles. Ich sehne und verzehre mich danach, wieder und dann auf ewig mit dir zusammen zu sein und gleichzeitig danke ich dir auf ewig für deine wunderbare Freundschaft. Dein Iwan.“

Ich werde ab jetzt nie wieder neutral an eine Sonnenfinsternis denken können! Gleichwohl. Iwan hat das Talent, bei den (diesen Brief mitgezählt) vier Werbungsversuchen direkt im Anschluss, wenn wir uns dann wiedersehen und ich eine gewisse Verkrampftheit erwarte, es zu schaffen, so unerwartet und ausschließlich freundschaftlich um mich herumzustolpern, dass ich sein eigentliches Ansinnen irgendwie blitzschnell vergesse.

So geschieht es auch dieses Mal; es klingelt, er kommt quasselnderweise zu uns ins Haus gestiefelt, dreht sich einmal um sich selbst, als hätten wir die Möbel umgestellt und drückt mich dann zur Begrüßung betont lauwarm.

„Ich habe uns etwas ganz Besonderes mitgebracht. Ich werde dir gleich unterschiedlichste Werke vorlesen, eine Kurzgeschichte, die ich mir bei einem Bekannten von Lui aus seinem Buch herauskopieren durfte, zwölf gesammelte und wirklich vorzügliche Witze und ein wunderbares, poetisches Gedicht. Lass uns gleich in dein Zimmer… und du darfst mir ein kaltes Mineralwasser anbieten… ich würde es glatt trinken."

Ich grinse ihm hinterher, während er bereits die Treppe hochgeht.

Die Geschichte ist ganz okay, ich teile nicht zu hundert Prozent Iwans Begeisterung, bestimmt ist sie in gutem Deutsch geschrieben und inhaltlich lässt sie einen kurzzeitig melancholisch zurück, dagegen helfen jedoch die dreizehn Witze, wenn man eine originelle Einleitung mitzählt, die Iwan spontan herausbringt.

Und schließlich, ich bin vage an Onkel Wanja erinnert, reimt da ein mir unbekannter Dichter zwar auf Schulniveau… aber so manches am Zeilenende sich reimende Wort entlockt mir das eine oder andere Grinsen. Insgesamt ein literarisches Stündchen, für das ich (meinem) Iwan dankbar bin. Es ist sehr unterhaltsam gewesen.

Ich habe die weiteren Tage jetzt nicht gezählt, aber an einem Tag, an dem Iwan bekannt ist, dass ich krankheitsbedingt nicht in der Schule bin, klingelt es plötzlich vormittags an der Tür, ich öffne und bin geplättet!

Am Rande des Panoramablickfeldes steht Iwan, irgendwie im Stolz aufgerichtet und mit einem gewissen erwartungsfrohen Lächeln. Dann hat sich wahrhaftig eine komplette Grundschulklasse, ich schätze Zweit- oder Drittklässler, in Formation gebracht, und zwar so, dass ziemlich deutlich lesbar immer mindestens zwei Schüler einen Buchstaben zusammen turnen... Und es steht auf dem Bürgersteig vor unserem Haus mit großen Kinderlettern geschrieben:

„IWAN LIEBT SOFIA"

Zum Abschluss macht die Lehrerin ein Ausrufezeichen und lächelt, stolz auf ihre Kleinen.

Wie – konnte – es – gelingen, - dass – Iwan – eine – ganze – Grundschulklasse – mobilisiert?

Ich bin wirklich (ja, was bin ich eigentlich?) Also, erst einmal wirklich beeindruckt und überrascht, dann ein wenig peinlich berührt, ich fühle mich aber auch geschmeichelt und bin sprachlos.

Ich weiß gar nicht, was ich gerade tun soll, sechs Liter Kakao kochen und die ganze Bagage zu uns ins Haus einladen? Allen applaudieren und ihnen zurufen:

„Das habt ihr aber fein gemacht"?

Schon wackeln die ersten Buchstaben.

Ich lasse wie von allein meine aufrichtige Reaktion aus mir herausperlen, und das ist nichts weniger als ein breites, freundliches Lächeln. Dann nicke ich der gesamten Gruppe einmal zum Abschied zu und schließe behutsam die Haustür.

Das Bild wirkt in mir nach! Und das finde ich GAR NICHT LUSTIG!

Genug davon, hier kommt jetzt jedenfalls ein Kapitelwechsel.

Jetzt, wo mein Geliebter von seinem besten Freund nicht mehr so in Beschlag genommen wird, möchte ich mal ein paar Tage im Stück wieder richtig etwas von ihm haben; besondere Unternehmungen, unsere bewährten langen und tiefschürfenden Gespräche und ein bisschen wilde Zärtlichkeit…

Ich sage sogar eine Verabredung mit Iwan ab – und damit es hier gerechter zugeht – auch eine Verabredung mit Karla… und das alles nur für Jakob.

Die Verabredungen machen besonderen Spaß, die Gespräche schürfen tief und die Zärtlichkeiten geraten ziemlich wild... also ist alles in Ordnung und wie es gehört. Das ist sehr zufriedenstellend!

„Was Iwan jetzt wohl macht?" denke ich an dem Tag, wo ich unsere Verabredung habe platzen lassen und sehe ihn in meiner Vorstellung mit Gabi in seinem Zimmer sitzen und lachen und Quatsch machen…

Eine ganz leichte Unruhe ist aufgetreten, im Grunde gar nicht der Rede wert. Um die richtigen Verhältnismäßigkeiten zu erklären, muss ich etwas ausholen:

Wir halten fest, meine neue Liebesbeziehung zu Jakob ist ein Fels, nein, mehr noch: für das richtige Verhältnis sagen wir: die Rocky Mountains. Diese Liebe ist seit Ewigkeiten organisch gewachsen, granithart und unzerstörbar. Es gibt die Rocky Mountains seit Millionen von Jahren – okay, unsere Liebe einen Tick weniger, aber was ich sagen will: Es fühlt sich einfach richtig an, dass die Rocky Mountains unverrückbar in den Vereinigten Staaten von Amerika beheimatet sind und nicht – sagen wir in Giffhorn.

Es hat sich in der Zeit nichts verändert an den Rocky Mountains; ich kann in zwölf Jahren spontan wieder hinfahren und sehe das malerische Bergpanorama so, wie es immer schon war und wie es sich gehört.

An der Tatsache, dass sich an unserer Liebesbeziehung weder in den nächsten Tagen, noch in den nächsten Jahren irgendetwas ändern wird, ist genauso wenig zu rütteln, wie man auch nicht die Rocky Mountains mal in ein paar Umzugskisten verstaut und in den Keller bringt.

Jeder, der uns erlebt und von der Aura dieser großen Liebe sich einfangen lässt, kann nicht anders, als das zu bestätigen.

Jakob und ich haben jetzt die Entscheidung für unser Leben getroffen: Wir bleiben auf ewig ein Paar!

Ich brauche, glaube ich, nicht noch einmal zu betonen, welche grundsätzlichen Bedingungen bei uns dem jeweils anderen gegenüber ausschließlich auf Erfolg und weiterhin ewiges Gelingen ausgerichtet sind. Wir passen wie zwei Puzzleteile ineinander. Auf allen Feldern, die bei einer Liebesbeziehung bespielt werden können, haben Jakob und ich die idealen Parameter. Ich denke, es ist klar, worauf ich hinaus will…

Nun sprach ich eben von einer kleinen Unruhe, auch da muss ich drei Zentimeter weiter ausholen: Nachdem ich über Iwan zu Jakob zurückgefunden habe und es jetzt in ganz neuer Intensität eingerastet ist, bewege ich noch das Problem auf der freundschaftlichen Ebene, dass Iwan auch gerne der Liebhaber an meiner Seite sein möchte, mich damit zwar im Grunde gar nicht sonderlich bedrängt, aber ich es bei ihm nicht nur zwischen den Zeilen deutlich herauslese.

Ich habe ein in erster Linie zeitliches Arrangement getroffen, ich räume Iwan und mir ein klar umrissenes Kontingent an gemeinsamen Stunden ein, in denen wir unsere Freundschaft leben können.

Dazwischen überrascht mich vielleicht ein kleiner Brief, eine Batterie an turnfreudigen Grundschülern oder wasauchimmer... für mich sind unsere eigentlichen Momente des Zusammenseins jedenfalls äußerst keusch, frei von jeglicher erotischer Spannung und ganz dem kumpelhaften, freundschaftlichen Beisammensein verpflichtet. Alles hat seinen Platz, seine Ordnung, seinen Wiedererkennungswert; ist berechenbar, beruhigend und kann von mir aus bis in unser Greisenalter so weitergeführt werden.

Alles hat seine Ordnung... bis auf diese klitzekleine, fast nicht wahrzunehmende und im eigentlichen doch ignorierenswerte Sache, dass ich... nein, halt, warte! Ich bin zu schnell.

Ich habe da doch gerade so großartig, zumindest so felsenfest ein opulentes, gigantomanisches Bild gemalt — und zwar in Öl!!! ...ein Bild des Vergleiches, damit ich hier für ewig festschreiben kann, wie unsäglich riesenhaft und für die Ewigkeit geschaffen meine Liebe mit Jakob ist... und wie verschwindend winzig sich die potentielle (ich betone, hier handelt es sich ganz abstrakt nur um eine rein rechnerische, minimale Möglichkeit), also die potentielle Möglichkeit darstellt, ich könnte noch einmal mit Iwan zusammenkommen...

Dieses winzige Möglichkeitchen ist faktisch nur ein süßes, kleines Alpenveilchen auf einem der Gesteinsformationen der Rocky Mountains, das sich kaum mit seinen spiddeligen Wurzelfäden im gerölligen Untergrund verankern kann und insgesamt mit einer Wachstumskraft versehen ist, die vielleicht drei vier Sandkörner von rechts nach links rüberschiebt, niemals aber dieses Gesteinsmassiv zu sprengen imstande ist. Verstanden? Ist das Bild angekommen? Die Diskrepanz ein wenig vermittelt? Noch Fragen? Irgendeine Spur von lohnenswerter Hoffnung für den guten Iwan? Ich glaube kaum…

Und doch…

Als würde jemand ein riesenhaftes Brennglas auf diesen Unruhe verbreitenden Umstand halten, ein Brennglas so hoch wie das Empire State Building und so breit wie Onkel Wanja an seinem eigenen Geburtstag … … ok, schwacher Witz! …nehme ich diesen klitzekleinen Funken Sehnsucht, diesen im Grunde nur für den Sekundenbruchteil aufglimmenden und ohne Drei-Dioptrien-Brille mit bloßem Auge wohl niemals erkennbaren Funken plötzlich erschreckend groß, erschreckend deutlich und vergleichsweise lange im pieksenden Herzen wahr.

Was -bitteschön- bedeutet denn das schon wieder?

Noch einmal geruhsam sammeln und besinnen! Was ist denn eigentlich geschehen? Ich habe eine Verabredung mit Jakob dadurch ausgeweitet, dass ich Iwan ein wenig gemeinsame Zeit abgeknapst habe und für zwölf Nanosekunden während trauter Zweisamkeit mit Jakob an Iwan gedacht… was der wohl gerade so treibe. Mehr ist nicht gewesen. Ein Sandkorn im Vergleich zum gesamten Sandvolumen der Sahara, ein Pfürzlein, süß und klein verhallt, neben dem Urknall.

Ich bin wieder voll und ganz bei Jakob… alles ist ausschließlich ungestörte Zweisamkeit, pure Harmonie, ungeteiltes Glück, prickelndes Herz mit Rüschen… heute Abend werde ich einfach nochmal kurz bei Iwan anrufen!

Vielleicht mag ganz unterschwellig in den vorangegangenen Zeilen mit angeklungen sein, dass all die viele Rhetorik wohl nicht so richtig genützt hat. Ich habe gestern Abend etwa eine dreiviertel Stunde mit Iwan am Telefon gequatscht und bereits bei unseren ersten Worten darüber nachgedacht, auf welchem Wege ich die Zeit bis zu unserer nächsten offiziellen Verabredung verkürzen könnte.

Es ist schön gewesen, seine Stimme so entspannt und auch vertraut zu hören. Es sind gute, unverfängliche Themen gewesen und trotzdem sind wir angenehm in die Tiefe gegangen. Ein Gefühl von Einigsein ist in unseren Meinungen immer wieder augenfällig, ebenso die kultivierte Gemächlichkeit unserer Dispute an anderen Stellen und immer wieder das viele nette, zu hörende Lächeln zwischen seinen Worten…

Und zahlreiche Worte ganz persönlicher Art sind gefallen… glücklicherweise weitab davon, auch nur im Entferntesten nach Liebeswerben zu klingen.

Eigentlich könnte alles in Butter sein, doch ehrlich gesagt ist diese Butter bereits geschmolzen und fängt vor Hitze an, Bläschen zu schlagen.

Ich bin gerade mit Iwan verabredet, ich stiefle jetzt durch das legendäre Treppenhaus in seine nicht weniger legendäre WG und in diesem Moment genau liegt mein Finger auf der Klingel.

Ein kräftiges, deutlich betonteres Herzschlagen lässt mich kurz innehalten und ist nur etwa zur Hälfte dem Aufstieg in den vierten Stock geschuldet. Sollte ich vielleicht gar nicht klingeln? Dabei habe ich mich beim gestrigen Telefonat ohne konkrete Verabredung als eventueller Überraschungsgast irgendwie angekündigt.

Es bleibt ein Gefühl, dass vom stolzesten Berg der Rocky Mountains ein keckes, kleines und aberwitziges Sandkorn im Übermut so lange hin- und hergeschwankt ist, bis es zu kugeln begonnen hat. Nun kullert es den schönen steilen

Berg hinab und nimmt auf seiner Fahrt immer mehr andere Sandkörnchen, kleine Stöcker und auch erste Geröllbröckchen mit sich.

Da ist ein putziges Lavinchen vom Berggipfel munter auf dem Weg ins Tal und wird dabei immer größer... besonders, als ich die Klingel endlich drücke.

Auf der vordergründigen Ebene verbringen Iwan und ich ein Zusammensein, das genauso übermorgen hätte stattfinden können, an jenem Termin, zu dem wir eigentlich verabredet gewesen wären.

Also merkt Iwan aller Wahrscheinlichkeit nach nicht, was sich zu jeder Sekunde gleichzeitig oder besser gesagt parallel in mir abspielt und mir die sprichwörtlichen Haare zu Berge stehen lässt – und zwar exakt in der Formation der Rocky Mountains!

Um wieder ein bisschen zu mir zu finden, zu wissen, ab welchem Punkt ich mal tief Luft holen darf – neben meiner permanenten Schnappatmung... spreche ich mir zu:

Ich gehe ins Kloster, ich gehe in ein buddhistisches Kloster... zumindest schließe ich mich mal für eine halbe Stunde auf Klo ein, um an meinem Plan B zu arbeiten... besser gesagt, Plan X:

Was wäre, wenn das Unwahrscheinlichste seit Menschheitsgedenken einträte und ich... uiiiii, ich getraue es mich kaum niederzuschreiben.... ich ähm (hüstel!) wieder mit Iwan zusammenkomme(n) will? Jetzt ist es raus... und ich weiß, ich brauche eine Strategie, denn, niemals! niemals! niemals und nie werde ich mit einem Seitensprung vorangaloppieren und damit wieder über den Verlauf meiner Liebesbeziehungen entscheiden.

AUF KEINEN FALL!

Ich tue ja gerade so, als sei bereits eine Entscheidung gefallen. Halt, Haaaalt! Das geht alles viel zu schnell! Es ist nur Plan X für den höchst unwahrscheinlichen Fall, dass mir die Idee kommt, meine große Liebe zu Iwan könnte womöglich nicht aus mir verschwunden sein.

Iwan bleibt schließlich Iwan und zwar genau der Iwan, den ich in meiner Liebesbeziehung mit ihm offen und aufrichtig geliebt habe. Diese Liebe, diese Kraft, die in mir gewesen ist, sie ist nach Adam Riese wohl immer noch in mir... oder nach Albert Einstein (ist vielleicht eher eine physikalische Fragestellung.)

Ich liebe eben zwei Männer gleichzeitig und habe mich für einen entschieden...

Und diese Entscheidung könnte unter riesengroßen Umständen und unter Berücksichtigung milliardenfacher Unwahrscheinlichkeiten so etwas wie die falsche Entscheidung gewesen sein.

Ich könnte zur Abwechslung ja meinem preisgekrönten Ende von „Slapstick" die Referenz erweisen und die Beiden zu einer Ménage a Trois einladen? Spaß beiseite, das kommt noch weniger in Frage, als morgen mit Jakob Schluss zu machen und übermorgen was mit Herrn Meier-Wohlauf anzufangen!

Nur einmal angenommen, ich werfe eine Münze, um sinnvollerweise in der Wahrnehmung echter Verantwortung darüber entscheiden zu lassen, wer denn nun der geliebte Mann an meiner Seite sein solle und das Los fiele auf Iwan. Müsste ich dann meinen Jakob beiseite nehmen, bedeutungsvoll tun und erklären:

„Also, geschlafen habe ich zwar mit Iwan noch nicht... aber ich habe mich innerlich ein bisschen umentschieden... also wie gehabt, alter Kumpel! Freunde forever! Ich frag mal Iwan, wie es jetzt mit ihm und mir so

aussieht. Jakob, alte Kaulquappe, ich lass dich wissen, wann ich mal wieder deine Hilfe brauche! Bis die Tage!"
Dann kann ich ihn auch gleich nach Strich und Faden betrügen. Nein, eine Strategie muss her!
Während ich innerlich diesen nervenzerfetzenden Existenzkampf mit mir selbst führe, schlägt Iwan vor, wir könnten doch eine Partie Scrabble spielen... und ob man es mir nun glaubt oder nicht, ich ziehe meine ersten sieben Buchstaben: „R", „K", „F", „L", „E" und zwei Mal „A", probiere ein bisschen und kann schnell fünf Lettern in einen sinnvollen Zusammenhang bringen... zwar ist es als Eigenname nicht erlaubt, auf dem Spielbrett abgelegt zu werden... trotzdem schlucke ich, als ich plötzlich auf den Namen KARLA stiere...
Was für ein impertinenter Hinweis des Schicksals! Hallo, ist so etwas noch Zufall? Wieso fällt mir ausgerechnet der Name meiner besten Freundin zu, wenn ich über eine Strategie grüble? Karla und Jakob... da wäre ich von allein zum jetzigen Zeitpunkt nie darauf gekommen. Früher, als sie in ihren Anfängen die Freundin von Tobi war und es Iwan noch gar nicht gab, da habe ich ein paar Mal herumeifersüchtelt.
Jetzt ist sie immer noch solo... und gesetzt den Fall... also nur im äußerst unwahrscheinlichen Fall, in dem Plan X greifen soll, müsste Jakob dazu gebracht werden, dass...
Nein, das jetzt weiter auszuschmücken, verbiete ich mir.
Auch wenn ich keinen Namen ablegen darf, gewinne ich nach Punkten, herze meinen Gastgeber und bedanke mich für den netten Abend.
Keine halbe Stunde später liege ich gerädert im Bett mit der Erwartung, vor Erschöpfung blitzschnell einzuschlafen; das Gegenteil ist der Fall.

In meiner Brust wuchten zwei voluminöse Gefühle nebeneinander und drohen, mein Herz zu zersprengen; mein Kopf grübelt sich einen Wolf, nein, ein ganzes Wolfsrudel.

Darüber hinaus habe ich Schweißausbrüche, bin hibbelig (so wie es meine Oma – die andere, die verstorbene, immer gewesen ist), habe Panikattacken davor, jetzt falsche und verheerende Entscheidungen zu treffen, und in meinem Entscheidungszwang fühle ich mich mittlerweile in die engste Sackgasse der Welt getrieben.

Das, was nach bitteren, aufreibenden Minuten Analyse meines Herzens und sauberem Durchkämmen meines Verstandes mit einem feinen Läusekamm zutage tritt, ist sehrwohl ein Schock: Ich fange vorne an:

Wie gehabt und bekannt, ist Jakob der, mit den tausend tollen Attributen, kein Wesen im Universum passt besser zu mir, er ist im Vergleich der hellere Kopf, der ungewöhnlichere Mensch, der bessere Küsser und lustiger ist er obendrein.

Wir sind uns blind vertraut und gewinnen trotzdem aus alltäglichen Situationen immer wieder überraschende, aufregende und uns weiterbringende Momente.

Unsere Zweisamkeit macht einfach Spaß, fühlt sich wie ein Sechser im Lotto an und hat die Kraft und die Dynamik, uns gemeinsam bis ins hohe Seniorenalter zu tragen.

Bei all dem spielt Iwan (es tut mir fast physisch weh, das so einfach niederzuschreiben) eher die zweite, wenn nicht manchmal sogar die dritte Geige.

An sich läge der Fall klar… doch *einfach* und Sophia Benecke, das geht irgendwie nicht zusammen!

Ich ziehe alle Vorhänge, Gardinen und Jalousien vor meinem Herzen auf und bekomme endlich einmal einen unverstellten, reinen Blick auf meine Gefühlslagen… es dauert vielleicht eine halbe Stunde, dann ist mir unter Zittern und Beben klar, dass ich Iwan einfach viel mehr liebe!

Die beiden großen Lieben in meinem Herzen sind jedenfalls auffallend unterschiedlich in ihrer Größe und ihrem Gewicht... Sich so sehr in Iwan zu verknallen, kann wirklich nur meinem Herzen einfallen.

Meine Güte, er ist die falsche Partie... jeder Mensch in meiner Umgebung würde kein Sekündlein zögern und Jakob nehmen. Und ich stehe komplett in Flammen für Iwan, ich bin so rasend verliebt in ihn, mein Herz kaspert schon.

Ich kann nicht anders, als mich meinem eigenen Gefühl gegenüber geschlagen zu geben. Ich bin schachmatt gesetzt. Und ganz hinten in meinem Kopf tanzt langsam ein Schamgefühl heran, singt ausgelassen, winkt mir aus der Ferne vertraut zu und als es endlich vor mir steht, grinst es mich hämisch an:

„Na, schon wieder alles umschmeißen, alles auf Anfang und Wiederholung. Die Nummer hatten wir doch schon mal? Langsam solltest du wissen, was du willst." –

„Sag mal, wie redest du eigentlich mit mir?" –

„Aber ich hab' doch recht! Naja, was will ich mich argumentativ einmischen, mein Auftrag ist nur, dir ein scheiß Gefühl zu machen! Bitte schön!"

Etliche Augenblicke später und gar nicht beeindruckt vom billigen Auftritt meines Schlechten Gewissens bringe ich zu Protokoll, dass ich nicht einmal einen trockenen, aufgetupften Handkuss von Iwan annehmen werde, bevor nicht alles mit Jakob lückenlos und dahingehend geklärt ist, dass er und ich in keiner Weise mehr als Liebespaar durch die Weltgeschichte gondeln.

Also nur, wenn ich im Vorfeld mit Jakob Schluss gemacht haben würde – oder eleganter noch, wenn er selbst einen Anlass für ein Schlussmachen fände, erst dann würde ich ein trockenes Handküsschen von Iwan entgegennehmen… noch einmal Jakob mit Iwan zu betrügen, das bringe ich auf keinen Fall! Dagegen wirkt der bescheidene Rest an Sittlichkeit in mir unermüdlich an.

Karla brennt darauf, mitteilsam zu werden. Irgendetwas Besonderes liegt in der Luft. Meine beste Freundin atmet bedeutsam ein und hechelt sich ein bisschen in ihre ersten Worte hinein…

„Sophia, ich habe einen Entschluss gefasst. Nein, ich muss vorher noch was erklären. Ich weiß nicht, wie ich es vornehm ausdrücken soll. Ich bin – um es auf den Punkt zu bringen – dankbar, dass Tobi mich betrogen hat und ich dann deswegen mit ihm Schluss machen konnte. Irgendwie war bei uns die Luft raus. Die Beziehung war ödelig und irgendwie auch anstrengend geworden. Seit bestimmt einem knappen halben Jahr überlege ich schon, ob ich irgendwann meinen Mut zusammennehmen sollte und ihm einfach den Laufpass geben… Dann habe ich aber gleich wieder Schiss gekriegt vor dem Alleinsein und dass es ohne ihn noch langweiliger und ödeliger werden könnte. Jetzt, wo Tobi Tatsachen geschaffen hat, kriege ich aber endlich meinen Arsch hoch… und jetzt, nach langer Zeit des Alleinseins halte ich endlich nach schnieken anderen Jungs Ausschau. Soviel erst einmal zur Vorrede. Wegen einer Sache bin ich Tobi trotzdem böse… sein Timing war extrem kacke. Muss mich ausgerechnet dann betrügen, wo wir unseren Campingurlaub in den anstehenden Herbstferien schon so lange im Voraus durchgeplant haben. Ich sag dir, ich werde rappelig, wenn ich in diesen Ferien nicht mindestens noch fünf Tage rauskomme. Ich war die gesamten Sommerferien nicht weg! Und jetzt haben wir den heißesten, schönsten, sonnigsten Herbst… Vielleicht tut sich mir da auf dieser Fahrt ja eine Gelegenheit auf; was Tobi kann, kann ich schon lange! Einziges Problem, ich glaube nicht, dass ich allein überhaupt losfahre. So mutterseelenallein über den Campingplatz trotten… das sehe ich irgendwie nicht. Und dich zu fragen, mitzukommen, erübrigt sich wahrscheinlich, oder?"

Ich lasse es wie einen Scherz klingen, aber mein kleiner Geistesblitz meint es wortwörtlich:

„Fahre doch mit Jakob, der war schon immer ein Freund des Camp-Urlaubs."

Und halblaut füge ich an:

„…was man -sofern hast du voll ins Schwarze getroffen- von mir in keiner Weise behaupten kann!"

Das mit dem Geistesblitz muss ich jetzt kurz erklären: Ich habe in einer blitzschnellen Aneinanderreihung von Gedanken und Schlussfolgerungen erst einmal für mich festgeschrieben, dass Jakob mit mir Schluss machen soll, damit ich dann ganz unbedarft frei bin für meinen Iwan.

Wo ist es verwerflich, wenn ich Jakob dabei helfe, sich anderweitig sonnig zu verlieben. Karla ist in vielerlei Hinsicht eine lohnende Partie… und ich könnte schwören, hätte es mich in Jakobs Leben nicht gegeben und Tobi wäre gleich mit der Krafthans zusammengekommen… Karla und Jakob hätten nicht aneinander vorbeigekonnt und wären heute noch ein großartiges Liebespaar. Mal sehen, ob Karla über meine Bemerkung einfach so hinweggeht oder ob diese Idee jetzt in ihr arbeitet…

„Weißt du eigentlich, wie sehr ich schon immer dich und Jakob bewundert habe, ihr führt wirklich die perfekte Beziehung…" –

„Sehr perfekt… kaum kommt der nächste dahergelaufene Austauschschüler, betrüge ich ihn und komme dann plötzlich reumütig wieder angekrochen." skizziere ich mal eben zumindest die halbe Wahrheit.

„Aber du warst reumütig und bist jetzt wieder mit Jakob perfekt zusammen. Du siehst glücklich aus… Jakob strahlt wie ein Atomkraftwerk und alle Welt merkt euch an, dass dieser klitzekleine Seitensprung letztlich eure Beziehung nur belebt hat. Halte dir Jakob bloß bei der Stange. Er ist der perfekte Junge, der perfekte junge Mann wollte ich sagen. Ich finde sowieso schon so lange, wie ich euch als Paar mitkriege, dass Romeo und Julia bei euch in die Lehre gehen könnten… wen gibt's noch? Adam und Eva dürfen sich aber hallo! eine dicke Scheibe von euch abschneiden… und… warte… bei Dr. Sommer -wenn er euch mitkriegen würde- hätte sich dann sein Beratungswissen auf den Schlag verdoppelt."

Ich lache anerkennend und dankbar für die etwas übertriebene Schmeichelei, schicke schwerfällig „Jetzt übertreibst du aber…" und „Bleib mal auf dem Teppich!" nach und erneuere meinen Vorschlag von eben:

„Frag ihn doch, ob er bereit ist, mit dir fünf Tage mit Fahrrad und Zweimannzelt durch die Weltgeschichte zu gondeln. Der hat doch auch Ferien und freut sich bestimmt, jetzt noch mal wieder rauszukommen."

Karla zieht ein Gesicht, als müsste sie die Lücke finden, in der man den Spaß und die Ironie endlich aufdecken könne. Umso mehr bemühe ich mich um gleichbleibende Ernsthaftigkeit; ich halte sogar einen langen Prüfblick wortlos aus.

Dann berappelt sich Karla, nimmt allen Mut zusammen, auf die Gefahr, sich gleich zu blamieren und quält die folgenden Worte hervor:

„Ich soll allen Ernstes Jakob fragen, ob er mit mir zelten fährt… und du – bist du dann gar nicht eifersüchtig, wenn ich mit ihm in meinem kleinen Zweimannzelt übernachte…" –

„Erst einmal habe ich blindes Vertrauen in meinen Freund… und selbst wenn – er hat ja wohl noch 'n Seiten-sprung gut."

Das haut fürs erste meiner besten Freundin ein Stück Boden unter den Füßen weg. Damit hat sie nicht einmal im Entferntesten gerechnet. Wortlos sagt sie mir, dass ich bitte aufhören möge, solche über das Ziel hinaus-schießenden Witze zu machen.

Ich schweige mich mit einem Millimeter Lächeln souverän aus und beobachte Karla dabei, wie sie alle möglichen Gedanken durchzuspielen scheint. Der Moment Schweigen ist vielleicht nur zwei Sekunden lang, aber von intensiver Anspannung.

Dann, ich unterstelle das nur, versucht Karla sich langsam vorzuwagen, wie viel Spiel in meinem kleinen, putzigen Vorschlag vielleicht noch auszumachen sei:

„Glaubst du, Jakob würde auch nur fünf Sekunden ernsthaft darüber nachdenken mit mir allein in Urlaub zu fahren…" –

„Das weiß ich nicht. Da müsstest du ihn selbst fragen. Ich kann nur sagen, dass ich bereit bin, ihm meine Iso-Matte zu leihen."

Ich grinse Karla breit an. Die Gute schluckt, sammelt einige notdürftige Worte und testet wieder an:

„Tut mir leid, ich kann mir immer noch nicht vorstellen, dass dies eine gute Idee sein könnte. Er und ich ganz allein.

Wieso sollte er das machen? Er wird doch bestimmt Rücksicht nehmen auf dich und dich nicht unnötig eifersüchtig machen oder so…" –

„Wieso er das machen sollte… na, weil er nett ist, weil du eine sehr liebe Freundin aus unserer Clique bist, weil du dich schon so lange so sehr auf diesen Zelturlaub gefreut hast, weil er es so sieht, dass du das Opfer in eurer Trennung bist und weil er es vielleicht ganz charmant finden könnte, mal nicht mit seiner Ollen zu verreisen, sondern mit einer sehr vertrauten Vertrauten. Ich halte Jakob für unbedarft genug, dass er dich im Zweimannzelt ausschließlich in Grund und Boden schnarchen wird. Erotisch gesehen würde ich an deiner Stelle keine allzu großen Hoffnungen hegen." –

„Blödsinn, wie kommst du auf so was? Ich weiß nur, dass ich allein niemals fahren würde und du hast ja schon tausend Mal gesagt, dass dich keine zehn Pferde in einen Schlafsack kriegen." –

„Korrekt!"

Wegen einer manchmal durchschimmernden doppelten Doppelbödigkeit in unserem Gespräch wirkt Karla verunsichert. Man kann förmlich alles behaupten und aussprechen, jedes Wort scheint einen Panzer aus Unverbindlichkeit, Ironie und Zweideutigkeit zu umschließen. In jedem Fall ist Karla am Haken.

„Du wirkst so, als würde es dir nichts ausmachen, wenn Jakob was mit mir anfangen würde. Ehrlich gesagt komme ich damit irgendwie nicht klar."

„Erst einmal eine interessante Perspektive, wenn du den aktiven Part bei einem Rumgemache dem braven Jakob zuschiebst. Aber mal unterstellt, er würde auf der Fahrt dich verführen und du könntest bei aller aufgebotenen Beherrschung irgendwann nicht mehr an dich halten, dann

ist das auch eine Wahrheit, mit der ich umgehen müsste. Das spräche für sich; auch Jakob ist ein freier Mensch mit den gebotenen Entscheidungsmöglichkeiten im Leben."
Derart liberale Herangehensweisen hat meine beste Freundin bisher noch nicht bei mir mitbekommen... und ich unterstelle mal, dass sie sie auch nicht als authentisch empfindet.

Hingegen ist das Detektivische bei ihr durchgebrochen... gleich wird sie mich überführen... da ich sie doch sicherlich ob ihrer Vertrauenswürdigkeit nur testen wolle.

„Weißt du was, Sophia, ich werde ganz bestimmt nicht deinen komischen Vorschlag umsetzen und Jakob fragen. Das ist mir zu absurd... und ich riskiere niemals unsere Freundschaft. Also Schluss mit dem Blödsinn – anderes Thema!" –

„Gesetzt den Fall, du fährst mit Jakob auf welchen Zeltplatz auch immer und Jakob ist die personifizierte Unbedarftheit, er gedenkt, neben dir im Zelt wie ein Bruder zu schnarchen, er ist für dich da, ein Kamerad wie Schneeweißchen und Rosenrot, und du, die menschgewordene Sexualmoral, keusch wie ein Lämmlein und an Loyalität ihrer besten Freundin gegenüber nicht mehr zu überbieten... so bis jetzt bin ich vermutlich noch nah dran an der Wirklichkeit... also, diese zwei Freunde fahren bei Sonnenschein und azurblauem Himmel mit ihren vollgepackten Fahrrädern los, genießen wundervolle Landschaften, die sportliche Betätigung und nur die feine Sahneschicht ihrer Freundschaft. Es ergeben sich auf dieser Fahrt Gespräche von kuscheligster Vertrautheit und freundschaftlichster Nähe... also, was haben wir: freundschaftliche Harmonie, menschliche Nähe und jeweils ein Selbstwertgefühl, das vorher über Stunden durch diese permanente Ansprache schwindelig gestreichelt worden ist…" –

„Ich weiß zwar noch nicht genau, worauf du hinaus willst…. aber du hast voll die Psychologen-Art drauf… ein bisschen anstrengend. Aber mach mal weiter!" –

„Okay, mach ich… also bis jetzt ist die Geschichte ganz unverfänglich. Sagen wir mal, in der zweiten Nacht wird es etwas kühler und das kleine Zweimannzelt ist von Hause aus auch ganz schön eng. Die Nähe bleibt, die Vertrautheit auch… und dann raschelt neben dir in seinem Schlafsack der schnuckelige Junge Jakob und egal, wie sehr er sich auch bemüht, einen sittlichen Abstand zu halten… er bleibt faktisch der Länge nach an dich angelehnt. Jeder Atmer schmiegt seinen Körper an deinen, von ihm geht so eine angenehme körperliche Wärme aus… und du kriegst plötzlich diese Sehnsucht nach festen Armen, nach einer wunderschönen Umarmung… du willst warm gehalten werden… und wenn dann beim gegenseitigen Rekeln tatsächlich so etwas wie eine Umarmung entsteht, dann überkommt dich plötzlich eine Naturgewalt und du wünscht dir sehnsüchtig Küsse oder besser noch Geknutsche. Gesetzt den Fall, es kommt bis hierhin, dann ist es eben Schicksal, weil die bloße vollzogene Handlung eine Aussage trifft über die Beziehung von Jakob und mir – und gleichzeitig auch eine Aussage über die Beziehung, die sich dann zwischen Jakob und dir anbahnt… vielleicht aber auch schon längst vorhanden war." –

„Und was soll mir das alles sagen?" –

„Letztendlich will ich mit meiner langen Rede sagen, willst du mit überhaupt jemandem in Urlaub fahren und sollte Jakob Lust und Zeit haben, dann ziehe mit ihm von dannen und denke nicht daran, was andere (wie ich) denken oder fühlen könnten. Es kann alles Mögliche passieren, auch ein Meteorit könnte genau auf euer Zelt knallen. Schicksal dann! Also, kriegste Jakob erstmal für deinen Fahrradurlaub gewonnen, dann mach dir ein paar erholsame Tage…"

Ich merke Karla an, dass sie angestrengt meinen Text zu dechiffrieren versucht. Es muss doch einen Grund geben, warum die gute Sophia das alles mit ausgerechnet diesen Bildern und Schlussfolgerungen erzählt, es scheint ihr, dass ich… es ist kaum vorstellbar… dass ich Jakob loswerden möchte. Und dann lese ich förmlich in ihrem Gesichtsausdruck, wie sie sich soeben überwunden hat, etwas Gewagtes zu versuchen:

„Gesetzt den Fall…" beginnt Karla und ein Hauch Parodie auf mich schwingt mit „…ich stehe schon lange auf Jakob… jetzt mal nur hypothetisch – und ich versuche alles, ihn für mich zu gewinnen… ich komme also mit dieser lächerlichen Geschichte zu dir, dass keiner mit mir fünf Tage zelten fahren will. Ich kalkuliere mit ein, entweder bietest du dich selbst an oder du schlägst deinen Freund Jakob vor. Ich hatte das ja auch früher schon mitgekriegt, dass du auf Camp-Urlaub absolut nicht stehst und gerade hast du das ja auch mal wieder deutlich bestätigt. Nun, mit deinem langen Vortrag hast du mir jetzt die perfekte Steilvorlage geboten, mir Jakob zu krallen und ihn nach allen Regeln der Kunst zu verführen. Wie gesagt… nur gesetzt den Fall… Dass Jakob eine gute Partie ist, steht ja schon im Duden! Im Grunde habe ich von dir bereits den Freifahrtsschein bekommen. Wohlgemerkt, nur wenn bei dir der Fall gesetzt ist und auch bei mir der Fall gesetzt ist!"

Das jetzt ist gekontert auf Augenhöhe – muss ich anerkennen. Für den Moment weiß ich nicht weiterzusprechen. Das Wort ergreift dafür gleich wieder

Karla, jedoch ist mit einem Male alles raubtierhaft Angespannte wie abgefallen; mit der nörgeligen Anhänglichkeit einer Siebenjährigen fragt sie mich plötzlich:

„Sag mal, könntest du dabei sein, wenn ich Jakob frage?"

Jakob schaut immer wieder zu mir herüber, als Karla irgendwann die Frage freiheraus gestellt hat.

„Camping?!" steht in kleinen putzigen Leuchtbuchstaben im Raum, zwischen den Lettern versucht Jakob meinen Blick einzufangen. Ich wedle abwehrend mit beiden Händen:

„Guck mich nicht so an. Ich bin auf keinen Fall dabei… du weißt, wie ich im Schlafsack auf hartem Untergrund schlafen hasse… und dann sind da immer Mücken mit im Zelt und du kochst dein Essen auf einem Bunsenbrenner und es wird nachts um drei, halb vier ganz empfindlich kalt… nee, das macht mal schön alleine…" –

„Und wieso ich? Ich habe doch noch gar nicht gesagt, dass ich mitmache. Ich…" –

„Na hör' mal! Wer denn sonst…" wende ich gleich mit ein wenig geschauspielerter Empörung ein, „…du hast doch gerade gehört, dass du sowohl erste, aber auch einzige Wahl bist. Tobi wird die Gute wohl kaum fragen. Und Zeit hast du auch."

Jakobs nächster Cockerspaniel-Blick will sagen:

„Und was ist in diesen fünf Tagen dann mit uns?"

Und ehe Jakob diese Frage tatsächlich stellt, komme ich bereits mit einer Antwort zuvor:

„Na, die paar Tage Urlaub von mir genieße mal. Meinen Segen hast du, ein bisschen Sonnenbräune nachlegen… ein paar kulturelle Eindrücke von Landstraßen und

Zeltplätzen aufsaugen, mit einer alten Kumpeline über den Wert von Radwanderkarten fachsimpeln... das schreit doch förmlich danach, jetzt einfach ja zu sagen."

Jakob ist für den Moment geplättet; seine großen Augen und ein leicht offenstehender Mund artikulieren nach wie vor ein Fragezeichen... und nach einer Weile immer unangenehmer werdenden Schweigens sagt er plötzlich und ganz sicher nur aus Versehen:

„Ja, gut!"

Karla jubelt offensichtlich, ich innerlich und ich beeile mich, blitzschnell einen Ausdruck fast übermenschlicher Gönnerhaftigkeit auf mein Gesicht aufzulegen. Das wäre eingetütet!

Einmal noch, so scheint mir, versucht Jakob von seinem Rücktrittsrecht Gebrauch zu machen, doch der Versuch erschöpft sich in einem kurzen, hohen, kehligen Laut, der einem Übersprungs-Räuspern gleichkommt.

Irgendwann, als es nicht mehr danach aussieht, Karla habe sich nur wegen eines Campingurlaub in unsere Verabredung eingeklinkt, verabschiedet sich meine beste Freundin, die genau genommen auch die beste Freundin meines Freundes ist, und wir sind allein. Ich zähle im Stillen einen Countdown, angefangen mit fünf... bis Jakob das Thema wieder eröffnet:

„Sag mal, Sophia, ist das nicht ein bisschen merkwürdig, dass ich plötzlich mit Karla für fast eine Woche zelten fahre und du hier bleibst... und ich dann mit ihr allein... ich meine... ach, ich weiß gar nicht, was ich meine... ich habe ja schon zugesagt... aber du hast eben so geklungen, als wenn du nicht das Geringste dagegen hättest. Von allein wäre ich nie auf die Idee gekommen, so etwas zu überlegen. Aber es klang irgendwie danach, dass ich Karla diesen Gefallen tun müsse. So richtig Bock drauf habe ich ehrlich gesagt nicht."

In der Gewissheit, Jakob würde jedenfalls von einem einmal gegebenen Versprechen niemals abrücken und weil ich Jakob gut kenne, traue ich mich, zugegebenermaßen etwas fies, zu erwidern:

„Na, wenn du dich überrumpelt gefühlt hast, dann müsstest du Karla das so sagen und dich da wieder rausziehen."

Mein Satz erreicht geplantermaßen das Gegenteil... soeben ist die Zusage zu diesem Urlaub gänzlich in Jakobs Bewusstsein angekommen.

Jakob sind ganze drei Tage Packzeit für seine Satteltasche vergönnt, die Zeltplatzreservierung, wie auch eine lückenlos ausbaldowerte Streckenplanung liegen seit langem vor, selbst der Nahrungsmitteleinkauf ist vor etlichen Tagen bereits erfolgt... also ein Rundum-Sorglos-Paket!

Ich stehe irgendwann zwischen zwei vollgepackten und jeweils mit einem Radler versehenen Fahrrädern, drehe mich zur einen Seite um und wünsche viel Spaß, Erholung und aufregende Erlebnisse, wende mich dann der anderen Seite zu und wünsche das Gleiche, bloß angereichert mit etwas Geknutsche, was bezeichnenderweise auch noch ein wenig flüchtig ausfällt... Dann winke ich den beiden davonradelnden Camp-Urlaubern hinterher, bis sie um die nächste Ecke verschwunden sind.

Natürlich operiere ich mit der Präzision eines Chirurgen, um mein Vorhaben nicht zu gefährden, gleich dem Meisterganoven auf dem Weg zum perfekten Verbrechen.

Selbstredend renne ich nicht vorschnell zur verbuddelten Geldbeute, um mir jetzt schon meine dringendsten Kaufwünsche zu erfüllen... oder in unserem Fall:

Iwan weiß von nichts! Ich erhöhe auch nicht unvorsichtig die Frequenz unserer Treffen für die nächsten Tage, obwohl ich plötzlich einen überraschend hohen Freizeitgewinn verbuchen kann.

Es bleibt bei den zwei innerhalb des fraglichen Zeitraums sowieso verabredeten Treffen. Und innerhalb dieser wird keinerlei falsche Bewegung, keine törichte Unvorsichtigkeit mein Unterfangen verraten.

Eher stelle ich mich auf manch einsame Langeweile-Stunde ein. Es ist ja alles für einen guten Zweck!

Die erste Nacht und auch eine zweite Nacht vergehen und am darauffolgenden Vormittag klingelt unser Telefon; dran ist eine schröddelige Telefonzelle auf dem Campingplatz, der Geschichte schreiben wird... eine höhö! Liebesgeschichte.

Jakob klingt gleich in seinen ersten Worten weinerlich von der Art, dass der Kummer zu keinem echten Weinen reicht, dass man jedoch verzweifelt genug ist und durch ein gelautmaltes Geheule hofft, ein bisschen Entlastung zu erfahren... und wenn das schon nicht, dann wenigstens, um in der gerade anstehenden sozialen Interaktion einen passenden Grundton angeschlagen zu haben.

„Hallo Sophia, wie geht es dir? Du, ich muss dich unbedingt sprechen. Ist bei dir alles klar? Also hier... also ich wollte... ich muss... wie fange ich an... es tut mir sehr, sehr leid, aber mir ist ganz wichtig, nicht zu warten damit, bis Karla und ich wieder zurück sind... du sollst – nein, also... ich rufe an, weil ich im Grunde jetzt sofort etwas klären muss. Ich mache es kurz... ich möchte, nein ich muss mit uns Schluss machen... ich muss unsere

Beziehung heute noch beenden… und es tut mir unsagbar leid, dass ich das am Telefon mache… aber ich will keinen Tag warten und ich will ehrlich gesagt das hier mit der Fahrt auch nicht vorzeitig abbrechen. Es tut mir so unendlich leid. Und ich fühle mich auch ganz schlecht. Die Sache ist die, dass ich, seit ich mit Karla allein losgefahren bin, merke, dass ich mit ihr zusammen sein will, dass ich mit ihr zusammenkommen muss. Und ich denke, bei ihr ist das ganz genauso. Gestern und im Grunde auch Vorgestern war die ganze Zeit so eine Nähe und Vertrautheit da und ich habe mich so gut und so entspannt gefühlt… und nachts im Zelt haben wir uns erst wie aus Versehen umarmt und dann, später, auch geküsst. Da habe ich abgebrochen, habe es nicht zu weiterem kommen lassen, weil ich dich nicht betrügen wollte. Aber – und das ist der Punkt… im Grunde meines Herzens hätte ich es geschehen lassen wollen. Und nur, weil ich es so empfinde, kann ich gar nicht anders, als dir gegenüber aufrichtig zu bleiben. Es tut mir wirklich so unendlich leid… und ich fühle mich auch richtig schlecht. Aber mir bleibt keine Wahl. Ich will und ich kann dir nichts vormachen…"

Und wie nur laut gedacht und aus Versehen herausgeflüstert, fügt Jakob an:

„Ich gehöre mit Karla zusammen!"

Ein bisschen schauspielere ich eine Betroffenheit, als ich mich sagen lasse

„Schön für euch…"

…und ohne weiteren Gruß einfach einhänge. Ein paar Mal klingelt noch mein Telefon, dann beginnt es wohltuend zu schweigen.

Ich halte meine Füße still, ich trübe kein Wässerchen, ich schweige... wie ein Mausoleum und warte geruhsam ab, bis dieser Liebesurlaub im Zweimannzelt zu seinem ordentlichen Ende gelangt.

Die erste, die sich bei mir meldet, ist Karla, die wohl vorfühlen möchte, wie die Stimmung so ist...

„Hey, Sophia, alles klar... was hast du so getrieben in den letzten Tagen?"

Es gab schon mal geistvollere Einstiege in Vorfühlversuche; ich antworte trocken:

„Ähh, ... nichts!"

„Ich bin jetzt *(hüstel!)* mit Jakob zusammen." –

„Ja, ich weiß!" –

„Und ist das für dich nun ok?" –

„Ich will mal sagen, es rangiert unter den ersten zwanzig der lustigsten Ereignisse dieses Jahres." –

„Entschuldige... ich meine, tut mir leid." –

„Nee, ist schon in Ordnung, mir ist die offene Art, die Jakob gefahren ist, viel lieber, als so Schritt für Schritt dahinterzukommen. Es ist nunmal, wie es ist... und irgendwie passt ihr auch richtig gut zusammen. Komisch, wenn ausgerechnet ich das jetzt sage. Ich habe jedenfalls beinahe damit gerechnet. Nach der Sache mit Iwan war vielleicht doch nicht alles wieder zum Besten mit Jakob und mir... weiß auch nicht..."

Die zweite, die sich etwa eine halbe Stunde später telefonisch bei mir meldet, ist ausgerechnet Helena Krafthans:

„Das ist ja echt der Hammer. Nie hätte ich das für möglich gehalten. Und jetzt sind die beiden zusammen. Ich habe schon gehört, dass du damit wohl richtig cool umgehst. Ich an deiner Stelle würde jetzt aber mal eine Pause von Jakob und Karla einlegen. Kaum sind die Zwei unterwegs, knattert's im Karton! Na, ich weiß nicht. Ging ja ab, wie am Schnürchen…"

Ich kann nicht anders, als die Krafthans mal eben auf den Arm zu nehmen:

„Ähm, Helena, ich weiß gerade gar nicht von wem du sprichst. Jakob und wer bitte…"

Nach meiner kleinen Auflösung gestatte ich Helena noch ein bisschen zu wettern und nehme dann eine Einladung zu einer Party bei ihr an, am ersten Schultag nach den jetzigen Herbstferien, einer School's Beginning-Party, also in drei Tagen.

„Danke für die Einladung. Wir kommen." sage ich im Hinblick auf Iwans und mein voraussichtliches Erscheinen und verplappere mich damit gerade um Kopf und Kragen.

Es vergehen nur Minuten, ich glaube zweihundertdrei-undvierzig Minuten, da klingelt es an unserer Haustür.

Es ist Karla, die mich gleich mit einer wenig gebotenen Überschwänglichkeit in den Arm nimmt, mich hält und drückt und drückt und einen Tick zu lange hält… sie hat bestimmt nur am Grad der Umarmungsgeschmeidigkeit abzulesen versucht, ob ich ihr übelnehmen könnte, dass sie nun mit meinem Jakob zusammen ist, der sich seit dem ominösen Anruf vor vier Tagen noch kein weiteres Mal gemeldet hat.

Ich glaube, ich kann vermitteln, dass meine beste Freundin immer noch uneingeschränkt meine beste Freundin ist.

Irgendwie steuert das hier alles auf ein ganz großes Happy End zu… wäre da nicht ein zugegebenermaßen komisches Telefonat, am letzten Ferientag mit Iwan gewesen, was meine hocheuphorische Erwartungshaltung ein wenig eintrübt.

Es sei vorweggeschickt, dass ich mich zwar, wie bereits vor irgendwelchen Zelturlauben verabredet, mit Iwan getroffen habe, jedoch nur im keuschesten Rahmen und ferner habe ich auch mit der großen Neuigkeit bei ihm vollends hinterm Berg gehalten.

Ich habe schlicht in der ganzen Angelegenheit besser aussehen wollen, als ich es verdient hätte. Wie gesagt, Iwan weiß von nichts und scheint auch am Tage jenes ominösen Telefonats noch keine Ahnung zu haben, was sein engster Freundeskreis so für Kreise zieht.

Ich beschließe, es ihm persönlich mitzuteilen, damit aus der Dramatik dieser Information endlich in einer kunstvollen Drehung das formvollendete Happy End erwächst.

Doch Iwan überrascht mich mit einer Bemerkung, die in mir eine mittelgroße Geröll lawine auslöst... ich berichte ganz unbedarft:

„Hey Iwan, ich hole dich morgen Abend ab, wir gehen auf eine School's Beginning-Party bei der Krafthans. Ich bin gegen halb acht in deiner WG." –

„Ähm... du kannst gerne kommen, aber ich wäre sowieso da hingekommen... ich weiß schon seit fünf oder sechs Tagen von dieser Party. Du wirst es nicht glauben, wer mich eingeladen hat... Gabi! Du, Helena und Gabi sind befreundet... und wusstest du, dass Gabi auch schon damals bei ihrer School's Out-Party da war... ich kann mich an sie als Gast gar nicht erinnern. Wenn du dann morgen kommst, gehen wir eben zu dritt hin... ich hatte mich mit Gabi schon abgesprochen, dass wir dort zusammen auftauchen... und ich wollte dich noch anrufen, ob du auch eingeladen bist." –

„Oh," mache ich ganz sparsam und schaue mit Kulleraugen am Telefon vorbei, „...na egal... dann können wir uns ja auch bei der Krafthans wiedersehen. Ich hab' bloß gedacht, du wüsstest noch nichts von der Party... ich habe nämlich auch für dich schon zugesagt." – „Danke... ja, mach es, wie du willst, komme vorbei oder direkt dann zur Party... ist mir gleich."

Ich glaube, ich habe sogar vergessen, tschüss zu sagen, als ich auflege. Backsteine hat jemand in meinen Magen gelegt... HALLO - Ich habe hier für diese Geschichte kein dramatisches Ende bestellt! Was soll denn diese Drehung? Wehe, wenn ich hier für all meine Mühe als Dank ganz leer ausgehe...

Es kommt mir gerade wie bei einem Schachspiel vor: da versteift man sich auf eine einzige Strategie, behält diese genau im Auge, Schritt für Schritt und verliert dabei so nach und nach den Überblick für das Gesamte... und dann plötzlich: Schachmatt!

Naja... soooo abweisend ist Iwan am Telefon nun aber auch wieder nicht gewesen, eben ein bisschen spröde und vielleicht hat Gabi neben ihm gehockt und ihm keine Ruhe beim Telefonieren gegönnt... aber Stopp!

Was sind denn das wieder für kranke Gedanken... so wie Iwan seit Ewigkeiten beteuert hat, mit mir wieder zusammen sein zu wollen... niemals ist der mit Gabi zusammengekommen – oder vielleicht bin ich doch einen Tick zu lange zum zweiten Mal mit Jakob zusammen gewesen und Iwan hat sich keinerlei Chancen mehr ausgerechnet.

Vielleicht hat er nur einen Tag nach Jakobs weit reichendem Anruf dem Werben seiner komischen Mitbewohnerin nachgegeben und es hat gleich gefunkt? Wo bin ich hier eigentlich, bei der Pessimismus-Olympiade mit Aussicht auf die Goldmedaille?

Natürlich ist mein Iwan mir noch liebevollst ergeben, natürlich wird er mir morgen Abend bei der Party erleichtert und überglücklich um den Hals fallen und fortan nur noch an meinen Lippen hängen. Himmel voller Geigen, plüschrosa Wolken und unendliches Schmetterlings-Geflattere!

Und was ist, wenn dann… oh Gott, ich merke gerade, das wäre das Schlimmste… wenn Iwan Arm in Arm mit der Wohngemeinschafts-Gabriele auf der Party erschiene und der alles durchschauende Jakob mich sähe und in seinem Gesicht zeichnete sich Mitleid ab… und gleichzeitig der Ausdruck von:

„Es tut mir so leid, dass ich dir jetzt nicht beistehen kann. Das verstehst du doch…"

Ich beschließe für den Moment, also für den gesamten restlichen Tag, an nichts mehr zu denken und die Krafthans-Party abzuwarten.

Und wann sehe ich Iwan wieder… zugegebenermaßen sehr überraschend für mich und leider nur aus großer Distanz… als mein *geschätzter* Lehrer Herr Meier-Wohlauf mich aufgescheuchtes Hühnchen, das mal eben noch mit Karla in der Mädchentoilette verschwinden möchte, mit seiner mahnend-steuernden Pädagogenhand am Hinter-kopf ergreift und mich direkt in den Klassenraum hineinsteuert.

Aus den Augenwinkeln dieser demütigenden und übergriffigen Prozedur sehe ich, wie Iwan mit den Schritten eines Jahrgangs-Neuen in Richtung Sekretariat stakst…

Guck mal an, Iwan auf seiner altbekannten Mission, hier in Deutschland sich auch um so etwas wie einen Schulabschluss zu kümmern.

Ich sehe es schon vor mir… die Tür geht auf, unser oberster Direktor steht mit Iwan da; die Lerngruppe begreift kollektiv die Situation, blickt mit einer großen einheitlichen Bewegung von Iwan direkt zu mir und beginnt zu feixen, einschließlich Herr Meier-Wohlauf, der wortwörtlich in seine hässliche Faust hineinlacht. Dann steht auch noch Dick'n-Didi auf, der bereits vor den Ferien aus wasweißich für Gründen neben mir gesessen hat und macht unter allgemeinem Johlen, Klatschen und Gelächter seinen Platz neben mir für den Neuen frei.

Während sich nach und nach meine Mitschüler ihren Alltagsgeschäften hingeben, fühle ich nach wie vor und fast ununterbrochen den auffordernden Blick meines Lehrers, der mich immer wieder grimmig taxiert.

Und als es zur Pause gongt… ich habe die ersten beiden Schulstunden vornehmlich damit verbracht, auf Iwans Erscheinen als der Neue zu warten… bedeutet mir Herr Meier-Wohlauf zwischen den herausströmenden Gymnasiasten, dass ich doch bitte auf ein Wort noch im Klassenraum bleiben solle. Ich ahne, was kommt, wachse mir innerlich die Gehörgänge zu und lehne mich entspannt zurück:

„Fräulein Benecke, ich habe zu diesem Kindergarten keine Lust mehr. Mal abgesehen von der Peinlichkeit, die auch an mir noch hängengeblieben ist, verfüge ich immer noch über das an mich überwiesene Geld für Igors Rückfahrt. Ich werde dies morgen dabeihaben, dir aushändigen und mir die Summe von dir quittieren lassen." –

„Erst einmal heißt es ‚Frau' Benecke… Sie sind ja auch nicht… naja, was soll's! Zum zweiten wohnt Iwan… IWAN!... in einer Studenten-WG, wie ich zufällig erfahren habe. Ich bin nicht dafür verantwortlich, wenn Herr Gruschenko seine Schäfchen nicht vollständig einzusammeln versteht. Da ich jedoch mit Iwan noch in einer Art von Kontakt stehe, nehme ich für ihn das Geld in Empfang. Bringen Sie es morgen gerne mit. War es das? Ich möchte jetzt schnell in die Hofpause."

Ja, das ist es gewesen!

Ich rase durch die Schulflure, um so schnell wie möglich auf den Pausenhof zu gelangen, auf dass mir ein eventueller neuer Mitschüler dort in die Arme laufe.

Doch Iwan ist nirgends auszumachen, ich gehe gründlich vor und rufe sogar in drei Jungs-Toiletten hinein; es melden sich insgesamt sieben Iwans mit einem „Ja!", doch alle nicht mit dem gesuchten Stimmtimbre.

In Parallelkursen kenne ich die eine oder andere Nase zumindest gut genug, dass ich mich traue, nach einem neuen Mitschüler zu fragen. Leider erfolglos. Bleibt nur noch der Schluss, Iwan werde hier und heute nicht eingeschult.

Auch dieser Schultag geht irgendwann zu Ende und ich habe mir als Hausarbeit mitgenommen, Iwan anzurufen, um vernünftig zu klären, wer alles heute Abend abholt und abgeholt wird zur School's Beginning-Party…

Ich kann gar nicht sagen, warum ich tausend andere Dinge vorschiebe, nur, um jetzt nicht bei Iwan anzurufen.

Gegen achtzehn Uhr beschließe ich, dass es an ihm sei, sich bei mir zu melden. So trudle ich ein bisschen vor mich hin, mache mich notdürftig partyfein und marschiere schließlich allein und ein kleines bisschen ungehalten zur wohl überflüssigsten Party seit Menschheitsgedenken!

Was denkt sich dieser… dieser Lappländer eigentlich, ich bin hier seine Hauptperson… wehe er kommt tatsächlich mit der ollen WG-Gabi, dann werde ich sie am Buffet extra mit fettiger Salatsoße bekleckern… einfach nur aus Gehässigkeit… und Iwan, dem knipse ich einen Zehennagel so knapp ab, dass sich der Zeh dann entzünden muss!

Ich klingle und es ist ausgerechnet Gabi, die mir öffnet…
wo ist die fettige Soße, wenn man sie mal braucht!

„Du allein,“ begrüßt mich die Pförtnerin und zieht an der
Tür den Bauch ein, damit ich eintreten kann, „…Iwan ist
eben extra früh losgelaufen zu dir, um dich abzuholen…
ich dachte sogar, ihr wärt noch vor mir da.“

Er wollte mich abholen ohne diese Tuse, gut gemacht,
Iwan, braver Junge, kriegst dafür auch einen Motivations-
Keks! Auf den Schlag habe ich wieder ein besseres Gefühl
zu ihm, vielleicht ist er ja doch nicht heimlich mit Gabi
zusammengekommen. Es bleibt ein Funken Hoffnung.

Das nächste, was meine Sinne erfassen, ist eine
Kundgebung jubelnder Wiedersehensfreude mit ein paar
spätpubertären Umdrehungen zuviel:

Karla kommt um die Ecke gekreiselt, reißt mich in eine
Freundschaftsumarmung hinein und jauchzt, wie schön es
doch sei, dass ich endlich erschienen bin. Naja, ich habe
mich auch erst vor sechseinhalb Stunden mühsam aus
ihrer letzten allzu stürmischen Umarmung herauspuhlen
müssen. Es ist immer noch alles gut, ich bin und bleibe
ihre beste Freundin.

Kaum lässt mich Karla wieder atmen, schleicht mit
betretenem Schritt und einem Backenhörnchengesicht
Jakob um die Ecke, bringt sich in Sicherheit gebender
Nähe seiner neuen Freundin in Position, lächelt mir ein
um Entschuldigung bittendes „Hallo“ zu und nötigt sich
zu einer pflichtschuldigen Umarmung.

Na endlich ist der erste schwere Schritt getan. Ich bin
ehrlich gesagt leicht angesäuert gewesen, dass seit seinem
besagten Anruf kein Sterbenswörtchen mehr erfolgt ist.

Als ich in das Krafthans'sche Wohnzimmer komme, laufe
ich direkt auf meine Gastgeberin und ihren neuen
Gespielen zu, Arm in Arm mit geradezu siamesischer

Verbundenheit werde ich begrüßt… und da Tobi und Helena nicht eine halbe Sekunde lang die Finger voneinander lassen können, herzen sie mich quasi als Sandwich.

Ein weiteres Mal kreuzt Gabi auf dieser Party meinen Weg, verharrt einen Moment in ihrer Bewegung und in ihrem Lächeln; sie wägt wohl ab, ob ein paar geplauderte Worte angebracht seien. Zum ersten Wort holt sie Luft, atmet jedoch unverrichteter Dinge wieder aus und bringt schnell noch ihr Lächeln zu Ende, bevor sie in Richtung Buffet entwischt.

Dann klingelt es abermals an der Tür – und als sich keiner bemüßigt fühlt zu öffnen, übernehme ich…

„Oh wie schön, Sophia, du bist schon da. Ich habe bei euch gar keinen angetroffen." beginnt Iwan mich zu begrüßen, schließt mich kumpelig in die Arme und vervollständigt diese Begrüßung mit seinem immer wieder so nett klingenden „Schön, dich zu sehen!"

Dann stürzen sich auch die anderen auf den kleinen Russen, zerwuseln sein Haar, was Iwan in nur sehr mäßigem Umfang schätzt, und Dick'n-Didi fragt gleich, ob er die neue Situation nun erotisch zu nutzen gedenkt. Was für ein indiskreter Klotzkopf!

Während Iwan vorerst nur ein Fragezeichen entgegnet, beeile ich mich, meinen russischen Ex-Austauschschüler exklusiv in ein Gespräch unter höchstens vier Augen zu ziehen. Meinen Vorschlag, kurz raus auf die Straße zu gehen, weil ich jetzt dringend mit ihm reden müsse, führt in Anbetracht seiner gerade abgelegten Jacke zu nur wenigen Freuden-Jauchzern.

Schließlich wechseln wir von der Eingangshalle ins Wohnzimmer und befinden uns inmitten von Tanzenden, die sich zu schlechter Musik noch schlechter bewegen.

Hier beschließe ich, ihm die gesamte neue Situation erst einmal in der Kurzform nahe zu bringen. Ich tue dies weniger mit ausgewählten Worten, vielmehr nehme ich ihn bei den Händen, ziehe ihn unvermutet zu mir heran und küsse ihn in eindeutiger Weise mitten auf seinen Mund...

ABER VOLLE MÖHRE!

Der Überrumpelte gelangt in die Vorstufe zur Schnappatmung, dann arbeiten seine grauen Zellen auch in Nachtschicht... und er beginnt nach einer kurzen Weile verwirrt dreinschauend plötzlich ganz zauberhaft und süß zu lächeln.

Das Greifen in meine Hände wird heftiger, während ich die notwendigen Fakten im Telegramm-Stil gegen die zu laute Musik herausposaune:

„Also pass auf, Karla wollte auf Zelturlaub mit dem Fahrrad, Tobi fiel ja aus. Auf der Suche nach neuem Mitfahrer bot sich Jakob an. Ich sagte, okay, mach was draus! Nach zwei Tagen sind Karla und Jakob ein Paar, ich tue ein bisschen gekränkt, bin es aber nicht... brauchte nur den Weg frei zu meinem geliebten Russen. Und solltest du nicht gerade mit deiner WG-Gabi rummachen, dann - würd' ich sagen- sind wir ab jetzt sofort wieder zusammen... aber diesmal richtig, also für die Ewigkeit... Übrigens – selbst ich sage, Jakob und Karla passen suuuper zusammen. Fast so super wie du und ich! Amen!"

Und dann erfolgt -dieses Mal wirklich- der Kuss des Jahrhunderts. Wir küssen uns lange und selbstvergessen, weich und aufpeitschend – und während wir uns so wunderbar küssen und uns dicht aneinanderhalten, vor Schönheit und Erotik dreht sich bereits alles um uns, geschieht etwas so schmalzig-kitschiges... ich würde es niemals aufschreiben, wenn es nicht tatsächlich genauso geschähe:

Also, während wir im Verliebtsein soeben zueinander gefunden haben und uns mit einer gewissen Hemmungslosigkeit in aller Öffentlichkeit küssen, formiert sich nach und nach das Gros der Gäste um uns herum und beginnt anerkennend, sich mitfreuend und in mitfühlender Erleichterung hörbar zu lächeln, zu johlen und sogar zu applaudieren.

Würde ich so etwas in einem Film sehen, ich müsste unvermittelt gegen meinen Kotz-Reiz ankämpfen – aber in echt... ☺

Also haben wir hier für diese Geschichte abschließend ein gewaschenes Happy End, gleich einem Hollywood-Film aus den vierziger Jahren; ich freue mich, nichts weniger, als dies präsentieren zu können.

Vor Erleichterung rieselt es wohltuend durch mich hindurch, mein Herz schlägt wild vor Glück und Verliebtsein, ich umarme Iwan und schließlich die ganze Welt...

Kaum zwei Wochen später wird das amerikanische Happy End augenscheinlich durch ein französisches Offenes Ende ersetzt (selbstverständlich im Original mit deutschen Untertiteln!); fatalerweise regt sich urplötzlich und ohne erkennbaren äußeren Anlass in mir wieder eine treibende, heiße, wilde Sehnsucht nach Jakob, ich möchte unbedingt... NEIN, HALT, SPASS! Ich habe nur einen Witz machen wollen. Es bleibt alles wie es sich wunderbar gefügt hat und sich richtig und herzerwärmend schön anfühlt. Es bleibt beim sehr dick aufgetragenem, aber schwer aufrichtigen Happy End!

Überraschenderweise ergibt sich ganz von allein ein Bild, durch das ellipsenhaft diese ganze Geschichte einen Rückbezug zu ihrem Anfang findet und damit zusammengebunden und gestalterisch wunderbar abgerundet wird.

Vorausgeschickt sei, dass Iwan mir bereits angekündigt habe, ich würde heute seine Eltern kennenlernen, diese seien auf dem Weg nach Deutschland, direkt nach Köln, um ihn zu besuchen und um die ominöse Sophia kennenzulernen. Jedenfalls stehen Iwan und ich jetzt hier am Kölner Busbahnhof und warten auf die Ankunft.

Der Reisebus ruckelt um die Ecke. Das einstmalige Weiß des Gefährts ist rußigem Schmuddelgrau gewichen; am viel zu großen Steuerrad sitzt eine kleine, stoppelhaarige Frau mit riesiger kreisrunder Janis-Joplin-Brille und einem so breiten Lächeln, dass die abstehenden Ohren dabei nach hinten zuckeln.

Der Bus kracht mit seinen abgefahrenen Reifen unsere Bordsteinkante hoch, gleich wieder herunter und ein weiteres Mal mit Schwung hinauf. Die runtergeschliffenen Bremsscheiben geben ihr letztes.

Endlich ruckelt sich von ganz allein die Bustür auf und heraus steigen mit vorsichtigen Schritten ein entzückendes Frauchen und ein liebliches Männlein, umarmen ihren einzigen Sohn in ungestümer Herzlichkeit, lachen und weinen gleichzeitig und rufen russische Worte aus.

Diese Szenerie ist derart herzerwärmend, dass manch vorübereilender Passant plötzlich innehält, hier nach dem Rechten sieht und damit unvermittelt sein Herz erwärmt.

Nach tausend Küssen, tausend getrockneten Tränen und tausend herausgesprudelten Worten öffnet sich diese Rose einer Wiedersehensfreude direkt in meine Richtung.

„Und das ist Sophia, die ich sehr, sehr liebe und die die wunderbarste Freundin und Frau für mich ist. Sophia, hier sind meine Mama-Mamuschka und mein Papa."
Auch ich werde herzig umarmt und dabei ungestüm abgeküsst. Allerlei russische Worte mischen sich mit akzentgefärbten deutschen Worten, die aneinander-gepuzzelt in etwa aussagen:
„Liebe Sophia, unser Töchterchen, wie freuen wir uns, dich endlich in unseren Armen halten zu können. Du lieber Mensch. Sei in unserer Familie herzlich willkommen und aufgenommen!"
Kaum atme ich das erste Mal nach diesem Begrüßungs-Gewusel wieder kräftig durch und schaue dabei zufällig durch die offene Bustür zur Fahrerin hoch, sehe ich ihr noch breiter gewordenes Lächeln, sehe, dass sie ein Kassettenradio aus den siebziger Jahren auf ihrem Schoß ausgerichtet hat und wohl nur auf meine Aufmerksamkeit wartet; jedenfalls drückt sie eine dann einrastende Taste und ein lauter jazziger Schlager beginnt auf den Bürgersteig zu schallen:
„When You're Smiling"
Exakt zu dem musikalischen Moment des Gesangs-einsatzes springt aus den Sitzreihen direkt vor die Busfahrerin, (den Busausstieg quasi als Showtreppe nutzend) ein mir wohlvertrauter Herr, diesmal nicht mit Columbomantel und buschigem Schnurrbart, sondern in Zylinder und Frack und mit bleistiftdünn gestutztem Oberlippenbärtchen. Onkel Wanja beginnt zu singen:
„When you're smilin', when you're smilin', The whole world smiles with you…"
Dann springt er tänzerisch mit einem Satz über die Ausstiegsstufen des Busses, schmeißt den Zylinder wie eine Frisbeescheibe direkt in die auffangende Hand des

Vaters, hat plötzlich werweißwoher einen Spazierstock in der Hand und steppt sofort auf dem Bürgersteig im Rhythmus des Songs.

Neben den federleicht gesetzten Schritten werden auch sämtliche Oberkörperbewegungen tänzerisch immer geschmeidiger; er beginnt schier die Schwerkraft zu überwinden.

Seinen Spazierstock hält er nun an beiden Enden quer, schwenkt ihn im Takt hin und her und grinst dabei breit mit seinen riesigen Zähnen. Die Passanten machen bereits ausreichend Platz, da löst sich der tanzende Detektiv mit übermenschlicher Energie vom Boden und schlägt ein Luftrad, akrobatisch wie aus dem Chinesischen Staatszirkus und athletisch wie... mir fällt gerade so schnell kein Vergleich mehr ein, weil ich weiterschreiben muss, wie Onkel Wanja im schwungvollsten Tanz der Länge nach die Straße entlangtanzt... im Übermut aus der Auslage eines fahrenden Obsthändlers einen Apfel mopst, hineinbeißt, den Bissen lächelnd kaut und den angebissenen Apfel einer begeisterten Oma in die Hand drückt... er auf dem getanzten Rückweg an zufällig dort Schach spielenden Männern vorbeistürzt und im Flug einmal übermütig und gut gelaunt die Spielpartie mit einem klugen Zug beendet.

Mittlerweile haben sich drei Straßenpolizisten überkreuzt an den Händen gefasst und tanzen, (die griffigen Refrainzeilen im Chorsatz mitsingend und cancan-mäßig die Beine werfend) von rechts nach links durch unser Blickfeld und grinsen ebenfalls...

Der Song blendet langsam aus... eindeutig ein klassisches Hollywood-Ende!

Auf dem Bürgersteig normalisiert sich das Großstadt-treiben.

Ein herzlicher Abschied von der russischen Familie erfolgt diesmal sicherlich nur für ganz wenige Stunden. Onkel Wanja hakt Iwans Mama und Papa unter; jeder trägt sein Köfferchen... und der gewitzte Detektiv weiß bereits, wo der Weg zum gebuchten Hotel langführt.

Ich trage plötzlich übergroße Schuhe, einen alten, zerschlissenen Smoking und eine abgewetzte Melone auf meinem Kopf, habe Iwan fest untergehakt, während ich mit Watschelschritten und Onkel Wanjas kreiselndem Spazierstock mit meinem so sehr Geliebten direkt einem Sonnenaufgang auf der einsamen Landstraße entgegenlaufe.

Es erfolgt die letzte Rundblende, bis sich das gesamte Schwarzweiß-Bild mit seinen Lichtsprüngen und Staubfäden in der Projektion langsam verdunkelt. Aus dem Schwarz erhebt sich schließlich in klaren, weißen Lettern das Wort

„ENDE"

LEBENSLUSTIG Roman,   ISBN: 3-8311-0387-9

Marvin bringt schon als Baby in der Wiege alle zum Lachen. Im Kindergarten ist er der spaßige Faxenmacher, in der Schule der Klassenclown. Später verdient er sein erstes Geld mit Stand-Up-Comedy, dreht witzige Werbespots und beginnt eine Comedy-Karriere im Fernsehen.

Marvin nimmt sich und sein Leben mit Humor: „Das muss man alles nicht so ernst nehmen!" ...ist sein Motto für alle Höhen und Tiefen...

Florian findet diese Haltung in manchen Situationen leichtfertig. Aber er bewundert Marvin auch dafür. Etwas leicht zu nehmen, ist manchmal gar nicht so einfach...

„Lebenslustig" ist die Geschichte einer besonderen Freundschaft zwischen zwei Brüdern und darüber hinaus ein Beispiel, wie man sein Leben in einer humorvollen und lebenslustigen Weise, bunt und glücklich gestaltet; in einer Art, die einfach anstecken muss.

KOLJAS WELTEN Roman   ISBN: 3-8311-2291-1

Kolja ist Mitte Zwanzig, Angestellter einer kleinen Versicherung und umgeben von Freunden, die keine sind. In einer stürmischen Nacht wacht er auf, muss nach draußen und lässt sich durch die Gegend treiben. Wenig später ist in ihm der Entschluss herangereift, sein gesamtes bisheriges Leben abzustreifen. Er kündigt seinen Job, beendet den Kontakt zu seinen falschen Freunden und tut plötzlich nur noch Dinge, die ihm Spaß machen, Dinge, die er sich vorher nie erlaubt hätte.

Aber auch Erinnerungen an seine Jugend, umgeben von echten Freunden, von aufregenden Erlebnissen... und Erinnerungen an eine ereignisreiche Kindheit kommen in ihm auf und werden zu einer eigenen Welt, in der sich Kolja wahrhaftiger wiederfinden kann als in der öden Alltagswelt der letzten Jahre

Und das ist erst der Anfang...

„Das Buch, das ich immer schon mal lesen wollte."
Boris Akkermann